Gris Secret

Laurie Faria Stolarz

Gris Secret

Traduit de l'anglais (américain)
par Valérie Le Plouhinec

Titre original :
Silver is for secrets
(Première publication : Llewellyn Worldwide, Woodbury, 2005).

À Ed, maman et Ryan,
avec amour et gratitude.

Un

Il est tard, plus de trois heures du matin, mais je n'arrive pas à m'endormir. Je me sens tendue, comme si quelqu'un tirait sur une corde invisible attachée à mes entrailles pour me forcer à rester éveillée.

Je fais tout mon possible pour atténuer la sensation : je me retourne plusieurs fois dans mon lit, frotte du patchouli et de l'extrait de menthe poivrée sur les points de pulsation de mon cou, je me traîne même hors du lit pour fabriquer un sachet de rêve avec de la lavande séchée et du romarin – tous remèdes habituellement efficaces contre une insomnie temporaire. Mais c'est inutile. Plus j'essaie de l'ignorer, plus le nœud que j'ai dans le ventre se resserre. Impossible de m'en débarrasser : j'ai l'impression lancinante, incessante, que quelque chose d'horrible est sur le point de se produire.

Une nouvelle fois je sors mollement de mon lit et enfile une paire de chaussons en moumoute, en faisant le moins de bruit possible pour ne pas réveiller Drea et Amber, qui dorment dans leurs lits à quelques pas de moi. Je passe un sweat-shirt sur mon pyjama en coton, attrape quelques fournitures de magie, et me dirige vers la plage derrière notre maison de vacances.

La lune est levée, en plein milieu du ciel bleu-noir dont les deux couleurs sombres entremêlent leurs volutes comme sur une plaque de marbre géante. Je me trouve un emplacement juste au bord de l'eau, là où la marée descendante rencontre le sable, et m'accroupis sur mes talons. La brise tiède et salée souffle sur mon visage, défait les nœuds de mes cheveux et m'envoie des picotements sur toute la peau.

J'extrais de mon sac le matériel nécessaire à mon sortilège : un bocal de sel de mer et une Thermos pleine d'eau de pluie baignée dans le clair de lune. Ma grand-mère, qui m'a inculqué l'essentiel de mon savoir sur les sorts, soulignait toujours l'importance des offrandes à la nature. Ce que nous offrons à l'Univers, disait-elle, nous revient au triple.

Je m'enfonce dans le sable frais et fin pour contempler la plénitude de la lune ; j'imagine sa lumière imprégnant ma peau, son énergie éveillant mon esprit. Je verse le sel de mer dans la Thermos, que j'élève dans les rayons lunaires. Puis je dis : « Ô Lune pleine, en cette nuit d'angoisse, accepte ce don venu du lit de l'Océan. C'est le cœur pur que je te demande d'aider mon corps à m'en dire plus. Béni soit le chemin. »

Je creuse dans le sable un trou de quinze centimètres de profondeur et y verse la mixture, puis je le recouvre d'un lit de galets bien tassés. Ensuite, je m'allonge sur le dos et contemple de nouveau la lune en pensant à tout ce qui a changé en moi ces deux dernières années, au fait qu'il n'y a pas si longtemps j'utilisais mes sorts pour tenter d'arrêter ce dont mon corps et mes sens essayaient de m'avertir. À présent, je les utilise pour encourager ces mêmes intuitions. Je ferme les yeux et me concentre sur mon corps, sur ce qu'il peut me dire ; je visualise l'énergie de la lune faisant remonter les réponses du plus profond de moi-même.

Mais je ne ressens rien. Après plusieurs minutes passées à méditer sur le sort, je ne suis pas plus avancée sur ce qui m'empêche de dormir. Qu'est-ce donc ? Quel est ce sentiment en moi ? Pourquoi suis-je incapable de me détendre ? Pourquoi ai-je l'impression que les coutures de mon univers sont sur le point de se déchirer ?

Malheureusement, les réponses ne viennent pas si facilement. Je sais qu'il faut que je dorme. Je reprends ma Thermos et retourne vers ma chambre en abandonnant sur la plage l'offrande à la lune.

Je me couche dans la fraîcheur de mes draps et me sens soudain un petit peu plus concentrée, plus détendue. J'imagine l'énergie de la lune traversant le plafond et mes couvertures, se déversant sur moi, m'accompagnant dans le sommeil.

Bientôt, elle me recouvre entièrement.

À mon réveil, deux ou trois heures plus tard, il y en a partout : sur mon oreiller, sur les draps, collé aux pointes de mes cheveux. Je me redresse dans mon lit et remarque des taches rouge cerise foncé sur mes avant-bras et mes poignets. Un nœud se serre dans ma poitrine. Je m'efforce de le dénouer pour inhaler une bouffée d'air apaisante.

– Lucy ? me demande Drea en se retournant dans son lit. Ça va ?

Mais je suis incapable de répondre. Je vais m'essuyer le visage et remarque encore des taches. Mes mains tremblent sur mes lèvres dans une tentative pour tout retenir, mais une goutte de sang me roule sur les doigts.

La lumière s'allume dans notre chambre.

– Oh, mon Dieu ! s'écrie Drea en sautant de son lit. Lucy, qu'est-ce qui t'arrive ?

Je me pince les narines pour tenter de stopper le saignement et cherche des yeux une boîte de mouchoirs en papier.

Amber s'assoit dans son lit et se penche par-dessus sa poupée gonflable Superman pour mieux voir.

Sans cesser de me pincer les narines, je finis par ramasser une chaussette par terre, que je presse contre mon nez.

– Za va, dis-je à travers mon pansement improvisé. Ze zaigne un beu du dez, z'est tout.

– Tu saignes *un peu* du nez ?

– Purée, on dirait carrément Carrie White au bal du lycée, commente Amber.

– *Qui ?* demande Drea.

– Carrie White, tu sais ? Dans *Carrie*, de Stephen King.

Indifférente à leurs bavardages, j'appuie la chaussette contre mon nez pour tenter d'étancher le saignement, consciente que je devrais me réjouir, que ce doit être la réaction que j'appelais de mes prières, celle pour laquelle j'ai accompli le sort. Je voulais que mon corps communique avec moi, qu'il me renseigne – qu'il me donne un indice, en gros – sur les raisons pour lesquelles je me sens si déstabilisée. Et voilà ce qui arrive. Je contemple les éclaboussures de sang sur mon oreiller en me demandant ce qu'elles peuvent bien signifier.

– Il faut renverser la tête en arrière, me conseille Drea.

– Surtout pas, sauf si tu veux tout boire, la contredit Amber.

– Trop dégueu.

Drea va chercher un pot de glace Ben & Jerry's dans le mini-frigo.

– Tiens, me dit-elle. Je crois qu'il faut se poser quelque chose de froid derrière la tête pour faire cesser le saignement.

J'applique plutôt le pot de Chunky Monkey contre mon nez et jette un œil à la pendule. Il est un peu plus de six heures : j'ai dormi au moins deux heures, et pourtant je n'ai aucun souvenir de mes rêves.

Je me tamponne le nez pour m'assurer que je ne saigne plus et vais me regarder dans la glace de la penderie. C'est encore pire que ce que je pensais. On dirait que je me suis fait tabasser. J'ai des taches de sang sur les ailes du nez et au-dessus des lèvres. J'attrape une mèche de mes longs cheveux bruns dont la pointe est à présent souillée de rouge. Je me demande depuis combien de temps je saignais quand je me suis réveillée, comment j'ai pu faire autant de saletés sans cesser de dormir.

Je m'assois sur le bord de mon lit et compte silencieusement jusqu'à dix. J'aimerais bien savoir si j'ai fait un rêve, au moins. Et si oui, s'il avait un rapport avec le sang. Je secoue la tête, parce que je n'en sais rien. Parce que la seule chose qui me semble sûre, c'est que je n'arrive pas à me débarrasser de cette impression, cette lourdeur de morgue qui pèse sur mon cœur et s'enfonce dans mes entrailles.

– Hum, Lucy, ne le prends pas mal, mais tu me débectes franchement, là. Tu devrais te débarbouiller un peu, tu ne crois pas ?

Drea remonte ses cheveux avec un élastique ; leur masse dorée et bouclée vient se poser comme une couronne sur sa tête.

– Sans parler de la scène de crime qui s'étale sur ton oreiller, ajoute Amber en désignant les taches sanglantes qui ornent mon lit.

Je repêche ma robe de chambre par terre, dans le tas de linge à laver.

– Je vais prendre une douche.

– Ça t'apprendra à aller chercher des trésors dans le sable, poursuit-elle en serrant Superman super-fort dans ses bras, si bien qu'il semble être éborgné par l'une de ses nombreuses minicouettes couleur framboise.

Pour toute réponse, je ferme la porte derrière moi.

Deux

Après une douche et une promenade purifiante sur la plage, je reprends la direction du bungalow. J'ai la surprise de trouver tout le monde debout. Dans la cuisine, pendant que PJ atomise à la chaîne des toasts fromage-œuf tout prêts dans le micro-ondes, Amber confectionne des tartines beurre-Nutella ; Chad feuillette le supplément sport de *La Gazette de cap Cod* dans le salon adjacent ; quant à Jacob, il est devant la télé.

Il arrête de zapper pour venir m'embrasser.

– Salut, beauté !

– Salut, dis-je en savourant son baiser comme une bouffée d'air frais venu de l'océan.

– Ça suffit, commente Amber en plongeant l'index dans le pot de Nutella pour lécher un énorme globule de pâte. Si le cuistot prépare le petit déj' en solo, tout le monde devrait en faire autant. C'est une question de respect.

– Plus un mot, mon petit-beurre à moi, l'apostrophe PJ en léchant son propre doigt graisseux. Je peux cuisiner pendant des heures.

– Si c'est pour manger des haricots verts, non merci.

J'entends le sèche-cheveux s'allumer et s'éteindre deux ou trois fois dans la chambre. Drea a l'habitude de se sécher les cheveux la tête en bas pour les faire gonfler à mort, puis de passer une heure et demie à remettre chaque mèche en place une par une.

Chad s'extrait de son journal pour lorgner la main de Jacob serrée sur la mienne, ce qui me donne presque envie de me dégager. Mais je m'abstiens. C'est tellement bizarre d'être en vacances tous ensemble ! Car enfin, c'est une chose d'aller au lycée, en cours, à la cantine, en faisant comme si ce n'était pas incroyablement gênant de voir son ex avec quelqu'un d'autre. Mais c'est une autre paire de manches quand il sort avec *son* ex *à lui*, et que *cette* ex est justement votre meilleure amie. Ajoutez à cela la gêne supplémentaire induite par la promiscuité et, tout d'un coup, votre cher et tendre actuel peut se sentir complètement exclu. Traduction : Chad et moi, nous sommes des ex. Chad sort avec Drea. Je sors avec Jacob. Nous sommes tous en vacances sous le même toit.

Jacob sent bien ce qui se passe.

Je lui presse la main et l'entraîne jusqu'à la table pour mettre le couvert. Entre-temps, PJ a apparemment abandonné l'idée de faire des toasts au micro-ondes, vu qu'il vient de sortir du frigo une boîte d'œufs frais. Il tente de les faire frire dans une casserole à spaghettis.

– Alors, comment va ta truffe ? me demande Amber. Drea et moi, on a flippé pour toi. C'est vrai, ça faisait très *Massacre à la tronçonneuse*.

PJ fait vrombir le mixeur deux-trois fois pour renforcer l'effet.

– Amber nous a raconté que tu t'étais curé le nez à mort.

Je ne relève pas et tourne la tête vers Jacob ; il a compris, je le sais, que ce qui s'est passé était terriblement anormal, que c'était bien plus qu'un simple saignement de nez. Il me regarde droit dans les yeux et se mordille le coin de la lèvre, presque comme s'il s'attendait à ce que je déballe tout.

– Je vais bien, dis-je en posant deux assiettes sur la table.

– Eh bien, tant mieux, soupire Amber. Tu me diras juste si je dois prendre des mesures radicales, comme mettre un imper pour aller me coucher ce soir.

– Tu pourrais aller dormir avec PJ, remarque.

Amber pivote vers lui et contemple le jaune d'œuf qui lui dégouline du menton.

– Je préfère encore tes habitudes primitives à ses habitudes répugnantes.

– Ce ne sont pas vraiment des habitudes.

– Comme tu veux. N'empêche que toi, moi et Drea dans la même chambre, comme au bon vieux temps... c'est le seul moyen vraiment sûr d'empêcher que tout le monde s'entretue.

Elle a tout à fait raison, c'est pourquoi nous avons fini par adopter ce plan de couchage auquel même nos parents ne trouveraient rien à redire.

– À moins, ma petite tentatrice, que ce soit le seul moyen que tu aies trouvé pour ne pas abuser de mon corps en pleine nuit, grogne PJ à son intention.

– Oh, pitié, soupire Amber. Si je devais coucher avec toi...

– Quoi ?

Elle prend un œuf dans la boîte et le casse dans la casserole qui fait office de poêle.

– Des questions ? s'enquiert-elle.

– Alors, ça va ? me demande Chad. Tu n'as pas besoin d'aller voir un médecin ? Mon père s'est fait cautériser la narine, un jour.

– Eh ben, il avait dû sacrément se mettre les doigts dans le nez, commente PJ en grattant le sien comme s'il allait y creuser un trou.

– Je vais bien, redis-je en me raclant la gorge.

– Mais oui, répète PJ, elle va bien. C'est quand même pas comme si elle se remettait à pisser au lit.

– Ou à dégueuler partout, ajoute Amber, comme si nous avions besoin de ce rappel.

– Ou autre chose de bien juteux, conclut PJ en trempant les doigts dans le bol d'œufs qu'il est en train de battre, soulevant une poignée de mixture gluante.

Dans des moments comme celui-ci, je déteste cordialement mes amis. Ils parlent tous de l'an dernier, l'époque où je vomissais sans cesse : un effet secondaire des cauchemars qui me hantaient dans mon sommeil. Et de l'année précédente, où mes mauvais rêves me faisaient faire pipi au lit.

Jacob continue de me fixer du regard. Je sais qu'il veut me parler de mon saignement de nez. Et moi aussi, je veux en parler. Mais pas maintenant, pas ainsi, pas devant tout le monde. C'est vrai, quoi, on devait s'amuser pendant ces vacances, passer un été sans stress.

Faire un petit tour du côté de la normalité.

Je décide de changer de sujet.

– Alors, vous êtes tous tombés du lit ? Comment se fait-ce ?

– C'est involontaire, m'explique Amber. Après ton départ, PJ a trouvé que ce serait marrant de faire comme s'il avait encore onze ans. Donc, il est venu dans notre chambre pour me plonger la main dans un bol d'eau froide.

– Voilà, et là, miss Princesse ici présente me fait le coup du film d'horreur et réveille toute la maison avec ses hurlements de chochotte, enchaîne PJ en étalant de la sauce tartare sur son sandwich à l'œuf. Non mais, vraiment, elle aurait besoin d'aller chercher un petit brin de courage chez le grand et puissant magicien d'Oz, oui ou non ?

– Non, rétorque Amber, mais *toi*, tu devrais peut-être aller le voir pour lui demander un petit brin de maturité.

– Ça veut dire quoi, ça ?

– Prends ta tétine, tiens.

Elle lui enfonce dans la bouche un index couvert de Nutella pour le faire taire.

– Ne viens pas me tenter avec tes plans de séduction pervers, ma petite coquine, dit-il en léchant allègrement le chocolat sur ses lèvres.

PJ adresse une moue à Amber, mais celle-ci réagit en lui ébouriffant les cheveux : il s'est fait des petites pointes courtes, dressées sur la tête, teintes d'une couleur platine de poupée Ken... pour se mettre dans l'ambiance plage, j'imagine.

– Quelqu'un a parlé de coquine ?

Drea fait son entrée dans la pièce et va s'asseoir à côté de Chad. Elle passe les jambes par-dessus ses genoux et par-dessus le supplément sport. Et soudain, je me rappelle pourquoi au juste elle passe tant de temps à arranger ses cheveux. Ils sont parfaits, parfaits comme dans une pub pour le shampooing. Des vagues brillantes, ondulantes, dorées, légèrement décoiffées juste comme il faut.

J'empoigne une mèche des miens pour constater qu'ils sont un peu plus secs que la normale et que les pointes auraient bien besoin d'être coupées.

La sonnette retentit et Amber bondit de la table pour foncer vers la porte en piétinant à peu près tout sur son passage... y compris moi.

– C'est peut-être un des étudiants à croquer d'à côté. Je crois en avoir vu un me mater hier.

Elle remonte son short de bain Superwoman, compte ses couettes avec ses doigts – sept, son chiffre fétiche –, puis ouvre la porte avec tellement de force qu'elle la fait claquer violemment contre le mur.

– J'en connais une qui est légèrement en manque, persifle Drea.

Amber ne relève pas ce commentaire et son sourire angélique retombe par terre : *splaf*.

C'est une fille qui est à la porte, peut-être deux ou trois ans plus jeune que nous mais indéniablement mignonne. Mignonne comme les petites filles dans les dessins animés Warner Bros : longs cheveux raides roux henné, visage en cœur avec lunettes de soleil à verres jaunes, tee-shirt super-moulant à longues manches flottantes, et un de ces sarongs qui ressemblent à une jupe. Je lorgne discrètement Jacob pour voir s'il a remarqué, mais il s'est complètement retiré du monde, absorbé dans un talk-show télévisé avec le public qui pousse des cris dans le fond.

– Ouais ? fait Amber.

– Bonjour. Je m'appelle Clara. Je venais voir si Marcy et Greg habitaient dans cette...

– Attends, l'interrompt Amber. Je ne t'ai pas déjà vue quelque part ?

Clara incline légèrement la tête sur le côté, comme si elle aussi s'efforçait de situer Amber.

– Tu n'étais pas à *La Coquille Coquine* hi...

– Laisse tomber.

Amber avance d'un pas pour regarder derrière la fille, dans l'espoir, je pense, qu'elle ait amené des amis masculins tout aussi mignons qu'elle.

– Tu habites à côté ? demande-t-elle en désignant la villa de droite, celle où les étudiants de fac ont accroché la bannière de leur confrérie, les lettres grecques *delta pi* géantes.

– Mais oui, gazouille Clara en désignant la direction opposée. À quelques maisons d'ici.

– Mouais.

– Alors, ce n'est pas ici qu'habitent Marcy et Greg ? insiste la fille en essayant de nous distinguer par-dessus l'épaule d'Amber.

– Qui ça ?

Amber ne cache pas que l'autre la dérange profondément. Elle pousse un gros soupir et baisse les yeux pour voir si son vernis est écaillé – damiers gris et jaune à un pied, spirales jaunes et blanches à l'autre.

– Marcy et Greg, répète Clara. Je venais de remarquer que du monde s'était installé ici, et j'ai pensé que c'étaient peut-être eux.

– Pas si vite, chère petite représentante en savonnettes.

PJ passe devant Amber en la bousculant. Il déploie une serviette et la dépose sur le seuil, façon tapis rouge, pour inviter la fille à entrer.

– Pas question de t'en aller sans goûter à mes victuailles.

– Ce n'est pas ce genre de porte-à-porte, lui fait remarquer Amber.

– Ne fais pas attention à elle, enchaîne PJ en tendant à Clara un toast recouvert d'un œuf mal cuit et baveux. C'est un vrai petit buisson d'épines. Mais je t'en prie, fais-toi plaisir et goûte à mes délices. J'espère que tu aimes la sauce tartare.

– Le seul délice que tu puisses nous offrir, c'est de courir à la boulangerie de la plage nous chercher un vrai petit déj' réplique Amber.

– Hou, des épines, des épines !

– Bonjour, dis-je pour tenter d'éviter à la fille de devenir la proie de PJ.

Je fais les présentations, et Clara salue tout le monde de la main.

– Tu viens d'où ? s'enquiert Drea, qui se dégage de Chad et de son journal pour venir à sa rencontre.

– Hartford. Mais comme mes parents sont tous les deux originaires du coin, on loue une maison ici chaque été. Je suis déjà là depuis une semaine.

– Super, conclut Chad en faisant son numéro de « Je pourrais être mannequin Abercrombie & Fitch si je voulais » avec ses cheveux.

Il passe les doigts dans ses boucles couleur de sable et une mèche retombe pile comme il faut juste à droite de son œil – c'est totalement répété.

– Tu vas pouvoir nous rencarder sur tous les endroits où il faut aller, alors.

Drea se tait un moment, le temps d'observer les deux centimètres et demi de ventre ultraplat visibles entre le tee-shirt de Clara et son sarong. Puis elle jette un coup d'œil à Chad et le grille en train de mater la fille bouche bée.

– Absolument, dit cette dernière en relevant ses lunettes de soleil en serre-tête. Vous allez *adorer* les vacances ici. Super-boîtes, super-boutiques. Il y a un café génial en ville où ils font les meilleurs granités du monde, et des cocktails glace vanille-soda et tout.

– Ça fait grossir, remarque Drea qui examine à présent le bout de cuisse dépassant du sarong.

– Sans doute, approuve Clara avec un petit rire en cascade. (Elle se tait un instant pour rajuster les liens de son sarong... pour cacher sa jambe, peut-être.) Mais j'ai de la chance, je n'ai pas à m'en faire pour ça.

Et elle contemple un instant le popotin de Drea.

– Il y a un problème ? demande cette dernière à qui cette inspection n'a pas échappé.

– Hein ?

Clara incline de nouveau la tête d'un air faussement innocent.

– Ne t'en fais pas pour elle, les interrompt Chad. Ça a l'air vraiment super, ici.

– Bien, quand faut y aller, faut y aller, déclare Clara avec une nouvelle cascade de rires.

Drea se racle la gorge. Elle pose la tête sur l'épaule de Chad et le regarde en battant des paupières.

– Allons nous balader, propose-t-elle.

– D'accord, répond-il sans bouger d'un pouce.

– *Tout de suite*, insiste-t-elle en étirant vers lui ses lèvres rouge fraise. J'ai envie de prendre l'air de la plage.

Chad obéit et ils s'en vont.

– Moi aussi, je crois que j'ai besoin d'air, proclame Amber. Et de deux ou trois étudiants, histoire de m'occuper. Je me demande s'ils ont faim.

Sur ce, elle s'empare d'une assiette de tartines de Nutella.

– Ils seront affamés, n'en doutons pas, commente PJ en mordant dans son toast à l'œuf.

– Qu'est-ce que ça veut dire, ça ?

– Va savoir.

Il prend encore quelques sandwiches sur la table et disparaît dans sa chambre.

– Il est aigri parce que je ne veux plus sortir avec lui.

Amber fourre des serviettes en papier dans son haut de bikini, entre ses seins, au milieu du décolleté.

– À cause de la transpiration, nous explique-t-elle.

Elle nous fait le signe de la paix en guise d'au revoir et sort.

– Eh bien, constate Clara, j'ai le chic pour vider une pièce, moi.

– Pas du tout, dis-je tout en m'apercevant que Jacob aussi s'en est allé.

J'entends le robinet de la douche grincer dans la salle de bains et suppose que c'est là qu'il est parti.

– Mes amis sont juste un peu excentriques.

– En tout cas, j'aimerais vraiment bien qu'on se retrouve un de ces jours, insiste Clara. Parce que j'ai du mal à rencontrer des gens de mon âge ici. La plupart du temps, il n'y a que des étudiants en fac, et ils n'ont pas envie de traîner avec une fille de quinze ans.

– Oui, mais à vrai dire, nous aussi on est des étudiants, en quelque sorte. On vient de passer le bac et on a pensé que ce serait chouette de louer une maison tous ensemble deux semaines cet été. C'est notre récompense, pour avoir survécu aux affres du lycée privé !

– Entièrement d'accord !

Encore une petite cascade de rires.

– Mais tu ne fais pas quinze ans, dis-je en remarquant qu'elle sent la crème caramel. Je t'en aurais bien donné seize ou dix-sept.

– Merci, fait-elle avec un sourire éclatant. Alors, tu veux bien que je te donne mon numéro ? Je pourrais vous emmener visiter les lieux un peu plus tard.

– Bien sûr.

Je lui tends une serviette en papier et un stylo, et elle griffonne son numéro (elle fait des smileys à la place des zéros).

– À plus tard peut-être.

Je hoche la tête et lui serre la main. Et c'est précisément là que je sais. Que je le sens. Comme si ma peau avait givré dans sa paume. Comme si un million de minuscules aiguilles de glace venaient de se déverser dans mes veines.

Clara va mourir.

Trois

Clara me dit qu'elle doit rentrer chez elle et je reste plantée là, la main encore couverte de picotements, encore gelée de son contact. J'ai envie de simplement tout lui crier haut et fort : ce que je perçois, ce qui, je le sens dans mon cœur, va lui arriver. Mais au lieu de cela, ma mâchoire tremble à l'idée de ce que je dirais, du son de mes paroles dans l'air, suspendues au-dessus de nous deux comme des nuages de grêle. Je ne la connais même pas, cette fille. Comment pourrais-je lui dire que j'ai l'impression lancinante qu'elle va mourir ?

Elle se détourne pour partir et c'est plus fort que moi.

– Tu vas bien ?

Elle se renfrogne.

– Ben oui, pourquoi ?

– Je me demandais, c'est tout. (J'ai une énorme boule dans la gorge.) Tu es en vacances avec tes parents, c'est bien ce que tu as dit ?

Clara opine, le visage tout tordu de perplexité.

– C'est bien.

Je suis un peu rassurée qu'elle ne soit pas seule.

– Ouais, c'est ça, raille-t-elle avec son petit rire, les vacances avec papa et maman… c'est trop l'éclate !

– Non non, vraiment, c'est bien.

Je hoche la tête et me concentre intensément sur elle en me demandant si je dois en dire davantage. Mais si je le fais et qu'elle ne me croie pas ? Ou pire, si elle me prend pour une folle et décide de ne plus jamais me parler ?

– Bon, il faut que j'y aille, redit-elle en reculant d'un pas comme si je lui faisais froid dans le dos.

Cette fois je la laisse partir, de peur de tout gâcher en ajoutant un mot. Je sais que j'aurai de meilleures chances de la convaincre si j'en ai plus à lui révéler, si je parviens à tirer quelque chose d'un cauchemar… une chose qu'elle serait la seule à savoir.

Il faut que je dorme.

Je change mes draps souillés de sang et ouvre toutes les fenêtres de la chambre dans l'espoir que la douce brise marine et la senteur salée de l'océan m'apaiseront suffisamment pour m'endormir. Je me glisse entre les draps frais et retire l'amulette qui pend à mon cou. C'est un tout petit flacon vert émeraude en verre roulé par la mer, accroché à une chaîne en argent. C'est ma mère qui me l'a offert pour mon anniversaire. Elle m'a dit qu'il lui faisait penser à moi. Cela signifiait vraiment beaucoup. Je l'adore, sincèrement. Et le fait qu'elle ait reconnu mes goûts – sans essayer de m'imposer les siens en m'achetant un parfum qu'elle aime, elle – prouve qu'elle respecte ce que je suis et ce en quoi je crois.

Je débouche le flacon et verse quelques gouttelettes d'huile de lavande sur le bout de mon doigt. La senteur végétale et sucrée m'aide un peu à me recentrer, m'aide à me préparer au repos. Je frotte l'huile dans mon cou, sur mon front, mon menton et mes deux joues, puis je sors de ma table de nuit ma boîte à songes.

C'est un coffret en bois, de petite taille, que j'ai acheté sur un marché aux puces au début de l'été, en pin lisse et doré, avec une charnière chromée et un fermoir assorti. Je me rallonge dans mon lit en me concentrant sur le bruit lointain de la marée qui se retire : les vagues qui entraînent les galets, qui les tirent peu à peu vers le large. Puis j'ouvre la boîte à songes et la pose juste à côté de moi afin d'attraper mes rêves, afin qu'ils n'échappent pas à ma conscience comme ils l'ont fait la nuit dernière.

Je me retourne, si bien que ma joue repose sur le sable doux, et je remarque que la brise tiède semble posée sur moi comme une couverture. Et pourtant, je suis gelée. Je me replie en position fœtale et me concentre sur le soleil, dont les rayons viennent me frapper à la verticale. Mais rien n'y fait. Je frotte mes jambes l'une contre l'autre et sens la chair de poule me hérisser la peau.

– Lucy...

Quelqu'un chuchote derrière moi. Une voix féminine, je crois.

J'essaie d'ouvrir les yeux, de me retourner pour voir, mais on dirait que mes paupières sont cousues, que je ne peux pas faire un geste. J'écoute attentivement, mais je n'entends plus rien... hormis un carillon à vent qui tintinnabule quelque part dans le lointain, et le bouillonnement de l'océan qui vient mourir sur la grève.

Je prends une profonde inspiration pour calmer les battements dans ma poitrine et visualise l'air froid s'échappant de mes lèvres en longue volute cotonneuse.

– Ne le dis à personne, continue la voix.

– Clara ?

C'est ce que je veux demander, mais il semblerait que je ne puisse pas parler non plus. Je sens mes lèvres se mouvoir, mais aucun son n'en sort.

– Si tu le dis, je le saurai.

Elle s'est rapprochée. Je sens son haleine de glace contre ma nuque.

– Si tu le dis, je te le ferai payer.

J'ai envie de donner un coup derrière moi, mais je suis littéralement paralysée sur place. Je claque des dents, ma mâchoire tremblote et le froid me pique les jambes. Je tends l'oreille, à la recherche d'autre chose, et tente de respirer pour chasser la peur, mais c'est presque comme si mes poumons étaient remplis de gouttelettes de glace, rendant chaque inspiration plus dure, plus froide, plus courte.

Au bout de quelques secondes, je n'entends plus rien d'autre que le froid : une sorte de long cri strident qui me hurle aux oreilles. Je me demande si elle est partie, si elle m'a laissée mourir de froid ici.

– Je suis là, Lucy, chuchote-t-elle comme si elle lisait dans mes pensées.

Je sens que je commence à me réchauffer légèrement : mon souffle est moins glacé, le son perçant dans mes oreilles ressemble davantage au bruit de la marée qui se retire. Et juste par-dessus, par-dessus le bruit des vagues et du carillon, je l'entends pleurer. Cela vient de quelque part devant moi sur le sable, comme si elle était étendue au sol elle aussi. Je tends le bras vers elle – car ma main est désormais libre de ses mouvements – et je touche quelque chose de doux : ses cheveux sous mes doigts, peut-être.

– Ne le dis pas, me supplie-t-elle.

J'ouvre les yeux, mais il me faut un moment pour faire le point. Je la vois, maintenant ; elle me tourne le dos. Elle est couchée sur le côté, elle aussi, je crois. Mais tout est si blanc, presque trop éclatant pour que je puisse voir... comme un voile qui la recouvre. Je plisse les paupières et remarque une coulure rouge. Elle glisse le long de son échine et parcourt le galbe de sa jambe. On dirait du sang.

Mon corps tremble ; le froid s'étend de nouveau partout sur moi.

– Lucy, fait une voix.

Je remue les lèvres pour répondre, mais une fois de plus rien ne sort.

– Lucy...

Il me faut un petit moment pour me rendre compte que cette voix-là est différente, plus grave.

– Debout, la belle au bois dormant.

De nouveau je remue les lèvres, mais mes paroles restent bloquées. Quelque chose me couvre la bouche, me coupe la respiration. J'étouffe et cette sensation me réveille. J'ouvre grand les yeux. Je suis toujours au lit, toujours dans ma chambre. Et Jacob est penché au-dessus de moi.

– Ça va ? me demande-t-il en reculant sa tête. Pourquoi es-tu toute froide ?

Il tire la couverture sur moi.

Mais je suis incapable de réagir dans l'immédiat. Les images de mon cauchemar me tournent encore dans le cerveau ; je referme la boîte à songes et fais claquer le fermoir avant que mes visions aient eu le temps de s'échapper.

– Je ne voulais pas te réveiller en sursaut, poursuit-il, mais il faut vraiment qu'on parle.

J'opine en m'efforçant de contrôler ma respiration, je me concentre un instant sur les bouffées qui s'échappent de ma bouche, pour voir si le froid les rend visibles. Mais elles ne le sont pas, bien que mon corps soit encore tremblant, encore raide.

– J'ai de nouveau fait un cauchemar.

– Ça parlait de quoi ?

Je serre les dents pour les empêcher de claquer et, au lieu de répondre, m'en vais ouvrir la fenêtre. L'océan s'éloigne en roulant, caressant les rochers, laissant derrière lui une longue bande de sable. Je regarde aux alentours, je m'attends presque à voir Clara dans les parages. Mais elle n'est pas là : il n'y a que quelques joggeurs, un groupe qui fait du yoga et une poignée de promeneurs. Je lève les yeux vers les nuages en faisant mon possible pour deviner quelque chose d'apaisant dans leurs formations globuleuses : la lune, le soleil, un papillon géant... n'importe quoi du moment que cela me débarrasse de cette sensation, de cette obscurité qui pèse si lourdement sur mon cœur. Mais je ne vois que du rouge, des taches de couleur informes qui tourbillonnent dans ma tête et me perturbent de plus belle.

– Tu peux m'en parler ?

Jacob se lève du lit et vient derrière moi poser ses mains sur mes épaules.

Je me retourne pour lui faire face, et au même moment une goutte de sang me tombe de la lèvre.

Quatre

Jacob retire son tee-shirt et me le tend en guise de mouchoir.

– Merci, dis-je en le pressant contre mon nez, respirant au passage son odeur familière de citronnelle.

– On peut en parler ? Des saignements de nez... des cauchemars.

Je hoche la tête et inspire profondément, les doigts posés sur la boîte à songes.

– Ils sont là-dedans ? me demande-t-il en la montrant du geste.

– Quoi ?

– Tes rêves.

Je sens une ébauche de sourire se dessiner sur mon visage à l'idée que c'est lui qui m'a tout appris sur les boîtes à songes. J'ouvre le couvercle.

– C'était un cauchemar. Pas un rêve.

– Et de quoi parlait-il ?

Je me tourne face à lui, à son torse nu que le soleil a coloré d'une riche couleur caramel. Son teint naturellement mat s'est hâlé aussi ; je le remarque pour la première fois alors que nous sommes en vacances ensemble depuis déjà trois jours. Je note aussi que ses lèvres ont l'air un peu plus pâles sur sa peau lisse et bronzée ; que des mèches de ses cheveux noisette semblent presque dorées par le soleil ; et que ses yeux bleu ardoise paraissent légèrement plus brillants, presque argentés.

– Clara, dis-je enfin. La fille qui est venue ce matin. C'est d'elle que j'ai rêvé.

Je me tamponne le nez avec son tee-shirt pour vérifier que le saignement a bien cessé.

– Alors, que se passait-il dans le rêve ?

– Je voyais son corps, je crois.

– Tu crois ?

– C'était un peu flou. (Je ferme les yeux pour mieux voir.) C'était blanc... presque trop blanc pour que j'y voie. Mais ensuite, tout a viré au rouge.

– *Au rouge ?*

Je hoche la tête.

– Comme du sang. Comme si elle saignait.

– Tu es sûre que c'était elle ?

– Je *sais* que c'était elle. C'était sa voix. Elle m'ordonnait de ne pas le dire.

Je me sens bizarre rien qu'à prononcer ces paroles, comme si les mots eux-mêmes étaient un secret.

– De ne pas dire *quoi* ?

Je secoue la tête, je me souviens qu'elle m'a aussi prévenue que si je répétais quoi que ce soit elle me le ferait payer. Mais payer comment ?

– C'était une prémonition. Je le sais. Il va lui arriver quelque chose.

– Et quand tu saignes du nez, c'est un indice ?

J'acquiesce en regardant le tee-shirt maculé de sang, je me force à me rappeler à quel point Jacob me connaît bien. Car cela m'étonne sans cesse, tout ce que nous pouvons percevoir l'un de l'autre.

– Et je l'ai senti, aussi. Quand je lui ai serré la main tout à l'heure, j'ai senti tout de suite qu'elle était en danger.

– Alors on va s'en occuper. On va trouver une solution.

– Ça recommence, dis-je tout bas.

Jacob serre ma main dans la sienne, ses yeux bleu-gris argenté plongent dans les miens, me font fondre de l'intérieur, me font palpiter le cœur comme dans un roman à l'eau de rose. Je tourne la tête pour ne pas me déconcentrer.

– On va s'en occuper, répète-t-il.

– Je sais. C'est juste que... Je pensais qu'on passerait un été tranquille.

Il sort quelque chose de la poche de son short et le dépose dans ma paume. Je sais immédiatement ce que c'est. Je le sais au poids, aux angles doux et émoussés, et à sa familiarité toute simple. Je recommence à fondre de l'intérieur, mon cœur enfle dans ma poitrine. J'ouvre la main. Le gros caillou cristallin y trouve parfaitement sa place.

– Tu l'as laissé dans ma chambre l'autre nuit, dit-il. J'ai senti que tu pourrais en avoir besoin.

– Senti ?

Jacob hoche la tête et détourne le regard. C'est alors que cela me frappe, que je comprends une chose : lui aussi fait des cauchemars, c'est évident. J'attends qu'il m'en parle, mais il reste muet.

– Comment as-tu su que je pouvais avoir besoin du cristal ?

– Facile. Parce que je te connais.

– Tu en fais aussi, n'est-ce pas ?

– Quoi ?

– Des cauchemars.

Il écarte la mèche de cheveux bruns qui est tombée sur son œil.

– Non, fait-il en regardant ailleurs.

Mais je sais qu'il ne me dit pas la vérité. Jacob et moi avons une connexion plus forte que tout ce que j'ai déjà connu. De fait, nous sommes comme deux gouttes d'eau. Nous avons tous les deux été élevés dans la magie populaire, et nous avons tous les deux des prémonitions. C'est d'ailleurs ce qui nous a rapprochés.

L'an dernier, Jacob a vu dans ses cauchemars que quelqu'un allait me tuer. Sauf qu'il ignorait qui j'étais. Il savait seulement qu'il faisait des rêves prémonitoires sur une fille qui allait mourir. Après avoir effectué des recherches et affûté ses sens, il a fini par changer de lycée pour me trouver, à presque cinq mille kilomètres de chez lui. Soudain, j'ai vu arriver ce type, cet *inconnu*, qui essayait de me sauver. À ceci près que je ne l'ai jamais considéré comme un inconnu. Parfois, il me semble que rien qu'en le regardant je sais exactement à quoi il pense. Comme en ce moment.

– Je me demande bien pourquoi tu n'es pas honnête avec moi.

– Ce n'est pas ce que tu crois, se défend-il.

– Tu ne fais pas de cauchemars ?

– Pas sur Clara.

– Alors, sur quoi ? *Dis-le-moi*.

– Pas maintenant. Pour l'instant, nous devons nous concentrer sur tes cauchemars à toi. Les miens, j'en fais mon affaire. (Il prend ma main à plat entre les siennes.) Fais-moi confiance.

– C’est ce que je fais.

– Bien.

Il m’embrasse sur la joue et rapproche ses lèvres de mon oreille.

– Je t’aime, me chuchote-t-il.

Je souris et détourne les yeux, prise d’une envie de lui dire que moi aussi je l’aime. Mais je ne peux pas. Je n’arrive pas à sortir ces trois petits mots, même si je les ressens dans mon cœur. Et j’ignore pourquoi. Pourtant je les ai déjà dits : à des amis, à ma famille... mais pas à lui. Avec lui, c’est différent ; c’est de l’amour, le vrai, le grand, le « jusqu’à ce que la mort nous sépare ». Et pour une raison inconnue, bien que je m’efforce sans cesse de lui montrer que je l’aime, les mots restent coincés dans ma gorge.

– Dis quelque chose, me presse-t-il.

– Quel genre de chose ?

– Genre à quoi tu penses.

– À la même chose que toi, fais-je en minaudant.

Jacob sourit et se mord la lèvre en contemplant ma bouche, ce qui me fait monter le rouge et la chaleur aux joues. Je sais qu’il a remarqué que je ne lui répondais pas.

– On devrait peut-être changer de sujet.

– C’est vrai, approuve-t-il en se redressant. On devrait reparler de tes cauchemars.

– Non. Parlons carrément d’autre chose.

– Pourquoi ?

– Parce que, dis-je en serrant les genoux contre ma poitrine, ne serait-ce que pendant cinq petites minutes, j’aimerais bien être simplement normale.

Cinq

Jacob s'en va pour me laisser essayer de dormir encore, dans l'espoir de rêver et de faire un nouveau cauchemar. Mais j'ai beau tout tenter, même en entamant des flacons neufs de patchouli et d'huile essentielle de lavande, même en glissant sous mon oreiller un sachet de rêve garni d'une gousse de vanille, rien ne fonctionne. Je suis tellement éveillée que c'en est risible.

Au lieu de ruminer sur mon insomnie, je consacre mon temps à méditer sur Clara : sur son nom, son parfum de crème caramel, sur les sensations dans ma main quand elle l'a touchée. Je passe le reste de la journée à la plage avec la bande, à jouer au volley et à manger du velouté de palourdes dans un bol en pain, spécialité de la région. De temps en temps, je me force à penser à Clara. Je dessine même un gros *C* majuscule sur ma main avant d'aller me coucher pour encourager les rêves liés à elle. J'ai bon espoir de rassembler, d'ici à mon réveil demain matin, suffisamment de connaissances pour qu'elle soit *obligée* de me croire.

Mais une fois de plus, c'est à peine si je ferme l'œil. Je me retourne dans mon lit toute la nuit, au point de réveiller Amber et Drea à deux ou trois reprises.

Dès que je sens que je commence à somnoler, ma poitrine tendue comme une corde de piano me rappelle à quel point je suis stressée, l'énormité de ce qui est en jeu. Car si je n'élucide pas tout cela, Clara risque de mourir pour de vrai. Comme Veronica Leeman, il y a presque deux ans déjà ; comme Maura, trois ans auparavant. Les prémonitions que j'avais à leur sujet étaient révélatrices mais, dans le cas de Maura, j'ai ignoré les cauchemars et ils se sont réalisés. Dans le cas de Veronica, je n'ai pas su tout comprendre à temps. Résultat : deux mortes, et moi morte de peur qu'une autre décède encore.

Je serre les paupières et me retourne sur mon matelas en pensant que c'est exactement comme ce qui est arrivé à Jacob l'an dernier, quand il avait des prémonitions concernant une inconnue – moi – mais se sentait tout de même poussé à mettre sa vie entre parenthèses pour l'aider. Et s'il ne l'avait pas fait ? Serais-je encore de ce monde ?

Je me dois d'aider Clara ; je n'ai absolument pas le choix.

Par conséquent, j'ai décidé de commencer tôt ce matin. Je m'empare de quelques fournitures de magie et m'en vais faire un tour. J'aurais besoin d'être seule, là, bien que ce soit rendu difficile par le monde qui commence à envahir la plage en dépit de l'heure matinale, traînant sur le sable serviettes, transats et glacières pleines de sodas. Je reste au bord de l'eau et patauge dans le sable mouillé qui s'accroche à mes pieds, en tâchant de me concentrer sur le clapotis des vaguelettes et non sur les voix des touristes tout autour de moi.

Cependant, je réentends sans cesse cette autre voix. La voix de Clara, qui m'ordonne de ne rien dire. Mais dire quoi ? Et à qui ?

À la seule pensée de Clara, la sensation glacée regagne mes doigts. Je fais de mon mieux pour m'en débarrasser, mais elle ne me lâche pas. Le frisson remonte dans mon bras et par-dessus mon épaule pour venir enserrer la moitié droite de mon cou. Il doit faire au moins trente degrés, mais malgré cela je serre mon pull contre moi de peur de geler entièrement.

Une fois que je pense m'être suffisamment éloignée des petits groupes de vacanciers, je me laisse tomber dans le sable mouillé et inspire l'air salé en m'efforçant de calmer ce sentiment de nervosité en moi. Je lève la tête vers le soleil, consciente que si je me concentre suffisamment sur son énergie, je saurai discerner ce qui est important.

Clara. Je me répète son nom, encore et encore, puis le trace dans l'épais sable mouillé avec mon doigt. Je visualise les rayons du soleil tombant sur son nom et sur moi, ouvrant les canaux de la pensée claire. Et ça marche, jusqu'à un certain point : ma main, mon bras et mon cou sont moins sensibles aux picotements, moins sensibles au froid.

Dans la poche de mon pull, je prends les quelques fournitures que j'ai apportées : un vieux flacon de parfum que je gardais dans mes affaires, un stylo à encre violette et un morceau de papier. Le flacon a baigné dans le clair de lune, je l'ai laissé sur le rebord de ma fenêtre pendant deux cycles lunaires complets. J'en retire le bouchon et le place devant moi sur le sable en imaginant l'air chaud venu de l'océan entrant peu à peu par le goulot ; la chaleur du soleil, comme du feu, balayant le verre. Je décapuchonne le stylo et, sur le papier, j'inscris les mots « NE LE DIS À PERSONNE », en espérant que la couleur violette contribuera à stimuler mon acuité psychique.

Je glisse le papier dans le flacon et le recouvre d'éléments terrestres et aquatiques : un peu d'eau de mer salée et une pincée de sable de la plage. Je rebouche le flacon et l'élève dans le vent. « Ô Esprit, Esprit, je te supplie de m'aider à voir avec clarté. Je t'offre la terre, le vent et la mer, et je prie pour que tu me répondes. » J'embrasse le flacon puis le jette dans l'océan, aussi loin que me le permettent mes forces. Il heurte une vague et disparaît pendant quelques secondes avant de revenir flotter à la surface. La marée montante le repousse vers mes pieds. Je le lance de nouveau, plus fort encore cette fois, mais il revient par le même chemin. Au lieu de le sortir de l'eau, je décide de simplement laisser la bouteille accompagner la marée montante. Peut-être qu'au lieu de me reposer si lourdement sur mes sorts, je devrais me fier davantage à mon instinct. En ce moment, il me dit que je dois trouver Clara.

Six

Je revois très nettement Clara nous dire qu'elle habite à quelques maisons de chez nous – vers la gauche, je crois.

Il y a une petite maison de ce côté-là qui m'a l'air assez standard : transats soigneusement empilés sous la véranda, barbecue portatif rangé dans un coin, carillons de coquillages accrochés au-dessus des marches. Je me dis que ça doit être là, car je me rappelle aussi qu'elle a déclaré habiter avec ses parents, et non avec une bande d'étudiants buveurs de bière. D'après ce que j'ai compris, les types de la fac occupent au moins trois ou quatre des maisons à la droite de la nôtre.

Je gravis les marches et frappe à la porte. Elle cède légèrement sous mes coups en grinçant, comme si elle ne fermait pas bien. Je la maintiens fermée et tente de frapper de nouveau.

Toujours rien.

– Il y a quelqu'un ? dis-je dans la fente.

Les carillons de coquillages tintent juste derrière moi, et je me souviens que j'ai entendu le même bruit dans mon cauchemar.

– Clara ? fais-je en poussant un tout petit peu la porte.

Je ferme les yeux un instant en me concentrant sur le tintement. Mais c'est autre chose que j'entends. Cela vient de l'intérieur : un *bip* aigu. J'ouvre un peu plus.

– Clara ? Tu es là ?

Le salon est plongé dans l'obscurité ; tous les volets sont fermés. Un grand fracas s'élève d'une chambre, comme un bruit de lutte. J'ouvre en grand et fais un pas à l'intérieur, remarquant au passage que cette maison est disposée comme la nôtre. Le salon et la cuisine communiquent, formant un grand espace ouvert. Je me déplace vers le petit couloir étroit qui donne sur les chambres.

Mais le silence règne à nouveau. Et il fait noir : la seule lumière vient de la porte par laquelle je suis entrée, et plus je m'en éloigne, plus il fait sombre. Je jette un coup d'œil par-dessus mon épaule en me disant que je devrais plutôt aller chercher de l'aide, cependant je n'arrive à penser qu'à ces stupides carillons – et à l'idée que Clara est peut-être en danger. Je l'appelle encore.

Toujours aucune réponse.

Je me déplace vers la chambre de droite et colle mon oreille contre la porte. Mais tout est silencieux, à part mon cœur. Il bat fort dans ma poitrine. Je pose la main sur la poignée en me disant vaguement qu'elle sera verrouillée, mais elle tourne. Et j'entre.

Il fait encore plus noir là-dedans, trop noir pour que j'y voie quoi que ce soit. Je cherche un interrupteur à tâtons, je n'en trouve pas. J'avance vers le centre de la pièce, les bras tendus devant moi, et finis par trébucher sur quelque chose de dur, un repose-pieds peut-être.

Un fort claquement s'élève du salon, comme si la porte d'entrée venait de se refermer. Le vent, peut-être. Je me mords l'intérieur de la joue et me répète que c'est bien cela, que le courant d'air venu de la mer a claqué la porte, qu'il n'y a personne, et que dans quelques secondes je vais simplement ressortir discrètement.

Mais à ce moment j'entends des pas, le parquet qui craque dans cette direction. Je me plaque derrière le battant et retiens ma respiration pour qu'on ne m'entende pas haleter.

– Il y a quelqu'un ? chuchote une voix masculine que je ne reconnais pas.

Je ferme les yeux et tente de m'imaginer ailleurs.

– Allez, sortez, fait l'homme d'une voix chantante. Je ne mords pas.

Je serre les dents et me recroqueville dans le coin à l'instant même où la lumière s'allume dans la pièce, repeignant tout en rouge. Levant la tête vers le plafond, je regarde l'ampoule rouge ; elle éclaire ce qui est visiblement une chambre noire. Un fil à linge est tendu dans le fond avec des photos accrochées dessus, un vaste poste de travail est couvert de bacs à solutions, et des étagères courent sur les murs.

Je l'entends respirer de l'autre côté de la porte. Agrippant le cristal et souhaitant violemment que la force de Jacob me vienne en aide, je ferme de nouveau les yeux et compte en silence jusqu'à vingt, en priant pour qu'il n'entre pas entièrement, pour qu'il referme la porte et s'en aille. Je cherche une fenêtre du regard. Il y en a une dans le coin opposé, mais on dirait qu'elle est condamnée par des planches.

La lumière s'éteint au bout de quelques secondes et il s'en va, comme ça, en tirant la porte derrière lui. J'attends encore un peu, en écoutant à travers le mur ses pas qui s'éloignent dans le couloir pour regagner le salon. Puis j'entends claquer la porte d'entrée, comme s'il était sorti.

Je m'en vais, moi aussi. Je me lève, ouvre le battant juste assez pour passer, et franchis le couloir aussi rapidement et silencieusement que possible. Je gagne la porte d'entrée, dans le salon, mais la poignée ne tourne pas. Je pousse le verrou jusqu'à entendre un déclic et j'essaie de nouveau. Toujours fermé.

– Où t'en vas-tu si vite ? demande une voix juste derrière moi.

Je fais volte-face. Il est debout à quelques pas de moi, mais la maison est toujours très sombre. Le seul éclairage vient de la fenêtre de la cuisine.

– Nous n'avons même pas été présentés, poursuit l'homme.

Il n'est plus tout jeune, peut-être la trentaine ou la quarantaine, avec un visage couvert de poils : une barbe couleur miel, épaisse et filandreuse, et une moustache qui dépasse des deux côtés.

– Il faut que je parte. Je suis navrée. Je me suis trompée.

J'ai la mâchoire qui tremble.

– Laisse-moi donc t'aider.

Il étire les bras et pousse un énorme bâillement, comme s'il venait de se réveiller.

– Je cherchais simplement quelqu'un. Je me suis trompée.

– Qui ça ? demande-t-il en faisant un pas vers moi.

Il porte un jean taché de peinture et un vieux tee-shirt miteux.

– Personne.

Les mains derrière le dos, j'essaie de pousser le verrou dans l'autre sens. J'appuie sur la poignée, mais elle ne bronche toujours pas.

– Une serrure à système, me dit-il avec un sourire. (Il empoigne sa barbe et tire un bon coup dessus.) Reste un moment. Laisse-moi te prendre en photo.

Il se dirige vers le canapé pour attraper son appareil ; juste au même moment, je tire sur le bouton et tourne la poignée, car je viens de me rappeler que c'est ainsi que fonctionne la serrure à système chez ma tante.

Ça marche. La poignée pivote, je peux enfin ouvrir, sortir en trombe et dévaler les marches.

Une fois à bonne distance, je me retourne pour jeter un coup d'œil derrière moi. Il est toujours là, à m'observer.

Sept

Je fonce vers la plage ; j'ai hâte de m'éloigner de lui, de son regard fixe et de la sensation qu'il m'a imposée, celle d'être une victime en puissance.

Mon cœur tambourine encore. Je ne pense qu'à une chose : ce qui serait arrivé si je n'étais pas sortie, ce qu'il aurait fait. Bien sûr, ce n'était pas une bonne idée d'entrer là-dedans, de toute manière. Mais ces carillons à vent, leur tintement juste derrière moi sur les marches, me rappelaient tellement mon cauchemar !

Une fois suffisamment éloignée à mon goût, je m'arrête pour reprendre mon souffle, décrisper mes épaules et me répéter que je dois trouver Clara. J'ai longé pratiquement toute la plage avec la ferme intention de la chercher, mais sans regarder nulle part, en réalité.

J'inspire un grand coup et commence à revenir sur mes pas, en direction de notre maison, et en restant concentrée cette fois. Il y a un monde fou qui prend le soleil sur le sable. Mais je ne vois Clara nulle part.

– Coucou, ma copine sexy ! me crie une voix.

Amber.

Levant la tête, je l'aperçois. Elle porte un des étudiants sur son dos, sur la terrasse de leur villa ; ses jambes semblent sur le point de se briser net. Je me dépêche d'aller les rejoindre.

– Qu'est-ce que je suis contente de te voir !

– Dure matinée ? me demande-t-elle.

– T'as pas idée.

– Des détails ?

– Plus tard, dis-je en regardant son étudiant perché dont la tête dépasse au-dessus de son épaule.

– Bonjour, fait-il en tendant une jambe vers moi comme si j'étais censée la serrer. Moi, c'est Sully.

– Et moi, Lucy.

Je lorgne une croûte sur son genou ; la dernière chose que j'aie envie de faire, c'est de toucher sa peau moite.

– Et lui, là-bas, c'est Casey.

Sully désigne du pied un type assis par terre dans un coin, qui boit directement dans un porte-canette en mousse, la tête tournée vers la plage. Je ne l'avais même pas remarqué. D'ailleurs, il n'a pas l'air de me voir non plus. Pas une fois il n'a levé les yeux de la grève. Je suis son regard pour voir ce qu'il contemple ainsi. Comme s'il y avait besoin de demander.

C'est Drea. Chad et elle ont installé un véritable campement sur le sable : couverture, glacière, parasol articulé et tout. Ils se défient mutuellement de sauter à l'eau : Drea en bikini à ficelles et Chad dans un short de bain qui lui descend aux genoux.

– Alors, me dit Amber, rayonnante comme une ampoule à un milliard de watts, t'as rien remarqué ?

– Quoi ?

– Double problème !

– Hein ?

Je sens mes traits se froncer de perplexité.

– Ou double fun... question de point de vue !

– Euh, mais de quoi tu parles ?

– Sully et Casey sont jumeaux.

Elle en est quasiment à applaudir comme pour un anniversaire, quand on souffle les bougies.

J'observe tour à tour les deux garçons : cheveux châtains, yeux sombres, visages ronds, même stature svelte avec de longues jambes musclées.

– C'est pas génial, ça ? triomphe-t-elle.

Absolument formidable, me dis-je en moi-même. Je hoche la tête et me force à sourire.

– Il y a une croisière nocturne jeudi soir. Le père de l'un de leurs potes de fac est propriétaire d'une compagnie maritime.

– C'est une soirée de charité, explique Sully. Le bateau partira le soir, restera quelques heures à l'ancre, et on sera de retour le lendemain matin.

– Et ce n'est que cent dollars la cabine, renchérit-elle. En se cotisant tous...

– C'est limité à quatre personnes par chambre.

Amber hausse les sourcils : elle est sans doute en train de faire ses calculs, de s'imaginer comment caser tout le monde. Mais, n'ayant aucune envie de me disputer avec elle au sujet d'une beuverie d'étudiants en goguette, je hoche la tête encore quelques secondes en attendant que cela passe.

– Alors, tu as revu la fille, là, Clara, dans les parages ? finis-je par lui demander.

– Clara ? fait Casey en se redressant.

– Oui, tu la connais ?

– Pas vraiment. Pourquoi tu la cherches ?

– Parce que je veux lui parler.

J'entends une pointe d'irritation dans ma propre voix.

– Pourquoi ?

Pourquoi ? Parce que ça te regarde, peut-être ? J'étouffe cette pensée derrière un nouveau sourire en plastique.

– Elle est passée il y a un petit moment, mais elle est repartie, m'informe-t-il.

Sur quoi il se remet à contempler la plage.

– Il l'a *virée*, précise Sully.

– Je n'ai jamais viré personne.

– Lui dire de se barrer, c'est une drôle de manière de le montrer.

– Comme tu veux, concède Casey en reprenant une gorgée à son porte-canette. J'en ai marre qu'elle essaie tout le temps de s'incruster, c'est tout.

D'accord, ça se complique. Fille mignonne (F) + Type manifestement célibataire (T) = Problème (P), au point que T vire F ? Qu'est-ce qui cloche dans cette équation ?

Casey se lève et rentre dans la maison en claquant la porte.

– Qu'est-ce qu'il lui prend ? s'étonne Amber en reposant Sully au sol.

Elle titube sur la terrasse comme le Bossu de Notre-Dame, et je ne suis même pas certaine que ce soit pour faire le pitre.

– Le coup du râteau.

– Je déteste ça, quand ça arrive, confirme Amber en tirant sur son maillot.

– Non, je veux dire que sa copine l'a largué il y a quelques jours.

Je reprends la parole.

– Quel rapport avec Clara ?

– Oh là là, me coupe Amber. Quel dommage ! Sa copine qui le laisse tomber en plein milieu de la saison des maillots de bain... (Elle secoue la tête et fait la moue pour incarner l'image même du chagrin.) Alors, comme ça, vous êtes tous les deux célibataires, donc ?

Quelle subtilité.

Sully ne répond pas. Il se contente de tourner la tête vers la plage, vers Drea qui passe de l'huile solaire sur ses jambes autobronzées.

– Je devrais aller parler à Casey, réfléchit-il.

– Et moi, à Clara.

– Et moi, à qui je vais aller parler, alors ? boude Amber.

– Va voir à *La Coquille Coquine*, me conseille Sully en pointant le doigt vers l'autre bout de la plage. Je crois qu'elle traîne par là-bas de temps en temps.

– Attends une minute, tu n'as pas répondu à ma question.

– Quelle question ?

– Quel rapport entre la rupture de Casey et Clara ?

– Écoute, moi je ne dis rien, OK ?

– C'est déjà fait, réponds-je du tac au tac.

– Bon, je trouve juste que c'est le genre de fille qui fait des histoires.

– Parce que c'est une allumeuse ?

– Parce qu'elle aime bien piquer les mecs des autres.

– Alors tout va bien, se réjouit Amber, vu qu'on n'a pas de mecs à piquer.

Je pivote vers elle : elle semble absolument sérieuse, malgré sa logique embrouillée.

– Je m'en vais, dis-je, déjà à mi-hauteur des marches.

Amber me rappelle :

– Attends-moi. Je peux venir ? J'ai trop faim.

– Seulement si tu me promets de ne pas parler. Il faut vraiment que je réfléchisse, là.

– On est en *vacances*, Lucy. Ce n'est pas fait pour la *réflexion*. Gardes-en pour septembre.

– Mais bien sûr. Parce que c'est ta devise dans la vie, peut-être.

– Pas du tout. La réflexion, c'est très surfait. Je préfère simplement ressentir.

– Et tu ressens quoi, en ce moment ?

– Le bonheur à l'état pur. Je viens de me décrocher un rencard avec une paire de jumeaux.

– Oui, mais eux, sont-ils au courant ?

– Pas encore. Mais ils ne perdent rien pour attendre.

Huit

Drea, énervée contre Chad pour une raison inconnue, nous voit, Amber et moi, nous diriger vers *La Coquille Coquine* et décide de se joindre à nous.

– Qu'est-ce qu'il a fait ? se renseigne Amber. Il a oublié de s'extasier sur ton bronzage ?

– Je n'ai pas envie d'en parler.

– Parce que j'ai raison ?

– Parce que je refuse d'évoquer ma relation adulte avec une fillette qui en est encore à craquer pour des héros de bandes dessinées.

Drea se tait pour regarder le short de bain Superwoman d'Amber et l'énorme *S* jaune qui lui barre la poitrine.

– Et c'est la fille qui boude pour obtenir ses quatre volontés qui me dit ça !

– Vous pourriez arrêter, toutes les deux ? Je passe une sale journée et votre énergie négative me déglingue encore plus.

– Pourquoi ? Que s'est-il passé ? me questionne Drea.

– Je n'ai vraiment pas envie d'en discuter maintenant. Plus tard, d'accord ?

– J'en connais une qui est en plein syndrome prémenstruel, observe Amber.

– Un peu de compréhension, c'est trop demander ?

– Je parlais de moi, précise-t-elle.

J'inspire un grand coup.

– Bon, écoutez, on va dire que moi je fais l'accompagnatrice de la sortie de classe à *La Coquille Coquine*, et que vous, vous avez intérêt à bien vous tenir, sinon vous devrez attendre dans le car.

– On aurait *dû* y aller en car. (Amber se met à traîner les pieds comme si elle avait des poids accrochés aux chevilles.) Jamais vu un sable aussi lourd. C'est beaucoup trop fatigant pour les jambes.

– Tu aurais peut-être dû éviter de trimballer ton play-boy sur ton dos.

– Qu'est-ce que j'entends ? Ces cannes de serin ont soulevé un étudiant de quatre-vingt-dix kilos ? s'étonne Drea.

– Tu pourrais t'intéresser un peu moins à mon absence de muscles et un peu plus à ta cellulite, rétorque Amber avec un coup d'œil vers ses cuisses.

– *Pardon ?*

– Tu m'as bien entendue.

Drea s'arrête net et se met à onduler des hanches.

– Je te mets au défi de trouver un gramme de cellulite.

– Drea, dis-je tout en me déplaçant pour cacher la vue à un pépé qui s'intéresse sérieusement à son derrière. (Il fouille d'ailleurs dans son sac de plage à la recherche de ses lunettes.) Sois un peu raisonnable. Tu sais bien qu'elle plaisante.

– C'est vrai, ça ? demande-t-elle à Amber en plissant les lèvres pour bouder.

Amber hausse les épaules, jette encore un regard aigu en direction de ses fesses, et arrondit un sourcil.

– Qu'est-ce que vous pouvez être vaches l'une avec l'autre, dis-je. Parfois je ne comprends même pas comment vous arrivez à rester amies.

– Oh, t'en fais pas, Lucy : on est vaches avec toi aussi, me répond Amber. J'espère que tu ne te sens pas exclue.

– Malheureusement, non.

– Mais mes piques verbales ne sont trempées que dans l'amour, tu sais ? poursuit-elle.

– Dans l'amour ?

– Mais oui, tu sais bien que ce n'est pas méchant.

Elle me claque une grosse bise sur la joue, puis se tourne pour faire la même chose à Drea.

– C'est vrai, quoi ! Je vous aime, les filles, c'est ma manière de le montrer.

– D'accord, mais tu as vraiment besoin de le montrer aussi *bien* ? s'impatiente Drea.

La Coquille Coquine est juste devant nous. En gros, c'est un grill avec une terrasse en planches où l'on mange, et plein de tables à pique-nique installées sur le sable. Tout en haut, sur le toit, on voit une pin-up géante en plastique qui tient une coquille de palourde devant elle comme une serviette et brandit l'autre au-dessus de sa tête comme si elle allait la jeter dans la foule.

– Bon alors, pourquoi tu veux parler à Clara ? me demande Amber.

– À *qui* ?

Drea s'immobilise pour me regarder.

– Clara. La fille qui est passée hier matin.

– Le sarong ?

Elle prend son temps pour rajuster les ficelles de son bikini, passer un doigt sur son gloss et ramener ses cheveux en avant sur ses épaules.

– Tout juste.

– Mais pourquoi tu veux lui parler ?

– Tu tiens vraiment à le savoir ?

– Hum, oui, grogne-t-elle en poursuivant son auto-inspection, sinon je ne t'aurais pas posé la question.

– J'ai fait un cauchemar à son sujet.

– Pardon ?

– Oh non, pas encore ! s'exclame Amber.

– C'est la vérité.

– Comment tu le sais ?

Drea nous arrête et me fait pivoter face à elle.

– Le sang ! crie Amber. (Elle recule d'un pas et plaque la main sur sa bouche.) Je le savais... Le bain de sang d'hier matin... c'est un indice, c'est ça ?

– Mais qu'est-ce que t'as, toi ? lui demande Drea.

Je regarde autour de moi les conséquences des hauts cris d'Amber. Une femme tire son enfant vers elle, le visage frappé d'horreur, comme si nous risquions de lui faire du mal.

– Venez, dis-je. Allons-y. On en reparlera plus tard.

– Pas question, s'insurge Amber. Il faut qu'on en parle maintenant. Il nous faut une stratégie.

– Il faut surtout que tu te calmes cinq minutes, oui !

J'inspire profondément et me remets en marche, en me blâmant intérieurement d'avoir cru pouvoir leur en parler hors du cadre de notre chambre.

– En fait, je m'étonne qu'on n'y ait pas pensé plus tôt, réfléchit Drea. C'est vrai, ce n'est pas franchement normal que tu saignes du nez... surtout autant que ça.

– D'accord, mais pourquoi tu y aurais pensé ? Un nez, ça saigne de temps en temps, surtout par temps sec. Et je n'ai pas eu d'effets secondaires à mes cauchemars depuis neuf mois.

– En plus, ajoute Amber, qu'est-ce qu'on aurait dû en conclure ? Que chaque fois que tu as une gastro ou des règles particulièrement douloureuses, il va se passer quelque chose d'horrible ?

– Attends, dit Drea comme si l'idée venait juste d'atteindre son cerveau. (Elle me tire par le bras pour nous arrêter une nouvelle fois.) Tu es sérieusement en train de me dire qu'une inconnue s'est pointée chez nous et que maintenant, tu fais des cauchemars sur elle ? C'est complètement tordu.

– Non. Ce qui est tordu, c'est que tu ne me croies pas. Après tout ce qui s'est passé.

– Je ne fais que poser une question, Lucy. Parce que bon, tu ne trouves pas ça un peu facile ? Que la fille dont tu as rêvé se pointe justement chez nous ?

– Qu'est-ce que tu insinues ?

– Rien ; j'essaie juste de comprendre.

– D'accord, très bien. (Je respire encore un grand coup.) Je sais que ça a l'air dingue, mais hier, quand je lui ai serré la main, j'ai senti tout de suite qu'elle était en danger.

– Alors ce n'était pas un cauchemar, pointe Amber.

– Non. Si. Les deux. J'ai fait les deux.

Drea scrute mes traits pendant quelques instants.

– Tu parles vraiment sérieusement, hein ?

– Mais bien sûr que je suis sérieuse. Tu me vois plaisanter sur une chose pareille ?

– Tu ne pourrais pas. C'est pour ça que je te crois, concède-t-elle en me frottant le bras. Dis-moi ce que je peux faire.

– À moi aussi, intervient Amber en tirant sur son slip de bain pour la énième fois de la journée.

– Soyez là pour moi, c'est tout... quand j'aurai besoin de me déstresser.

– Interdiction de stresser, déclare Amber.

– Du moins pas sans amis tels que Ben & Jerry, ajoute Drea en m'entourant de son bras.

– Euh, pardon, mais la dernière fois que j'ai vérifié, on s'appelait Drea et Amber, observe cette dernière.

– Elle est irrécupérable, plaisante Drea en levant les yeux au ciel.

Je ne peux que confirmer en riant.

En entrant dans le restaurant, je regarde vers la terrasse et repère immédiatement Clara. Seule à une table, elle sirote un café frappé. Nous montons les marches jusqu'au comptoir et elle nous remarque aussi. Elle cesse de boire et nous fait signe de venir la rejoindre.

– Tu veux qu'on vienne avec toi ? me demande Drea.

– Bien sûr que oui, dit Amber en inspectant les plateaux chargés de victuailles qui arrivent au guichet à côté de nous.

– Je ne sais pas. Je ferais peut-être mieux d'y aller seule.

– Tu vas vraiment tout lui raconter ? s'inquiète Drea. Comme ça ? Mais enfin, comment vas-tu t'y prendre ?

– Facile, affirme Amber en piquant une frite sur l'assiette de quelqu'un. « Excuse-moi, Clara, mime-t-elle, mais j'ai fait un cauchemar incroyablement horrible à ton sujet et alors voilà, j'ai de bonnes raisons de croire que tu vas mourir. » Lucy, tu peux nous donner une estimation de l'heure du décès ?

Je secoue la tête.

– Je pense qu'on devrait t'accompagner, insiste Drea. Au moins moi. (Elle marque un silence le temps de jeter un regard noir à Amber.) Je suis déjà passée par là. Je sais ce que c'est d'être la victime. Je pourrais t'aider à la mettre un peu plus à l'aise.

– Ah bon, et moi je ne peux pas, peut-être ? s'insurge Amber en chipant une palourde sur un plateau et en l'engloutissant. Pour mettre les gens à l'aise, je suis la reine.

– Ouais, c'est ce qu'on raconte.

– Pouce ! dis-je en agrippant le cristal de Jacob, qui est toujours dans ma poche.

Je ferme les yeux un instant pour absorber l'énergie du soleil, en me concentrant sur sa capacité à donner force et clairvoyance.

– Allons-y toutes ensemble.

Neuf

Clara semble absolument ravie de nous voir la rejoindre à sa table. Je crois que son sourire ne pourrait pas être plus large ni plus contagieux. Assise au bout du banc, elle sautille sur place de joie.

Alors, comment lui annoncer ce que j'ai à lui dire ?

– Je suis hyper-contente de vous voir, les filles ! s'exclame-t-elle, rayonnante. Vous mangez ? Je peux vous offrir un café frappé ? Des frites ?

– De la bouffe gratuite ? s'enthousiasme Amber en scrutant l'ardoise du menu. Je suis à fond pour. Je vais prendre un Chocolicious géant et une mégaportion de beignets d'oignons, s'il vous plaît.

– Va te les chercher toi-même, la rembarre Drea.

– Tiens tiens, la reine des garces est de retour. Pas étonnant que Chad et toi soyez en froid.

– Je n'ai jamais dit qu'on était en froid. On s'est juste un peu disputés.

– Ah bon, c'est vrai ? s'enquiert Clara en écarquillant les yeux. C'est le blond, c'est ça ? Il est trop mignon.

– Euh... merci, lui répond Drea en fronçant les sourcils devant ce compliment. Je suis sûre qu'il sera tout prêt à s'excuser quand j'irai le retrouver.

– Bref...

– Bref, me coupe Clara, les problèmes avec les garçons, moi, je connais. Je suis sortie avec un mec qui était vraiment très très sympa au départ. On faisait plein de choses géniales ensemble : on allait au restau, au cinéma, en ville... Mais ensuite il y a eu des tas d'histoires, et il a fini par me dire qu'il ne voulait plus me voir.

– Il ferait bien de numéroter ses abattis, déclare Amber en lorgnant un hot dog qui passe sur un plateau. Bon, il faut vraiment que je mange quelque chose. Et vous ?

Nous secouons la tête et elle s'en va passer sa commande au comptoir.

– Bien, dis-je dans un effort pour remettre la conversation sur les rails. Il y a une chose dont on doit absolument te parler.

– Oh, mon Dieu, s'exclame Clara en regardant vers le comptoir. C'est elle.

– Qui ?

Drea se retourne pour voir. Il y a une fille dans la queue derrière Amber. Elle a les cheveux d'un noir de jais avec de grosses mèches auburn et la peau très bronzée, comme du cacao fondu.

– Le mec dont je vous ai parlé, celui avec qui je suis sortie... c'est son ex.

– Alors...

Drea inspecte la fille, la manière dont elle est habillée sans doute : les couleurs sont entièrement coordonnées. Ses tongs mandarine sont assorties à son maillot de bain, à ses lunettes et même à la montre qu'elle porte au poignet.

– Alors oui, c'est à cause d'elle qu'on n'est plus ensemble, confirme Clara. Il ne m'avait jamais dit qu'il avait une copine, si bien que quand elle nous a grillés, elle a carrément pété les plombs, elle est devenue dingue.

– Dingue comment ? fais-je en observant la fille, en me demandant si elle peut constituer une réelle menace.

– Complètement cinglée, nous explique Clara. Elle lui a fait une scène, et à moi aussi... Enfin, elle a eu une réaction complètement disproportionnée.

– Pas si sûr, commente Drea. Je plains d'avance le premier mec qui me trompera. Le tien m'a tout l'air d'être un crétin.

– Sans doute, admet Clara en sirotant son café frappé. Mais il me manque. On devait faire une croisière ensemble dans quelques jours.

J'ai déjà entendu ça quelque part.

– Il ne s'appellerait pas Casey, par hasard ?

– Si ! Tu le connais ? Il t'a parlé de moi ?

Elle ouvre de grands yeux inquiets : apparemment, c'est vraiment important pour elle. Je me concentre un instant sur son visage, sur ses lèvres tremblantes – comme si elle allait craquer d'un instant à l'autre – et sur la couleur de cendre qui semble flotter autour d'elle.

– Non non, dis-je en me rappelant la colère de Casey à la simple mention de son nom.

– Regardez comment elle me fixe, reprend Clara en scrutant de plus belle l'ex de Casey. Comme si tout était ma faute !

– Clara, fais-je avec autorité pour capter son attention. Il faut que tu m'écoutes. Ce que je vais te dire va te paraître un peu fou.

– Mais Lucy peut t'aider, ajoute Drea. Elle m'a aidée, moi.

– Oh là là, soupire Clara. C'est une chose que Casey a dite ? Qu'il vous a dite, à vous ?

– Ça ne concerne pas Casey. (Je sens un frisson glacé me traverser les épaules.) Du moins, je ne crois pas.

Clara incline la tête, encore plus perplexe.

– C'est toi que ça concerne. (Je prends ma respiration.) J'ai fait un cauchemar, et tu étais dedans.

– Pardon ?

Ses sourcils s'arrondissent comme si je l'avais prise au dépourvu : elle semble partagée entre la surprise et la confusion.

– Tu dois faire confiance à Lucy, insiste Drea. Je sais que ça paraît dément, mais elle voit des choses dans ses rêves – ses cauchemars –, et ça se réalise. Ça m'est arrivé il y a deux ans. Lucy rêvait qu'un type allait essayer de me tuer. Et les cauchemars se sont réalisés.

– Mais tu es toujours là.

– C'est grâce à Lucy. Parce qu'elle a su prédire l'avenir avant qu'il n'advienne, si bien qu'on a pu l'arrêter.

– Mais oui, bien sûr, ironise Clara.

Elle hoche la tête en nous observant tour à tour. Elle se demande sans doute laquelle de nous deux est la plus zinzin.

– Écoute ce que j'ai à te dire, c'est tout. Je t'en prie.

Elle croise les bras et ses yeux dérivent de nouveau vers l'ex de Casey, qui s'est installée à une table de pique-nique. Sa copine et elle remarquent Clara et se mettent à parler entre elles en poussant quelques exclamations désagréables, assez fort pour que nous les entendions. Elles regardent vers nous et Clara détourne la tête.

– Clara, tu m'écoutes ?

– Bien sûr, fait-elle avec un petit rire. Tu parlais de tes cauchemars ?

Je me mordille l'intérieur des joues en me demandant comment lui annoncer la nouvelle, comment adoucir mes paroles. Mais finalement, je décide d'être directe.

– Tu es dans le pétrin. Dans un sale pétrin.

Clara incline la tête vers moi en se mordant la lèvre, comme si elle se retenait de rire.

– Ce n'est pas une blague. Tout est normal en ce moment dans ta vie ?

– Normal ?

– Il ne t'est rien arrivé de particulier ?

– Comment ça, de particulier ?

Je secoue la tête en m'efforçant de trouver autre chose à dire, quelque chose qui puisse me guider vers une réponse.

– Y a-t-il un secret que tu ne veux dire à personne ?

– Quoi, par exemple ?

Elle éclate de rire.

– Je ne sais pas, fais-je en me remémorant la voix de mon rêve. Y a-t-il une chose que tu veux cacher à tout le monde ?

Je me sens idiote de lui poser ces questions... Comme si elle allait me raconter, à moi, une parfaite inconnue, ses secrets les plus intimes. Je respire à fond en pensant à ma grand-mère qui savait toujours poser exactement les bonnes questions, dont les interrogations n'étaient jamais trop précises et encourageaient les réponses les plus riches, les plus révélatrices.

Comme si elle savait sentir ce dont les gens avaient envie de parler. Pourquoi suis-je incapable de faire aussi bien ?

– Ce n'est sûrement pas grand-chose, dit Clara. Moi aussi, parfois, je fais des cauchemars vraiment glauques. Mais il ne se passe rien de spécial. C'était simplement ça, sans doute.

– Non. Moi, c'est différent. Mes cauchemars se réalisent.

– Tu n'as qu'à lui dire ce qu'elle faisait dans ton rêve, me suggère Drea. Elle courait ? Elle se cachait ? Elle faisait quelque chose d'inhabituel, de remarquable ?

Je fais la grimace.

– En fait, je ne l'ai pas vraiment vue.

– Euh, *pardon* ?

Drea en reste bouche bée.

Je soupire, complètement exaspérée par moi-même, par l'impression que je produis.

– Je sais que ça ne paraît pas logique. Mais il faut me faire confiance. J'ai entendu la voix de Clara ; j'en suis certaine.

– Et elle disait quoi, ma voix ?

– Tu m'ordonnais de ne le dire à personne.

J'attends sa réaction pendant quelques secondes, pour voir si les paroles de mon cauchemar font remonter un souvenir, si elles l'incitent à me raconter quelque chose d'important. Mais elle reste totalement ahurie, la bouche ouverte, comme si elle attendait que j'aille jusqu'au bout de ma pensée.

– De ne pas dire *quoi* ?

– C'est tout. Je ne sais pas.

– Eh bé ! fait-elle avec une cascade de rires, comme si j'étais officiellement cinglée. Ça, c'est bizarre. Je suis sans voix.

– Écoute, dis-je en me penchant vers elle, il va t'arriver quelque chose d'important, quelque chose qui pourrait être...

pas vraiment agréable. Donc, si ça ne te dérange pas – et même si ça te dérange, d'ailleurs –, je vais te surveiller.

– Super ! s'exclame-t-elle avec un grand sourire. Ce sera marrant d'être ensemble. Ça peut vraiment être barbant, les vacances ici.

– Qui veut des beignets d'oignons ?

Amber interrompt ce moment de gêne en posant bruyamment son plateau sur la table. Il disparaît sous une montagne de nourriture, à peu près toutes les cochonneries meurtrières pour les artères que peut offrir le restau aujourd'hui : palourdes frites, beignets d'oignons, quelques saucisses et quatre Chocolicious géants.

– Comme je n'arrivais pas à me décider, j'ai commandé une portion de tout ce qui me faisait envie. (Elle nous distribue les boissons.) Alors, qu'est-ce que j'ai raté ?

– Lucy essayait de parler à Clara de ses cauchemars qui se réalisent.

– Ah oui, dit Amber en pointant un beignet d'oignons vers la fille. Tu ferais bien de l'écouter, sinon tu ne vas pas tarder à bouffer les pissenlits par la racine.

– Amber !

– La reine pour mettre les gens à l'aise, tu disais ? soupire Drea.

– Goûtez, poursuit Amber, totalement inconsciente de son manque de subtilité, en se remplissant la bouche de palourdes frites. Je les trouve un peu sableuses.

Clara en prend une et mâche avec appétit. Je ne saurais dire si elle est nerveuse, si elle est affamée ou si elle cherche simplement à faire diversion.

– Alors, qu'est-ce que tu en penses ? lui demande Amber.

– Des palourdes ?

– De tout.

– Je vote pour ne rien penser, répond-elle en reprenant une palourde.

– Enfin ! se réjouit Amber. Quelqu'un qui voit les choses comme moi.

– C'est rassurant, ironise Drea en attrapant un beignet d'oignons.

Je me sers, moi aussi, en victuailles graisseuses. Une petite page de futilité nous fera peut-être du bien… du moins pour un moment.

Dix

À mon retour chez nous, Jacob est dans la cuisine, occupé à vider des sacs de courses.

– Salut, dis-je en fermant la porte derrière moi.

Il interrompt son déballage, une botte de carottes nouvelles à la main.

– Tu vas bien ?

Je hausse les épaules.

– Où est passé tout le monde ? me demande-t-il.

– Amber et Drea sont parties se baigner, et je crois avoir vu Chad et PJ jouer au volley avec les étudiants d'à côté. Comment ça se fait que tu ne sois pas sorti, toi aussi ? L'eau est à vingt et un degrés, pratiquement comme à la piscine.

– Pas envie.

Il contourne le comptoir pour venir me retrouver. Il me prend les mains, pose son front contre le mien et me regarde droit dans les yeux... toutes choses qui, en temps normal, me feraient flageoler des genoux. Mais aujourd'hui, je me sens d'une rigidité oppressante.

– On est tout seuls, tous les deux.

– Oui oui, dis-je avec un sourire forcé.

– Qu'est-ce qui ne va pas ?

– Par où je commence ?

– Je suppose que tu as parlé à Clara.

– Et ce n'est qu'une petite partie de ma matinée de folie.

– Comment ça ?

Je me mets à lui raconter ma rencontre accidentelle avec le photographe patibulaire de la maison voisine, puis j'enchaîne sur ma conversation avec Clara qui s'est terminée en orgie culinaire.

– Elle doit me prendre pour une folle.

– On se fiche un peu de ce qu'elle pense. Tout ce qui compte, c'est que tu vas l'aider.

– Je sais.

– Alors, qu'est-ce qu'il y a ?

– Je suppose que je suis hyper-stressée, tout simplement.

Jacob me serre dans ses bras, mon havre de sécurité, puis m'embrasse dans l'oreille et me murmure que tout ira bien, que nous nous en sortirons ensemble. Et je sais que cela devrait me réconforter, mais allez savoir pourquoi, son assurance extrême me contrarie totalement.

– Promets-moi juste une chose, me demande-t-il. Tu n'entres plus par effraction dans des labos de photographes pas nets, tu m'entends ? Du moins pas sans moi à tes côtés.

– Marché conclu, dis-je en me dégageant de ses bras. Je crois que j'ai besoin de m'allonger un moment.

– Tu veux de la compagnie ?

Je secoue la tête.

– Bien. Je peux te préparer du thé glacé, au moins ?

Je fais de nouveau non de la tête, aussi divine que me paraisse l'idée d'un thé à la framboise sur glaçons.

– Je vais juste faire une petite sieste.

J'accorde à Jacob un bisou glacial sur les lèvres et vais dans ma chambre, où le frisson polaire qui me parcourt le dos fait brutalement tomber la température de trente à moins vingt.

Je ferme la porte et m'y adosse ; j'ai l'impression d'avoir pris la couronne de reine des garces sur la tête de Drea pour la poser sur la mienne. C'est alors que je remarque le vase couleur crème placé à côté de mon lit et le gros bouquet de frais lilas blancs qu'il contient, qui aggrave mon malaise.

Je suis sur le point de retourner à la cuisine pour servir à Jacob ma spécialité du jour – un gâteau de remords, avec deux tasses de plates excuses et une demi-douzaine de baisers – lorsque j'entends frapper à la porte. Je me retourne et j'ouvre.

C'est Jacob. Il porte un plateau sur une main, façon serveur de bar. Il entre et le pose sur ma table de nuit. Un grand verre de thé glacé à la framboise trône au milieu.

– Je me suis dit que tu en voudrais quand même.

– Tu me connais par cœur.

Je l'entoure de mes bras et l'embrasse dans le cou. J'ai terriblement envie de lui murmurer à l'oreille combien je tiens à lui, combien je l'aime, éperdument, follement... Mais je n'en fais rien.

– Merci pour les fleurs. Elles sont magnifiques.

– Sans parler des biscuits préférés d'une certaine personne.

Je regarde l'assiette de Mallomars et le renverse sur le lit pour planter non pas six, non pas sept, mais au moins dix énormes baisers sur ses lèvres, auxquels j'ajoute des câlins dans le plus pur style hollywoodien.

– Ouah, s'exclame-t-il lorsque nous cessons de nous embrasser. J'aurais dû t'apporter du thé et des biscuits bien plus tôt ! Qu'est-ce qui se passera si je m'amène avec un gros fondant au chocolat ?

– Très drôle, dis-je en m'asseyant.

En plus du thé et des biscuits, il a aussi apporté deux flacons d'huiles essentielles.

– Citronnelle et jasmin ?

– Pour que tes rêves soient plus parlants.

Il verse quelques gouttelettes des deux flacons sur une soucoupe en céramique, puis trempe le doigt dans la mixture. Il m'applique de l'huile sur le front, derrière les oreilles et des deux côtés du cou. Cela sent bon, une odeur de fleurs et de sirop, de fruits fraîchement cueillis. Ses doigts sont tièdes sur ma peau. Ils remontent le long de ma gorge et me prennent le menton. Jacob m'embrasse : un baiser long, intense, qui transforme mes entrailles en pâte chaude et sucrée, comme du miel.

– Fais de beaux rêves, chuchote-t-il en se levant pour partir.

– Non. Reste. Tu m'aideras à m'endormir.

– Exactement ce que tout homme a envie d'entendre !

– Tu sais ce que je veux dire.

Je me lève et sors une valise du fond de mon placard. Elle renferme tout mon matériel de magie. J'y prends un bâton d'encens au jasmin : associé à l'huile essentielle, il m'aidera sûrement à mieux me concentrer dans mes rêves. Je prends aussi une bobine de fil jaune, une fine bougie couleur prune pour dissiper la confusion, un bougeoir et un bocal d'eau de pluie.

J'allume l'encens et pose le bâton sur son support. La fumée s'élève en larges volutes grisâtres. Je la respire et ferme les paupières, en me préparant mentalement à voyager dans mes rêves, en essayant de visualiser une chose qui me fasse penser au sommeil. J'imagine la pluie coulant sur mes fenêtres, bien qu'il fasse beau dehors ; je l'imagine tiède, roulant sur ma peau, me baignant, me préparant au sommeil le plus délicieux qui soit. Je rouvre les yeux et charge les autres ingrédients en les passant trois fois dans la fumée d'encens. Puis je coupe un long fil de la bobine et le trempe dans l'eau de pluie.

– Cette eau a baigné dans trois cycles lunaires complets, dis-je à Jacob. Je la gardais pour une grande occasion.

– Où as-tu appris ce sort ?

– Là-dedans.

Je désigne mon album de famille, qui prend une place énorme dans ma valise. Il est vieux et corné, et épais d'au moins quinze centimètres. C'est ma grand-mère qui me l'a donné juste avant de mourir. Il contient pêle-mêle toutes sortes de choses – sorts, remèdes de bonne femme, fragments de poèmes, recettes favorites – écrites avant moi par des femmes de ma famille, celles qui comme moi ont un don de médium.

J'ouvre l'album et montre à Jacob le sort que nous allons exécuter : un rituel rédigé par mon arrière-grand-mère pour dénouer les secrets. J'ai pensé que, puisque la voix de mon rêve – la voix de Clara – m'exhortait à ne rien dire à personne, il devait y avoir un secret noir, oppressant, derrière toute cette histoire.

Je fais tourner le fil dans l'eau de pluie, trois fois dans le sens des aiguilles d'une montre, en me concentrant sur la couleur jaune qui apporte la clarté, et en veillant à ce qu'il soit bien détrempé. Puis je le sors et le fais passer entre mes doigts sur toute sa longueur ; quelques gouttelettes d'eau retombent dans le bocal. Pendant ce temps, Jacob charge la bougie à l'aide des huiles de jasmin et de citronnelle. Les doigts abondamment saturés des deux, il frotte la chandelle du nord vers le sud, d'ouest en est, puis la replace dans le bougeoir sur ma table de nuit.

– Et maintenant ?

Je prends le fil et fais mon premier nœud.

– Il faut que je fasse autant de nœuds que j'ai de questions. De questions auxquelles je veux que mes rêves répondent.

– Et quelle est la première question ?

– Je veux connaître le secret de Clara. Et ma deuxième, dis-je en faisant encore un nœud, c'est pourquoi je ne peux le dire à personne.

Je fais encore deux nœuds en me demandant pourquoi elle me le ferait payer si je racontais son secret, et si elle le ferait vraiment. Puis encore deux pour le sang : je veux savoir pourquoi je saigne du nez, et si c'est lié au secret de Clara.

J'enroule le fil noué autour de la bougie couleur prune puis allume la mèche, en prenant soin d'éteindre l'allumette en bois avec une mouchette pour ne pas brouiller les énergies dans la pièce.

– Clairs comme l'eau et sonores comme la pluie, que ces secrets brûlent vite comme la flamme. Au nom de tout ce qui est caché et de tout ce qui n'est pas dit, faites-moi assez confiance pour dévoiler ces secrets. Béni soit le chemin.

– Béni soit-il, répète Jacob.

Nous nous blottissons l'un contre l'autre sur mon lit en prenant tour à tour des gorgées de thé à la framboise, en grignotant quelques biscuits et en regardant la bougie consumer les nœuds un à un.

Onze

Il fait noir, il doit être minuit passé, et je tremble sans pouvoir m'arrêter. Je suis assise seule sur la plage, transpercée par l'air marin glacé qui fait frissonner toute ma peau. Chaque goutte de pluie qui vient frapper mon corps se transforme en grêlon et s'en va rouler en laissant un creux. Dans le lointain, je distingue une ombre qui marche le long de l'eau. Je plisse les paupières pour tenter de l'identifier. À première vue, on dirait Clara. Je vois le sarong – couleur corail, je crois. Il est serré autour de sa taille. Le tissu flotte derrière elle dans le vent. Et je devine ses cheveux, dont la couleur de henné foncé est à peine visible dans le clair de lune. Je l'appelle mais elle m'ignore et continue de marcher, de plus en plus loin.

Je veux me lever, mais j'en suis incapable. Mes jambes ne répondent pas. L'eau glacée me coule sur le front et sur les lèvres. Elle entre dans ma bouche et s'accumule sur ma langue.

– Ne le dis à personne, me chuchote quelqu'un à l'oreille.

Je me retourne, mais je ne vois rien. Et il fait noir tout autour de moi.

– Si tu le dis, je le saurai, murmure encore la voix.

C'est celle de Clara.

Je la cherche des yeux au bord de l'eau, mais ne la vois plus. En revanche, j'aperçois l'ombre de quelqu'un d'autre ; un homme, je crois. La silhouette est plus raide, moins languide, et porteuse d'une certaine obscurité.

– Si tu le dis, je te le ferai payer.

La voix vient de juste au-dessus de moi, à présent. Je lève la tête et quelque chose me dégouline sur le visage et sur la jambe. Je m'essuie la joue. C'est mouillé et sombre entre mes doigts. On dirait du sang.

– Si tu le dis, je te ferai saigner, chuchote-t-elle.

Mon cœur s'emballe ; les larmes roulent sur mon visage. Le sang coule toujours goutte à goutte le long de ma cuisse. Je veux l'essuyer et j'en trouve encore sur mon bras.

Je cherche Clara tout autour de moi, mais il n'y a que cette ombre, ce type, qui vient droit sur moi. Je me recule dans le sable pour lui échapper, toujours incapable de me lever. La pluie a complètement détrempé la plage, ce qui entrave mes gestes. Je parviens toutefois à me déplacer à quatre pattes, à me rapprocher de la maison, à m'éloigner de lui.

Au bout de quelques mètres, je me retourne pour regarder derrière moi. Il approche encore, un bouquet de fleurs à la main. Des lys, peut-être.

La fleur de la mort.

Je rampe de mon mieux en m'efforçant de me servir de mes jambes, mais rien n'y fait. La pluie me bombarde toujours la peau et dilue le sang, qui vire au rose très clair. Je lutte pour continuer, le sable m'aspire dans les flaques qui se forment autour de mes mains et de mes pieds.

– Je te ferai saigner, Lucy, poursuit la voix. Tu saigneras jusqu'à ce qu'il ne reste plus rien.

Je tente de me remettre debout et j'y parviens presque. Mais au bout de deux pas, je sens mes jambes céder et le monde se met à tourner. Je suis si faible... si fatiguée... Je donnerais n'importe quoi pour dormir. Je respire à fond deux fois et j'entends des carillons à vent tinter au loin.

– Tu n'as qu'à te reposer, Lucy, murmure-t-elle. Repose-toi et tout disparaîtra.

La joue collée au sable trempé de pluie, je force mes yeux à s'ouvrir. Il est encore à plusieurs mètres de moi, mais il se rapproche sans cesse. Je cligne des paupières, fort, et tâche de me concentrer sur ses traits, mais tout est flou et noir, et ma tête ne cesse de tourner.

Rassemblant toute la force de mes bras, je me soulève, me remets à quatre pattes et remonte péniblement sur la terrasse. Je tends la main vers la poignée de la porte mais tombe en avant. Je me cogne durement l'épaule et la hanche.

Les carillons à vent résonnent plus fort, d'un son si perçant que je veux me couvrir les oreilles pour ne plus les entendre. Je tente encore d'atteindre la poignée ; cette fois, j'arrive à fléchir les doigts autour. J'ouvre, entre en rampant et referme derrière moi.

– Amber ? Drea ? Il y a quelqu'un ?

Seul le silence me répond. J'essaie encore de me lever. Mes genoux sont faibles et instables, mais je me remets sur pied. J'allume la lumière, dont l'éclat soudain m'aveugle à demi. Or, une fois capable d'y voir, je ne sais plus où je suis. C'est notre maison, bien que tout soit changé, différent, comme si on avait déplacé toutes nos affaires. Je cherche des yeux la table basse. Un couteau est posé dessus. Je l'empoigne pour me protéger et remarque en même temps que c'est en fait un coupe-papier, de style ancien, avec un manche recourbé et une lame pointue. J'agrippe le manche et titube vers la porte de devant pour m'assurer qu'elle est fermée à clé, mais avant même que je l'aie atteinte, elle s'ouvre d'un coup et claque bruyamment contre le mur.

Alors, toutes les lumières s'éteignent.

Je retiens mon souffle et fais mon possible pour ne pas crier. Il est là. À l'intérieur. Je le sens. Je le sens, lui.

– Allez, sors, susurre-t-il. Je ne mords pas.

Les battements de mon cœur me paraissent si forts qu'ils doivent être audibles, j'ai l'impression qu'ils peuvent me trahir à tout moment. Je me déplace lentement et en silence jusqu'à un coin, loin de la lumière et des fenêtres, loin du clair de lune. De là, je peux sans danger regarder autour de moi. Sa silhouette passe devant la baie vitrée du salon. On dirait qu'il sort de la chambre de Jacob. Qu'il arrive droit sur moi. Je recule encore contre le mur, mais je suis incapable de bouger, incapable de m'enfuir. Je suis prise au piège.

– Lucy, souffle-t-il.

Le parquet grince à chaque pas qu'il fait vers moi.

– M'entends-tu ?

Les larmes coulent sur mon visage. Je m'entends gémir, ma respiration reste coincée dans ma gorge. Je serre plus fort le coupe-papier et me prépare à combattre.

– Lucy... Tout va bien ?

Il me tire par le bras, me secoue.

Jusqu'à ce que je me réveille.

– Jacob, dis-je, le souffle court.

– Eh oui. Tu pleurais.

Il est toujours couché contre moi dans le lit.

Je regarde ce qu'il reste de la bougie à côté du lit. Nous ne nous sommes pas endormis avant qu'elle ait brûlé tous les nœuds et que Jacob ait éteint la flamme à l'aide d'un éteignoir. Je secoue la tête, déçue de n'avoir pas dormi plus longtemps, de n'avoir eu la révélation d'aucun secret.

– Pardon, s'excuse-t-il en se penchant pour m'embrasser. Est-ce que j'ai fait rater une prémonition ? C'est que tu gémissais beaucoup, ça m'a fait peur.

– Pas grave, dis-je en remarquant que ses lèvres ont le même goût que l'océan. J'aurais sans doute fait pareil.

– Alors, tu te souviens de quelque chose ?

J'acquiesce, car je me rappelle à peu près tout : les ombres au bord de l'eau, mon incapacité à me lever, le froid, les mots, la poursuite, les lys.

– La mort, dis-je tout bas. La fleur de la mort. J'en ai rêvé.

– Quelle fleur de la mort ?

– Ma grand-mère m'a appris que les lys symbolisaient la mort. Le type de mon cauchemar en tenait tout un bouquet, comme dans les prémonitions que j'ai eues sur Drea il y a deux ans.

– Comment ça ?

– Dans mes cauchemars sur Drea, je voyais un garçon sans visage qui tenait un bouquet de lys. En fin de compte, c'était Donovan. Peut-être que le type de mon rêve est censé le représenter.

En pensant à Donovan, je sens un frisson me parcourir l'échine. Après les événements, il a été envoyé en centre fermé jusqu'à ses vingt et un ans, qui tombaient trois ans plus tard.

Lorsqu'il a dit, au procès, qu'il aimait Drea, que s'il l'avait « suivie » – c'est le terme qu'il employait le plus souvent – c'était parce qu'il avait confondu leur amitié et un amour proche de la folie passagère, je crois que le jury a eu pitié de lui. Du coup, le fait qu'il ait tué quelqu'un au passage n'a presque pas compté... il en parlait comme d'un accident. Et tout le monde l'a cru.

– Oui, mais pourquoi ? insiste Jacob. Ça n'a aucun sens. Il est sous les verrous, à l'heure qu'il est.

– À ma connaissance, oui.

– Tu as vu son visage dans ton rêve ?

– Non.

– Alors c'était peut-être quelqu'un d'autre.

Je secoue la tête, ma confusion augmente d'une seconde à l'autre. Et là, j'ai une idée. Je regarde Jacob et l'aura bourbeuse qui le cerne.

– Et toi, tu as rêvé de quelque chose ?

Il détourne les yeux, visiblement réticent à m'en parler.

– Ça veut dire oui ?

– Je t'ai dit que j'en faisais mon affaire.

– C'est à cause de tes cauchemars que tu es tellement taciturne ces jours-ci ?

– Comment ça ? Je ne suis pas spécialement taciturne.

– Hier soir, à la *Palourde à Gogo*, c'est à peine si tu as décoincé un mot. Ensuite, quand on est rentrés et qu'on a joué au Pictionary tous ensemble, tu es resté à peu près muet. En plus, hier matin, quand Clara est venue... tu t'es refermé comme une huître, et le temps que je me retourne tu avais disparu. Tu n'es plus toi-même, ces temps-ci.

– Je suis très préoccupé, Lucy.

Il s'enfonce dans l'oreiller et se mordille la lèvre ; son aura est toute grise et brumeuse.

– Je sais, raison de plus pour en parler. C'est parce que tu ne me fais pas confiance, à *moi* ?

– Comment peux-tu me poser une question pareille ?

Il pose la main sur mon bras.

– Alors, qu'est-ce qu'il y a ?

– Alors rien.

– Très bien, dis-je, les dents serrées. J'ai besoin d'air.

– Lucy... attends.

Je veux me lever et un filet de sang me coule sur la lèvre. Jacob prend une poignée de mouchoirs en papier qu'il presse contre mon nez.

– Merci.

Je me recule légèrement.

– Ne m'en veux pas. C'est pour nous que je fais ça.

Pour nous ? Il plaisante ? À l'idée qu'il pense que je vais le croire, je suis encore plus furieuse.

– Garder des secrets ne rapproche pas les gens ; ça ne fait que les éloigner.

– C'est vraiment ce que tu ressens ?

Je plonge le regard au fond de ses yeux bleu-gris, de la couleur de l'acier... et pourtant, on dirait qu'ils risquent de chavirer d'un instant à l'autre.

– Et toi, qu'est-ce que tu ressens ?

– Je t'aime.

Je hoche la tête et la détourne en ravalant la gêne de ce moment.

– Dis quelque chose, insiste-t-il.

Il me prend la main, me force à le regarder.

J'ai le menton qui tremble. J'ai en partie envie de lui crier dessus parce qu'il me cache des choses. L'autre partie de moi veut lui faire comprendre à quel point je tiens à lui. J'enfile les chaussons grenouille d'Amber et presse fermement les mouchoirs contre mon nez.

– Je vais me chercher un verre d'eau.

– C'est tout ?

Sa voix monte dans les aigus.

Mais je ne sais pas quoi ajouter, et je n'ai pas envie qu'il me voie pleurnicher par-dessus le marché. Je sors d'un pas chancelant et longe le couloir, en utilisant les coins des mouchoirs en papier pour me tamponner les yeux, car je n'y vois rien. Mais j'ai peine à croire à ce que je découvre.

Clara. Elle est assise sur le canapé du salon en compagnie de PJ. Il la console : il essuie ses paupières rougies et larmoyantes, la câline d'un bras et porte à ses lèvres un verre de limonade refroidi au freezer.

– Lucy ! s'écrie-t-elle, presque surprise de me voir.

PJ pousse un soupir, comme si mon arrivée soudaine le gênait dans ses tentatives de séduction.

– Tu vas bien ? dis-je.

Elle secoue la tête et sèche ses yeux noyés de larmes.

– Il faut vraiment qu'on parle.

Douze

Je demande à Clara si elle veut que nous allions nous promener quelque part pour être seules, mais elle décline.

– Discutons ici, propose-t-elle. Je n'ai rien à cacher.

Toujours assise sur le canapé, elle lance un regard à PJ, ce qui le pousse immédiatement à se redresser de sa position vautrée.

Jacob surgit de ma chambre, tout décoiffé à cause de notre sieste, les yeux un peu rouges.

– Qu'est-ce qui se passe ?

– Tu te souviens de Clara, dis-je.

Il opine, prend un moment pour l'observer, puis reporte son regard sur moi, sans doute conscient, tout comme moi, que nous avons quelque chose à terminer.

Mais d'abord, j'ai à faire avec Clara.

Tandis que Jacob s'en retourne dans sa chambre, elle et moi nous installons à la table de la cuisine.

– Bon, commence-t-elle, les lèvres toutes tordues par une grimace. Il se passe quelque chose.

PJ nous rejoint à la table et adopte une posture entièrement tournée vers Clara, comme s'il était authentiquement inquiet, alors que je sais qu'il essaie juste de décrocher un rencard. Il tire sur les pointes de ses cheveux, pour vérifier leur alignement, peut-être, et pose ses coudes sur la table pour écouter.

– Quelqu'un est entré dans ma chambre, dit Clara, les mains toutes tremblantes de nervosité.

– Comment ça ?

– Eh bien, après notre conversation à *La Coquille Coquine*, je suis rentrée chez moi, je suis allée dans ma chambre pour me changer, et je l'ai vu tout de suite.

– Vu quoi ?

PJ se penche un peu plus, il est pratiquement sur ses genoux.

– On avait touché à mes affaires.

– Quelles affaires ?

– Toutes sortes d'affaires... mon journal intime, par exemple. D'habitude, je le laisse sous mon lit, mais il était posé sur ma chaise, dans le coin. Et mon peignoir. Normalement, je l'accroche au pied de mon lit, tu vois, pour l'avoir à portée de main, mais quelqu'un l'avait suspendu à la patère derrière la porte.

PJ secoue la tête avec emphase comme si c'étaient les pires événements dont il ait jamais entendu parler, mais ce que j'en pense, moi, c'est que tout cela me paraît assez normal. Si je n'étais pas aussi douée pour dégager à coups de pied les tas de linge qu'Amber, Drea et moi laissons traîner partout par terre dans notre chambre, je ne retrouverais sans doute jamais rien.

– C'est tout ?

En le disant, je sens la méchanceté de mes paroles.

– Je veux dire, est-ce qu'autre chose a été déplacé ?

– Oh oui. Ma brosse à cheveux. Elle était du côté gauche de ma coiffeuse. Pas à droite.

– Peut-être que ta mère est venue faire un peu de rangement en ton absence.

Clara secoue la tête.

– Mes parents sont chez des amis cette semaine. Je suis toute seule.

– Toute seule ? répète PJ, avec ses cheveux qui lui font des cornes sur la tête.

Il se lève pour aller chercher un pot de mayonnaise et un bocal de cornichons dans le frigo. Il ouvre les deux et les pose devant Clara en guise d'offrande.

– Pour te réconforter, ma petite damoiselle aux belles tresses.

Il baisse les yeux pour admirer le sarong ou, plus précisément, la cuisse alléchante que l'on aperçoit dans la fente.

– Crois-moi, dit-il encore, prends-en quelques-uns et tu trouveras déjà le monde plus beau.

Clara le regarde en inclinant la tête, comme si elle ne comprenait pas bien. Pour toute réponse, PJ sort un gros cornichon bosselé du bocal, le trempe dans la mayo et croque une grosse bouchée. Il ferme les yeux de ravissement, comme si c'était la meilleure chose depuis l'assiette de Mallomars que Jacob m'a préparée.

Je suis sur le point de l'informer que Clara et moi aurions bien besoin d'être un peu seules lorsque je la vois l'imiter. Je suis absolument et complètement abasourdie de la voir sortir un énorme cornichon vert, le tremper *en entier* dans la mayonnaise et l'engloutir.

– C'est vrai que c'est très bon, confirme-t-elle en souriant pour la première fois depuis que nous nous sommes assises.

Elle retrempe son cornichon et reprend une bouchée sans cesser de pousser des grognements de satisfaction. PJ enchaîne

– c'est sans doute le test ultime de l'amour pour lui, je n'en doute pas – et partage avec elle le pot de mayo.

– Il faudrait vraiment qu'on parle de ta chambre, dis-je en tâchant de masquer ma consternation.

Encore des grognements.

– Euh, Clara ?

J'aimerais bien mettre un terme à leur petit manège de drague et de gourmandise. Clara regarde PJ, et ses yeux larmoyants sont déjà un peu plus calmes qu'il y a quelques minutes. Elle lui sourit entre deux bouchées, un globule de mayo coincé à la commissure des lèvres.

– Ah oui, finit-elle par dire comme si elle avait oublié ma présence. Pardon.

– Donc, il manquait quelque chose ?

Elle secoue la tête et reprend un cornichon.

– D'accord.

Je me creuse la cervelle pour trouver une autre question à poser. Sans mes cauchemars, sans les vibrations froides qui m'ont submergée quand je lui ai touché la main, je ne m'inquiéterais pas une seconde. Je penserais qu'elle cherche juste à faire l'intéressante.

Mais j'insiste.

– La porte n'était pas fermée à clé ? Est-ce que tu as remarqué si une fenêtre était restée ouverte ?

– Bah, oui, je laisse toujours quelques fenêtres ouvertes pour aérer.

– Celles du rez-de-chaussée ?

Elle hoche la tête.

– Il n'y a pas d'étage.

– Bien sûr que non.

Je me mords la joue.

– Je sais que ça va vous paraître bizarre, ajoute-t-elle, mais si tu me connaissais, tu saurais que je suis complètement maniaque.

– Ah oui, toi aussi ? s'intéresse PJ tout en laissant dégoutter du jus de cornichon sur la table, qu'il tente d'essuyer de la main avant de se lécher les doigts.

Clara observe les coulures et continue de s'expliquer.

– Je suis obsédée par l'ordre. Je suis de ces gens qui ont une place pour chaque chose et mettent chaque chose à sa place : cahiers, tiroir en haut à gauche de mon bureau ; boîte de mouchoirs, bureau, sur la droite ; chewing-gums, dans la coquille en faïence sur la commode ; chaussettes blanches, à l'avant de mon tiroir à chaussettes ; chaussettes bleues...

– Moi-même, j'ai un stock impressionnant de chewing-gums, la coupe PJ en prenant une énorme bouchée de cornichon d'un air lourd de sous-entendus. Tu veux venir faire l'inventaire avec moi, mon petit cornichon casher ?

Je ne m'occupe pas de lui et reste centrée sur Clara, sur la manière dont elle se mordille à présent le pouce.

– Ça te tracasse vraiment, cette histoire.

Elle acquiesce.

– Et tu es sûre que tu ne peux pas avoir rangé les choses au mauvais endroit dans un mauvais jour ?

– Non, soupire-t-elle. Tu ne comprends pas.

Elle respire à fond pour se calmer.

– Ma mère est aveugle. L'ordre, c'est toute sa vie : il faut que chaque chose soit à sa place. Sinon, elle ne retrouverait jamais rien. C'est pour ça que je suis devenue un peu comme elle.

– Je suis désolée. Je ne savais pas.

– C'est normal ! Tu n'es pas télépathe.

L'ironie absolue de ce commentaire me cloue sur place, mais je décide de ne pas réagir. Parfois, je pense que le secret de ma grand-mère pour faire surgir les réponses était de se taire : être à l'aise dans le silence, savoir écouter les autres, savoir se mordre la langue et simplement laisser les gens trouver les solutions tout seuls à force de jacasser.

– J'ai vraiment la trouille, Lucy. Surtout après ce que tu m'as raconté tout à l'heure.

– Qu'est-ce que tu lui as raconté ? demande PJ en se tournant vers moi.

– Elle m'a dit que j'étais dans le pétrin, éclate Clara. Elle a dit qu'il allait m'arriver malheur.

Et la voilà qui tombe dans les bras de PJ, lequel me mime un « merci » enthousiaste, comme si j'avais tout comploté pour le bien de sa peu reluisante vie amoureuse.

Une seconde plus tard, la porte s'ouvre d'un coup. C'est Amber. Son regard se fixe sur PJ et Clara.

– Qu'est-ce qui se passe ?

Je lui explique.

– Ce dont on parlait tout à l'heure. Au sujet de Clara.

Mais apparemment le bien de Clara est son dernier souci en ce moment. Elle croise les bras, serre la mâchoire et passe en mode stress.

– Tout va bien ? je lui demande.

– Parfaitement, gronde-t-elle en toisant PJ et Clara, accrochés l'un à l'autre comme si leur vie en dépendait.

– Salut, Amber, pépie Clara, la tête posée sur l'épaule de PJ.

– Salut, répond Amber, le visage de marbre.

– Coucou, miss Machintruc, triomphe PJ. (Il essuie la mayonnaise au coin de la bouche de Clara et la câline contre son torse.) Quelque chose te dérange ?

Amber secoue la tête et se retire dans notre chambre, ce qui me surprend presque. C'est que depuis le temps que PJ essaie de la reconquérir suite à leur rupture, sans parler de tous les garçons qu'elle a dragués entre-temps – sans doute plus qu'il n'y a de cornichons dans le bocal où ils s'empiffrent –, j'oublie à quel point elle peut être possessive avec lui.

– Elle va bien ? demande Clara.

– Impec, la rassure PJ, un énorme sourire accroché au visage.

– Il faut qu'on se concentre, dis-je en agrippant à deux mains mon soudain mal de tête. Où en étions-nous ?

– Il va m'arriver malheur, répète Clara, vexée.

Je me frotte les tempes pour tenter de retrouver toute mon attention, de me concentrer malgré le chaos qui m'entoure. Si banale que paraisse son histoire – quelques affaires sans importance mal rangées dans sa chambre, surtout au moment où sa mère est partie chez des amis –, la vie de Clara est réellement en danger. Il faut que je fasse de mon mieux pour l'écouter, pour l'aider, et pour stopper le danger avant qu'il ne frappe.

– Tu disais que dans tes cauchemars je te chuchotais quelque chose, poursuit-elle.

J'opine et j'y réfléchis un instant, à mes cauchemars et à ce que j'y ai vu, précisément. Et c'est là que cela me frappe. Dans le rêve que je viens de faire, alors que je me traînais à quatre pattes de la plage à la maison, quand je suis entrée en rampant et que j'ai regardé autour de moi, j'ai vu que tout avait été déplacé, disposé autrement.

Exactement comme ce que raconte Clara.

– You-hou, la Terre parle à Lucy, chantonne PJ en claquant des doigts pour capter mon attention.

– Attends, fais-je en me penchant en avant pour me focaliser sur Clara. J'ai besoin que tu recommences ; redis-moi tout ce qui s'est passé.

– Encore ?

Elle incline la tête sur le côté.

Je confirme et elle s'exécute, répétant chaque détail concernant son journal intime, son peignoir et sa brosse à cheveux.

– Oh, ajoute-t-elle en s'illuminant. Et mon coupe-papier. En principe, il est toujours dans le tiroir de mon bureau, mais là je l'ai retrouvé sur ma table de nuit.

Mon cœur fait un bond au souvenir du coupe-papier que j'ai vu en rêve, que j'utilisais en guise de couteau, pour me protéger.

– Est-ce qu'il est en métal argenté, brillant, avec un manche recourbé et une lame de couteau ?

Clara fronce les sourcils.

– Mais oui, comment le sais-tu ?

– Un coup de bol, ricane PJ.

– Ce qui compte, c'est que je te crois. Je crois que tes affaires ont été déplacées. Et je crois que ce n'est pas toi qui l'as fait.

Les traits de Clara se chiffonnent, puis ses mains se remettent à voleter. Elles tremblotent en l'air, juste devant ses yeux, comme si elle tentait de se rafraîchir... ou simplement de ne pas craquer. On dirait presque que le fait que je la croie, que je reconnaisse ce qui s'est passé, aggrave la situation. Elle aurait sans doute préféré se laisser persuader qu'elle avait simplement mal rangé ses affaires en l'absence de sa mère.

– Tu m'as dit qu'il allait m'arriver malheur.

– Pas tant que je suis là, fanfaronne PJ.

Il essaie de faire craquer ses doigts, mais ses articulations ne sont pas plus sonores que nécessaire.

– Alors, qu'est-ce qu'on fait ? demande Clara. Il faut que j'appelle la police, ou quoi ?

Je secoue la tête.

– Il n'y a aucune preuve. Ils croiraient que tu as simplement mal rangé tes affaires et que tu délires.

– Oui, mais tu pourrais leur raconter tes cauchemars, toi, leur expliquer que tu as rêvé de moi.

– Alors c'est moi qu'on prendrait pour une cinglée.

– C'est le moment de jouer fin, observe PJ en se frottant les mains.

– Il va falloir que tu fasses hyper-attention à l'endroit où tu ranges tes affaires dans les jours à venir, dis-je. Si quelqu'un est déjà venu les tripoter une fois, je suis sûre qu'il recommencera. En attendant, ferme bien tes portes et tes fenêtres à double tour.

– Alors tu veux que je reste les bras croisés jusqu'à ce qu'il recommence à entrer chez moi et à fouiller dans mes affaires ? Et si je suis là quand il revient ? Et s'il s'en prend à moi ?

– Je ne le laisserai pas faire.

Mais en le disant, je me rappelle le sang dans mon rêve et la vision des lys mortels. Et je me rappelle qu'il me suivait avec tout un bouquet.

Treize

J'assure à Clara qu'elle est la bienvenue si elle veut rester chez nous, mais elle refuse, même lorsque j'insiste. PJ est d'accord pour la raccompagner, et ses lèvres couvertes d'écran total blanc arborent un grand sourire joyeux.

– Je pense que je devrais venir aussi, dis-je. Je pourrais peut-être sentir quelque chose.

– Non ! s'exclame Clara. Enfin, pas tout de suite. Je ne sais pas si je pourrais supporter que tu sentes quoi que ce soit.

– Alors quand ?

– N'y pense plus, Lucinette, fait PJ en l'entourant de ses bras, non sans lui donner un coup de coude dans l'oreille au passage. Avec moi, Clara sera aussi bien protégée qu'un billet de dix dollars dans le corset d'une vieille fille.

– Tu crois que les vieilles filles portent encore des corsets ? s'interroge Clara en inclinant la tête pour réfléchir.

– Demande à Lucy, réplique-t-il en me faisant un clin d'œil.

– Tu pourrais peut-être venir nous rejoindre plus tard, me propose Clara. Pour l'instant, je voudrais juste vérifier que tout est à sa place.

– Tu ferais bien d'appeler tes parents, aussi. Ils rentreront peut-être plus tôt que prévu.

Clara détourne le regard, comme si elle en doutait. À moins qu'elle n'ait pas encore envie de leur en parler.

Je les raccompagne jusqu'à la porte : PJ, le bras passé autour des épaules de Clara, et elle légèrement appuyée sur lui, juste assez pour lui manifester un peu d'intérêt. Les voir ainsi ensemble me rappelle qu'il faut que j'aille parler à Jacob. Je me dirige vers sa chambre, mais je me souviens alors de l'arrivée d'Amber et de sa contrariété.

Je frappe avant d'entrer. Elle est couchée sur son lit, les yeux fixés au plafond, l'assiette vide qui a contenu les Mallomars à côté d'elle, des miettes de chocolat aux coins de la bouche.

– Non mais, tu les as vus ? s'étrangle-t-elle. PJ et miss Ventre-Plat...

Elle s'assoit dans son lit et croise les bras.

– Je sais, dis-je en me laissant tomber à côté d'elle.

– Je croyais qu'elle courait après les Casey de ce monde, poursuit-elle.

– Amber, je ne me doutais de rien. Enfin si, peut-être un peu, mais...

– De quoi ? (Ses joues se gonflent de colère.) Tu parles de Casey ?

– Non. Je ne me doutais pas que tu t'intéressais toujours à PJ. Je sais bien que vous flirtez tous les deux, mais depuis le temps qu'il essaie de te reconquérir...

– Ça va pas, la tête ? me coupe-t-elle. Je ne m'intéresse *pas* à lui.

– D'accord.

– Mais ça me gonfle à mort quand j'entends parler d'une petite allumeuse qui sème la zizanie dans les histoires des autres, et quand je la vois se pointer ici pour baver partout sur un ami à moi. Non mais, je n'ai pas besoin d'être *amoureuse* de PJ pour tenir à lui. Si quelqu'un doit le comprendre, c'est bien toi.

Au lieu de lui dire qu'elle a eu toutes les occasions possibles avec PJ – toutes les occasions de lui piétiner le cœur dès qu'elle le pouvait –, au lieu de lui faire remarquer qu'elle ne connaît même pas Casey (et encore moins le détail de ce qui s'est passé entre lui et sa copine) et au lieu de lui rappeler que, quand même, je sais un peu ce que c'est que de tenir à une amie – au point de manquer me faire tuer au passage –, j'emporte l'assiette de Mallomars pour procéder à un ravitaillement d'urgence.

– Lucy... attends.

Je me retourne.

– Ne t'en va pas. Je suis en plein syndrome prémenstruel, c'est tout. (Elle pousse un énorme soupir.) Je suis allée à côté, tu sais, pour voir si Sully voulait aller se baigner, et il m'a carrément snobée. Tu le crois, ça ? Il m'a juste demandé si j'avais le dépôt de garantie pour la croisière. Jeudi soir. Au fait, tu y vas ?

– Pas si je n'y suis pas obligée.

– Ah bon, je peux t'emprunter vingt dollars, alors ?

Je me mords la lèvre en prenant exemple sur le silence de ma grand-mère, mais je ne m'étonne pas qu'Amber se soit fait jeter, avec une attitude aussi égocentrique et hargneuse.

– Sully m'a raconté qu'il avait des courses à faire, poursuit-elle.

– C'était peut-être vrai.

– Bon Dieu, il avait un *bodyboard* sous le bras, Lucy. Qu'est-ce qu'il lui faut, je ne suis pas assez mignonne pour lui ou quoi ?

– Bien sûr que si.

– Alors quoi ? chouine-t-elle.

On frappe à la porte. Drea est là.

– Je peux me joindre à la conversation ?

– Je ne veux rien entendre, soupire Amber en se laissant retomber sur le dos.

– Du rififi au paradis ?

– Il n'y a pas de paradis dans ma vie amoureuse, geint Amber. Maintenant que j'y pense, il n'y a même pas de *vie* dans ma vie amoureuse.

– On en reparlera, dis-je en pensant à Jacob dans la chambre à côté.

Je m'y rends pour tenter de sauver ce qu'il reste de mon paradis à moi. Je frappe, mais personne ne répond.

– Jacob ?

J'entrouvre la porte, mais il n'y a personne. Juste du bazar de garçons partout : boîtes à pizza empilées au pied du lit de PJ, linge sale éparpillé par terre, canettes de boisson énergétique à demi entamées alignées sur la table de nuit de Chad. À part la différence de goûts en grignotages – chocolat contre pizza et Coca light contre boissons pour sportifs –, leur chambre n'est pas si différente de la nôtre.

Je vais jusqu'au lit de Jacob et trouve sa boîte à songes sur son oreiller. Elle ressemble à la mienne – plutôt petite, avec des charnières chromées –, sauf qu'au lieu d'être en pin, elle est en ronce de noyer. Je la soulève, plus que jamais désireuse de savoir de quoi il rêve et pourquoi il refuse de me le dire.

Je ferme les yeux et m'efforce de me concentrer sur la boîte ; je sens les nœuds du bois sous le bout de mes doigts, j'espère trouver la réponse. Mais les seules vibrations que je perçoive sont celles qui me viennent de Clara, ce picotement froid.

– Qu'est-ce que tu fais là ? me demande Drea.

Elle m'a prise complètement par surprise. La boîte à songes me tombe des mains.

– Tu m'as fait peur, dis-je.

Elle est debout dans l'encadrement de la porte, les bras croisés comme si c'était sa chambre et non la leur.

– Je ne voulais pas te faire sursauter, mais qu'est-ce que tu fais là ?

– À ton avis ?

Amber louche par-dessus son épaule et la pousse pour entrer.

– On dirait que tu fouines dans les affaires des garçons sans rien partager avec nous. Voyons voir, continue-t-elle en regardant autour d'elle. Si j'étais un objet de scandale...

– Tu l'es déjà, la coupe Drea.

– C'est tellement vrai !

Ce compliment involontaire fait sourire Amber. Elle s'approche de la commode de Jacob et se met à farfouiller dans le tiroir du haut.

– Ah non, pas question.

Je saute du lit et bondis devant elle en tâchant de la faire reculer.

– Qu'est-ce que c'est que cette attitude de garde-chiourme ? T'as peur de trouver quelque chose d'intéressant ?

Amber me contourne de son bras et chipe un caleçon dans le tiroir, gris à fines rayures noires.

– Remarque, constate-t-elle en inspectant la marchandise, je crois bien que ses affaires sont aussi soporifiques que les tiennes.

– Pas que ça te regarde, ajoute Drea.

– Tu dis ça uniquement parce que tu ne veux pas que je fouille dans les affaires de Chad.

– En effet, confirme Drea en croisant les bras. Je ne veux pas.

Elle va se placer derrière Amber pour m'aider à la maîtriser avant qu'elle ne fasse vraiment des dégâts.

– C'est ça, allez-y, glapit Amber. Mais ne venez pas pleurer quand vous apprendrez que vos petits chéris, avec leur air sage comme une image, sont en fait danseurs exotiques dans des boîtes louches.

– On ne parlait pas de tes ex à toi, réplique Drea.

Amber ne relève pas et remet le caleçon de Jacob dans un tiroir déjà plein à craquer. Elle tente de le refermer, mais il déborde.

– Attends, dis-je en attrapant les poignées. Je vais le faire.

Amber s'écarte de mon chemin et j'appuie à deux mains sur le tas de vêtements. Toujours impossible de refermer le tiroir. Je commence à ranger ses affaires en essayant de les aplatir comme des crêpes, et c'est là que je le vois. Son journal intime.

– Jackpot ! s'écrie Amber d'une voix stridente.

– Non. C'est à Jacob. C'est personnel.

– Non mais, tu rigoles ? Allez, ouvre ! Tu ne veux pas savoir ce qu'il écrit sur toi ?

Je presse le journal entre mes paumes, presque tentée d'y jeter un œil, pour savoir ce qu'il me cache, de quoi il rêve. Je regarde Drea, qui s'affaire à passer en revue les possessions de Chad.

– Tu étais au courant qu'il tenait un journal, au moins ? me demande Amber.

J'ai envie de lui dire que oui, que je sais qu'il écrit dedans tous les matins au réveil et qu'il m'en lit parfois des passages. Mais j'opte pour la vérité et secoue la tête.

– Alors, tu vois ce que je veux dire ? dit-elle en pianotant sur ses dents, pensive. Il tient un journal en secret. On croit les connaître, et voilà.

– Oh, mais quel scandale ! la raille Drea, la tête plongée dans le tiroir à chaussettes de Chad. Sois sérieuse deux minutes. Ça ne veut rien dire. Même moi, je tiens un journal.

– Chad est au courant ? ai-je envie de savoir.

– Bah oui, et alors ?

– Alors, pourquoi est-ce que Jacob n'a pas parlé du sien à Lucy ? enchaîne Amber.

– Écoute, s'impatiente Drea, ce n'est pas parce que ta vie amoureuse est inférieure à zéro en ce moment que tu dois essayer de faire des dégâts dans celle des autres. Lucy est un peu plus sûre d'elle que ça, quand même.

– Pas comme toi, observe Amber en contemplant Drea qui va toujours à la pêche aux informations.

– Je ne fouine pas. J'aide simplement Chad à s'organiser.

– On peut commencer à organiser sous les matelas, alors ? Parce qu'à mon avis, c'est là qu'on trouvera les trucs intéressants.

– J'abandonne, dis-je en soupirant.

Je replace le journal de Jacob dans le tiroir, sous une pile de tee-shirts, pour éviter d'autres tentations.

– Ne te tracasse pas pour ça, me conseille Drea. Tu n'auras qu'à aborder le sujet des journaux intimes avec lui. Je suis sûre qu'il t'en parlera à ce moment-là. C'est juste que ce n'est jamais venu dans la conversation.

– Tu as raison.

Mais peut-être que le journal aussi est un secret.

Drea tend le bras vers le fond du tiroir de Chad et en sort une sorte de boîte. Elle se renfrogne. Elle tourne le dessus de la boîte vers Amber et moi. On y voit l'image d'un barbu qui fait le geste de se gratter le menton du pouce et de l'index, comme s'il réfléchissait profondément.

– Qu'est-ce que c'est ? demande Amber.

Mais en fait la réponse nous saute aux yeux, en lettres bleues et jaunes : « Teinture pour barbe et moustache – pour le quinquagénaire fringant. »

– Ce n'est peut-être pas à lui, espère Drea.

– C'est ça, ricane Amber. C'est vrai, ce n'est pas parce que c'était dans *son* tiroir, avec *ses* affaires, de *son* côté de la chambre que...

Drea ouvre la boîte et en sort des gants de protection en plastique.

– Je ne pense même pas que Chad ait assez de barbe.

– C'est peut-être pour ça qu'il en a besoin ! Il doit avoir l'intention de se peindre la figure avec.

Amber empoigne la boîte, embrasse l'image du mec hirsute sur le couvercle et lit la référence de la teinture dans le coin :

– « Blond foncé Bravade, n° 143 ». Rien que ça, ça me fait des chatouilles dans le bas du dos.

– C'est bon, l'arrête Drea. J'en ai assez vu.

Elle reprend la boîte d'un geste vif, remet les gants dedans et fourre le tout dans le tiroir.

Pendant ce temps, j'ai la tête qui tourne. Je jette un coup d'œil à la boîte à songes sur le lit de Jacob et repousse le tiroir de la commode d'un coup de hanche.

– Je pense qu'on en a toutes assez vu.

– Ça va ? me demande Amber.

Au lieu de répondre, je me contente de quitter la pièce en claquant la porte peut-être un peu fort. Le bruit secoue toute la maison. Je retourne dans notre chambre et veux fermer derrière moi, mais Drea intercepte le battant.

– Lucy, dit-elle en s'asseyant à côté de moi sur le lit. Qu'est-ce qu'il y a ?

– Rien, je suis très stressée, c'est tout.

– Oui, eh bien ça se voit. C'est à cause du journal ?

– C'est à cause de tout.

– Pas *tout*, nous interrompt Amber.

Elle entre et pose ses fesses (littéralement) au milieu de notre conversation, en se laissant tomber entre nous sur le lit.

– C'est à cause des cauchemars. Enfin quoi, c'est *évident* : déjà, se réveiller la figure pleine de sang, ça suffirait à stresser n'importe qui. Ça, et devoir écouter une petite peste pleurnicheuse qui se pend au cou de PJ.

– Qu'est-ce que j'ai raté ? s'enquiert Drea.

– Clara. Elle est venue ici tout à l'heure.

– Est-ce que c'est moi, ou est-ce que vous aussi, vous la trouvez complètement bidon, cette fille ?

– Parce qu'elle a trouvé Chad mignon ? dis-je avec un sourire.

– Parce que c'est une vraie face de rat, clarifie Amber.

– Elle prétend que quelqu'un a fouillé dans ses affaires.

– Et alors, tu la crois ?

J'acquiesce et leur raconte tout : tout ce que Clara a affirmé sur ses objets déplacés et sur sa maniaquerie autoproclamée.

– Bon, et alors ? poursuit Drea.

– J'ai fait encore un cauchemar sur elle.

– Et tu l'as vue, cette fois ?

Elle prend une lime à ongles sur la commode.

– J'ai vu sa silhouette... Je sais que c'était elle. J'ai entendu sa voix.

– Et qu'est-ce qu'elle disait, dans ton rêve ? (Elle me prend la main et commence à limer mes ongles rachitiques.) Qu'est-ce qu'elle faisait ?

– Elle répétait plus ou moins la même chose : que je ne dois pas le dire, que si je le dis elle le saura et qu'elle me le fera payer.

– Autre chose ?

Amber tend un flacon de vernis à Drea. Je hoche la tête non sans remarquer sa couleur vert fluo.

– Elle a dit que si je le répétais, elle me ferait saigner.

– Est-ce que tu saignes dans ton rêve ? m'interroge Drea.

– Justement. Je ne crois pas. Il y a du sang, mais je crois que c'est le sien et qu'il me coule dessus. Ça fait bizarre, tu sais, d'avoir le sang de quelqu'un d'autre sur moi, sur mes mains, comme si j'étais responsable au cas où il lui arriverait malheur.

– Ne pense pas comme ça, proteste Drea.

– Mais comment faire ? C'est vrai que je *serais* responsable. C'est moi qui ai des prémonitions à son sujet. C'est moi qui suis censée arrêter le danger.

– Tu fais de ton mieux. Tu ne peux pas sauver le monde.

– Facile à dire, maintenant que Lucy a sauvé ta peau il y a deux ans, la rabroue Amber en se tournant vers moi. Mais elle a raison, tu sais. Tu ne peux pas sauver le monde... même en essayant à fond.

Et je ne peux pas ramener Maura ni Veronica à la vie. Je regarde mes mains en visualisant les taches de sang imaginaires.

– Tu vas bien ? me demande Drea.

– Ça ira.

– Donc, visiblement, c'est pour ça que tu as saigné du nez, réfléchit Amber. À cause du sang de tes rêves.

– Sans doute, mais je ne sais pas. Ça me paraît un peu trop facile.

– Tout ce que je sais, c'est que c'est vraiment immonde. Tu imagines, si tu es en train de faire des câlins et que ça te coule dans la gorge, et que tu en as sur la langue, et que Jacob se retrouve avec une bouche de vampire ?

– Il n'y a que toi pour penser à des choses pareilles, soupire Drea en levant les yeux au ciel.

– Ce n'est pas tout.

Je déglutis en m'efforçant de me détendre, de me concentrer sur la lime avec laquelle Drea tâche de donner une forme à mes ongles riquiqui.

– Il y avait Donovan dans mon rêve.

Drea s'interrompt pour lever la tête vers moi, les traits complètement figés.

Je hoche la tête.

– Du moins je crois que c'était lui. Je ne suis pas sûre. Il y avait un type qui s'approchait de moi, et il avait un bouquet de lys à la main, exactement comme dans le cauchemar que j'ai fait sur toi.

– Les lys de la mort, comprend Drea en se couvrant la bouche.

– Mais tu ne peux pas être sûre que c'était lui, nuance Amber. C'est peut-être sur les lys que tu dois te concentrer. C'était peut-être un autre bonhomme.

– Peut-être.

J'observe Drea et la brume couleur prune qui entoure sa tête. J'aurais peut-être mieux fait de me taire.

Je hoche la tête.

– Tu as raison, dis-je pour me rassurer sur l'idée qu'il n'a pas pu être libéré en avance.

– Et en plus, poursuit-elle, pourquoi est-ce qu'il en aurait après Clara ? Ça n'a aucun sens. S'il revient chercher quelqu'un, ce sera encore Drea. Ou *toi*.

– Tu essaies de nous remonter le moral ?

Drea laisse tomber la lime à ongles et se prend la tête entre les mains.

Je décoche un regard mauvais à Amber.

– Ça va aller.

– Absolument, approuve Amber qui apparemment ne se rend compte de rien. (Elle ramasse la lime sur le lit et s'attaque à son ongle de pouce.) Ce n'est pas à Donovan qu'il faut penser maintenant. C'est à la mort.

C'est ça, me dis-je intérieurement. *La mort*. Comme si cette révélation était une bonne chose en soi.

Quatorze

Amber et Drea sont d'accord pour m'aider à exécuter un sort déstressant. Je suis tellement à cran en ce moment que je suis incapable d'affronter quoi que ce soit. La menace qui pèse sur la vie de Clara me rend quelque peu nerveuse, cela va sans dire. Mais je sens qu'il y a autre chose. Une chose qui rend mes mains moites, qui me serre la poitrine à chaque respiration et me fait tourner la tête, comme si j'avais besoin de m'asseoir. C'est peut-être Jacob. C'est peut-être à cause de ce blocage dans notre relation : il refuse de s'ouvrir entièrement, et je ne peux pas lui dire absolument tout ce que je ressens.

À moins que ce ne soit de la rage pure. Je voulais passer un été normal, notre dernière occasion d'être tous ensemble avant de se séparer pour partir en fac. Au lieu de cela, je me retrouve à aider une fille que je ne connais même pas. Je tente de calmer ma mauvaise humeur en suçant mon doigt trempé dans du sirop d'érable et en me répétant que si personne n'aidait jamais les inconnus – si Jacob ne m'avait pas aidée l'an dernier –, je ne serais peut-être plus de ce monde.

– Lucy, dit Amber en cassant deux œufs dans un saladier. Tu fais une drôle de tête. On dirait que tu viens de gober une sardine à l'huile toute crue.

Nous sommes debout devant le comptoir de la cuisine, occupées à préparer une solide platée de pain perdu, que je considère comme le plat le plus parfait au monde : du sucre mélangé à du gros pain bien trempé dans du beurre fondu et dégoulinant de sirop.

– Normal qu'elle ne soit pas dans son assiette, fait remarquer Drea en ajoutant une cuillerée à soupe de sucre vanillé.

– Sans jeu de mots, enchaîne Amber en soulevant une assiette d'épaisses tranches de pain à tremper fraîchement acheté à la boulangerie.

– Très drôle, ironise Drea.

– Je suis d'accord.

Je saupoudre de la cannelle dans le saladier et couronne le tout d'un verre de lait et de deux cuillerées de jus de pomme.

– Depuis quand le pain perdu est-il un sort ? demande Amber.

– Depuis qu'on le prépare avec les ingrédients les plus importants.

Je fouette la pâte en me concentrant sur le jus de pomme qui s'incorpore aux autres ingrédients, sur les vertus purifiantes et cicatrisantes du fruit.

Amber se ragaillardit.

– On va corser un peu la pâte ?

– Non. Mais on la fait ensemble. En amies.

– Ah, je vois. (Elle dépose quelques noix de beurre sur la plaque chaude.) Tu ne veux pas que j'ajoute un peu de schnapps, tu es sûre ?

– Je suis sérieuse, dis-je en trempant une tranche de pain dans la pâte laiteuse. Je me sens très seule en ce moment, et je compte sur votre amitié, tu vois ?

– Bien sûr que tu peux compter dessus, me rassure Drea. On fera tout ce qu'on peut pour t'aider.

– Alors mangez-en avec moi, c'est tout. (Je dépose la tranche dégoulinante sur la plaque qui grésille.) Ma grand-mère disait toujours qu'il y a quelque chose de très intime à partager de la nourriture avec ceux qu'on aime.

– Intime ? Partager de la nourriture ? Ceux qu'on aime ? fait Amber en haussant un sourcil. Hum, ne le prends pas mal, Lucy, mais on dirait bien que ta grand-mère était une petite coquine avec la nourriture.

– Irrécupérable, soupire Drea.

J'acquiesce en riant.

Pendant le quart d'heure qui suit, nous nous relayons pour tremper le pain, remuer la pâte et griller les tranches chacune à notre tour, jusqu'à obtenir un grand plat de succulence pure. C'est exactement ce qu'il me faut, en fait : être avec elles et parler de sujets normaux, comme les soucis de marques de bronzage de Drea et l'épisode de *Newport Beach* de ce soir.

Lorsque nous ne pouvons plus avaler une bouchée, je pose un bocal entièrement chargé, baigné au clair de lune, entre nous toutes sur la table.

– C'est là qu'intervient la partie déstressante, dis-je.

– Écoutons bien miss Recyclage, plaisante Amber, sans doute parce qu'elle a remarqué que j'utilisais un vieux pot de confiture récupéré dans la poubelle.

Je pose sur la table une boîte de trombones et un petit bouquet de branches de sauge séchées, liées avec une ficelle.

Les feuilles sont mortes, toutes grises et friables. Je les ai attachées pour qu'elles brûlent plus proprement.

– Et les trombones, c'est pour quoi ? veut savoir Amber.

– Nous allons nous en servir pour représenter tout ce qui nous entrave dans nos vies. Mettre un nom sur ces chaînes négatives nous aidera à nous libérer du stress.

– On aurait peut-être dû les acheter en gros, alors, fait-elle remarquer en regardant la petite boîte, les sourcils froncés. Après la journée que j'ai passée, c'est une caisse entière que je pourrais étiqueter.

Je dévisse le couvercle du bocal et pose à côté une boîte d'allumettes en bois. J'allume une branche de sauge et souffle la flamme. Cela fume comme de l'encens ; de longues volutes sinueuses s'élèvent vers le plafond. J'arpente la cuisine, la sauge à la main, pour diffuser partout son odeur douce et piquante.

– La sauge va nous aider à nous débarrasser de ces chaînes négatives.

– D'accord, mais est-ce qu'elle nous aidera à éliminer les milliards de calories qu'on vient d'absorber ? s'informe Drea en se tapotant le ventre.

– Je commence.

Je repose la sauge sur une soucoupe en porcelaine, au centre de la table, et prends un trombone.

– Ce trombone représente le stress que je ressens à l'idée d'aider Clara.

Je laisse tomber la petite attache dans le bocal.

– Je me joins au stress « Clara », déclare Amber en prenant à son tour un trombone pour le jeter dans le pot.

– En quoi elle te stresse, toi ? s'étonne Drea.

– Parce qu'elle fait son allumeuse avec PJ et que s'il a le cœur brisé, il ne s'en remettra peut-être pas.

– Qui a dit qu'elle allait lui briser le cœur ?

– Oh, je t'en prie, soupire Amber. Je connais ce genre de fille : le genre qui allume tout ce qui porte un pantalon, sans avoir l'intention d'aller plus loin.

– Ah, les filles dans ton genre, tu veux dire ? Tu ne serais pas jalouse, par hasard ?

– Pas du tout. Mais ne viens pas t'étonner le jour où miss Ventre-Plat se mettra à faire des mamours à Chad. (Amber jette encore un trombone dans le pot.) Et ça, c'est pour Sully, qui ne sait pas ce qu'il rate.

Drea prend elle aussi un trombone et le jette dans le bocal.

– Pour Chad, pour notre dispute de tout à l'heure.

– C'était à cause de quoi ? veut savoir Amber.

Drea hausse les épaules.

– En fait, ça concernait Lucy.

– Ah oui ? dis-je en reprenant un trombone.

– Ce n'est rien du tout. Il s'est juste souvenu d'une chose sur toi, et ça m'a un peu énervée.

– Quoi donc ?

– Non mais, c'est idiot, vraiment. (Drea lève les yeux au ciel, comme elle le fait toujours quand elle ne veut pas qu'on voie ce qu'elle ressent.) Je lui parlais d'un article sur la jalousie que j'avais lu dans *Seventeen*, et je crois que c'est la manière dont je le décrivais... J'ai prononcé quelques mots en couinant un peu, du moins c'est ce qu'il a dit. Personnellement je n'ai pas eu l'impression de couiner, mais peut-être que c'était hyper-évocateur pour lui, je n'en sais rien. Enfin bref, il m'a regardée très bizarrement, alors je lui ai demandé ce qu'il avait, et il m'a expliqué que je couinais et que ça lui faisait penser à toi... tu sais, quand tu es nerveuse et que ta voix monte dans les aigus comme ça ? Et alors il était là, avec un grand sourire, à me dire que c'était trop mignon... le couinement, je veux dire. Ton couinement.

– Ah bon. Mais je ne couine pas !

– Mais moi non plus !

– Fascinant, observe Amber en passant la pointe d'un trombone dans un des trous de sa boucle d'oreille en forme de morceau de gruyère.

Elle en prend encore un dans la boîte et le jette dans le pot.

– Pour rester dans le thème « L'amour c'est pire que les sangsues », ce trombone est pour Casey, parce qu'il ne m'a même pas jeté un regard aujourd'hui.

– J'enchaîne avec le stress que je ressens vaguement avec Jacob.

Je jette un trombone.

– Quoi, vous deux ? proteste Amber. Pitié, tout ce qu'il vous faut, c'est un peu de temps tout seuls sans Clara. Vous devriez faire quelque chose de super-romantique : prenez-vous une cabine pour deux sur la croisière d'étudiants dont tout le monde parle, qu'est-ce que tu en dis ?

– J'en dis que tu es la seule à en parler, en fait.

– Non, intervient Drea en déroulant un trombone. Chad m'en a parlé tout à l'heure. Ça pourrait être marrant.

– Eh bien, vous me raconterez, parce que moi je n'y vais pas.

– Alors, comment tu comptes rapiécer ton petit paradis d'amour ? m'interroge Amber.

– Peut-être qu'une petite rustine suffira, dis-je avec une grimace. Quelques feuilletés au homard et une promenade sur la plage, par exemple.

– Ça m'a l'air mégafun, bougonne Amber en bâillant.

Nous passons encore une vingtaine de minutes à ajouter tout ce qui nous stresse, y compris les maillots de bain, les marques de bronzage et le sable dans les palourdes. Puis je mets la sauge dans le bocal et ferme le couvercle ; l'intérieur est enfumé et le verre prend une couleur de givre grisâtre.

– Que ces chaînes négatives cèdent la place à l'amour et à la grâce dans nos têtes. Ô sauge, je te demande d'évacuer notre stress et de nous rendre le bonheur à toutes. Béni soit le chemin.

– Béni soit-il, dit Drea.

– Béni soit-il, répète Amber.

Quinze

Quelques minutes après notre sort, Jacob entre dans la pièce.

– Salut, dit-il avec un regard appuyé vers le bocal plein de fumée.

– Salut ! fais-je en me levant.

Amber et Drea quittent instinctivement la table pour nous laisser seuls.

– On faisait des devoirs de vacances, explique Amber dans une lamentable tentative pour alléger l'atmosphère.

– Je peux te parler ?

Au lieu d'attendre sa réponse, je m'approche simplement de lui. Je passe les bras autour de sa taille et niche mon menton dans le creux de son cou.

– J'en déduis que tu ne m'en veux plus, remarque-t-il.

– Si.

– Ah bon, alors je devrais peut-être tout gâcher plus souvent.

– Très drôle.

Je remarque qu'il sent la citronnelle.

– Sortons.

– Sortir ?

Je hoche la tête.

– Sortir, en amoureux. Normalement.

– Normalement, ça, ça me va, répond-il en me serrant très fort. Tu pensais à quoi ?

– Rien d'extraordinaire. Que dirais-tu d'un pique-nique sur la plage ? Il ne doit plus y avoir grand monde à cette heure-ci. Les gens sont rentrés dîner.

– Ça m'a l'air parfait.

Bien que je ne puisse plus imaginer avaler une bouchée, nous garnissons un panier de biscuits salés, de fromage, de fruits frais, et trouvons un coin tranquille près de la mer. Nous discutons pendant plus d'une heure en regardant le soleil rougeoyer et descendre juste au-dessus de nous. C'est bon d'être normaux comme cela, de parler de choses qui nous font plaisir : le festival Hitchcock qui va avoir lieu au ciné de la ville ce week-end, le projet d'y aller, notre soulagement d'être acceptés dans la même fac en septembre, la sensation apaisante de s'endormir en écoutant l'océan se briser sur le sable.

Je pose la tête sur sa poitrine et ferme les yeux en inhalant son arôme léger d'huile de coco et en me délectant de chaque instant. Mais en dépit de ce bien-être, j'ai toujours envie – besoin, même – de le questionner sur ce qui s'est passé tout à l'heure.

– Où es-tu parti quand Clara est venue chez nous ?

– Je suis allé faire un tour.

– Je ne t'ai pas vu sortir.

– Je suis passé par la porte de devant. Je ne voulais pas vous déranger.

Il porte mes doigts à sa bouche, les effleure de ses lèvres.

– Comment ça s'est passé avec elle ?

Je hausse les épaules.

– Elle raconte que quelqu'un a fouillé dans ses affaires. Mais je ne sais pas, j'ai l'impression qu'il y a bien plus que cela.

– Bien sûr. Tu as perçu plus que cela quand tu lui as serré la main ; tu l'as senti dans tes cauchemars. Tôt ou tard, il va se passer quelque chose de grave.

– Pas si j'interviens.

– Alors, tu es confiante ?

– Au sujet de Clara ? Je crois.

– Et au sujet de tout le reste ?

Je me tais en réfléchissant à une manière détachée d'aborder le sujet, une manière qui ne me fasse pas passer pour une grosse fouineuse. Mais comme il est absolument évident que j'étais bien en train de fouiner, je lui fais grâce d'une insulte à son intelligence, plonge les yeux dans les siens et lui dis simplement la vérité.

– J'ai vu ta boîte à songes.

Jacob hoche la tête, le visage totalement neutre, façon joueur de poker, comme s'il n'était pas surpris le moins du monde.

– Je veux dire que je l'ai *regardée*. Sur ton lit.

Il se redresse, m'obligeant à faire de même.

– Qu'est-ce que tu faisais dans ma chambre ?

– Je te cherchais et je suis tombée dessus, posée sur ton lit.

– J'étais sorti faire un tour, répète-t-il.

– Je sais, dis-je en surprenant dans ma voix ce couinement de nervosité idiot. Tu me l'as déjà dit.

Il hoche la tête, comme s'il le savait aussi... comme s'il évitait soigneusement la question.

– Alors, tu vas cracher le morceau, ou faut-il que je te supplie ?

– Je fais ça pour *toi*, Lucy.

– Comment peux-tu m'aider en me cachant des choses ?

– Tu vas devoir me faire confiance là-dessus.

Je serre les dents, consciente que je ne peux rien faire d'autre en effet, mais aussi que ce n'est pas vraiment juste.

– J'espérais que tu avais peut-être sorti ta boîte à songes parce que tu voulais m'aider, te brancher sur mes cauchemars, pour que nous faisions les mêmes rêves.

– Ça, j'aimerais bien.

Je sens mes traits se chiffonner à sa réponse, comme si l'idée lui venait pour la première fois alors que je croyais depuis le début que c'était ce qui se passait : qu'il avait déjà commencé à rêver de Clara, qu'il avait vu un élément de son destin qu'il ne me croyait pas capable d'affronter.

Alors quoi ?

J'ai envie aussi de le cuisiner sur le journal, mais quelque chose me dit que cela me vaudrait une nomination pour l'oscar de la petite amie méfiante, dans la catégorie fouineuse de l'année... à la seconde place derrière Drea, bien sûr. En plus, avant même que j'aie pu prononcer un mot, il pose un baiser sur ma main, puis se penche pour m'embrasser sur la bouche, m'envoyant un million de petits picotements le long du dos.

– Je suis fier de toi, murmure-t-il. Fier de ton courage.

Le compliment me prend complètement de court. C'est vrai, je n'ai jamais pensé à moi-même en ces termes. Je souris et entrelace mes doigts avec les siens ; j'ai toujours son goût dans la bouche : un mélange de sirop d'érable et de crème à la vanille sur ma langue.

– Tu le penses vraiment ?

Il acquiesce, ses yeux bleu ardoise plantés dans les miens. Il paraît sincère. Il a l'air de me trouver vraiment courageuse, malgré la tension que je ressens par rapport à lui, à Clara et à tout le reste.

Nous nous embrassons encore, main dans la main : nous sentons nos paumes qui se touchent, la chaleur de la peau de l'autre. L'instant est hypnotique, si incroyablement bon que je me sens prête à m'enivrer totalement de tout cela – de lui – et à abandonner toutes mes réserves récentes sur notre relation et notre confiance. Après tout, il fait visiblement ce qu'il pense être le mieux.

Comme de bien entendu, c'est ce moment que choisit PJ pour nous interrompre et saccager notre tête-à-tête si attendu.

– Salut, les jeunes, chantonne-t-il.

Clara se tient à quelques mètres derrière lui, un sac de couchage sur l'épaule.

– On a interrompu une scène qui valait quelques Polaroid ? s'enquiert PJ.

– Coucou, dis-je.

– Les coucous sont des oiseaux, chère petite mammifère. Il faut qu'on parle.

– Qu'est-ce qu'il y a ?

Je me redresse en position assise.

– Ça a recommencé, déclare Clara.

Elle laisse tomber son duvet par terre et vient nous rejoindre.

– Qu'est-ce qui a recommencé ? s'enquiert Jacob.

Clara s'arrête pour lui faire un sourire, mais ne répond pas.

– Alors ? dis-je en espérant qu'elle va cesser de reluquer ouvertement mon amoureux.

– Vos colocs sont dans le coin ? demande-t-elle finalement. Je crois qu'ils devraient aussi entendre ce que j'ai à dire.

Je secoue la tête en expliquant que Chad était sorti la dernière fois que j'ai vérifié, et en me demandant pourquoi elle ne peut pas simplement raconter ce qui se passe, pourquoi elle a besoin d'un public. Je ramasse toutefois les vestiges de notre pique-nique et nous rentrons à la maison, où nous retrouvons Drea et Amber.

Elles sont dans notre chambre. Drea applique une substance crémeuse orange sur le visage d'Amber, dont on ne voit plus que les yeux, les narines et les lèvres.

– Dans moins de dix petites minutes, m'explique-t-elle, Amber aura la peau aussi douce que des fesses de bébé. C'est cent pour cent naturel, on en mangerait.

– Je m'en passerai.

– Tant pis pour toi.

Elle lève la tête pour contempler ma peau, remarquant sans doute son aspect marbré : un mélange de pâleur et de coups de soleil.

– Clara veut nous parler, dis-je en faisant mine de ne pas remarquer son inspection en règle.

– Et pourquoi ? ronchonne Amber à travers le masque orange.

Je hausse les épaules et attends qu'elles me suivent ; Amber a les bras croisés et les lèvres pincées. Tout le monde prend place autour de la table de la cuisine.

– Alors, qu'est-ce que c'est que ces histoires ? commence Amber.

– C'est toi qui nous parles de faire des histoires ? s'insurge PJ. Tu t'es vue avec cette bouillie monstrueuse sur la figure ?

– C'est un masque de boue, le corrige-t-elle.

– Tu es sûre que c'est de la boue, et pas de la morve de cochon ?

– Tu peux parler, avec tes lèvres blanches. On dirait que tu as roulé des pelles au clown McDonald's !

– On appelle ça de l'écran total, explique PJ. SPF 65...

– Au cas où tu n'aurais pas remarqué, le soleil ne brûle plus vraiment, passé dix-sept heures.

– Pardon de vous déranger, les interrompt Clara. C'est juste que...

Mais elle est incapable de continuer. Elle respire profondément plusieurs fois pour se calmer, car elle est complètement perturbée : ses yeux s'embuent de larmes, ses mains se remettent à voleter bizarrement devant son visage.

– Laisse-moi faire, jeune damoiselle, dit PJ en l'embrassant sur le sommet de la tête, si bien que quelques cheveux restent collés sur ses lèvres crémées. Imaginez la scène. Extérieur jour. Soleil ; plage ; en arrière-plan, une foule de gens prenant le soleil et s'amusant. Deux estivants d'une beauté exceptionnelle, un garçon et une fille, se promènent le long d'un rivage parsemé de petites maisons de vacances.

– Pouce, s'impatiente Amber en levant la main. Qui sont les deux estivants d'une beauté exceptionnelle dans ce scénario ?

PJ retrousse les lèvres.

– Si tu n'es pas sage, mon petit buisson piquant, je crois que tu peux aller retrouver le bac à sable crasseux dont tu es sortie en rampant.

– Bon, OK, dis-je pour essayer d'accélérer les choses. Apparemment, ces beaux spécimens sont Clara et PJ.

– Ah, nous avons au moins un élément brillant dans l'assistance qui a bu son jus de carotte aujourd'hui.

PJ me décoche un sourire approbateur, et je suis obligée de ravaler mon exaspération. C'est ça ou il n'arrivera pas au bout de son histoire avant la fin de la nuit.

Jacob jette un coup d'œil à sa montre.

– Alors, qu'est-ce qui s'est passé ?

– Passé ? sursaute PJ. Nous marchions le long de la plage, en nous occupant de nos oignons, lorsque nous avisons un homme à tentacules, absolument extravagant, qui ose demander à Clarinette ici présente si elle pourrait poser pour des photos demain après-midi.

– Un instant, le coupe Drea. Pourquoi un homme à tentacules ?

PJ roule des yeux consternés.

– Mais parce qu'il avait des *tentacules.*

– *Sérieusement ?*

Drea jette un regard à Jacob et se retient de rire.

– Pas des tentacules, précise Clara. Juste une moustache énorme, avec les bouts qui rebiquent.

– Minute, dis-je, est-ce que c'est le type qui habite la maison d'à côté, celle qui a la grande terrasse ?

– Oui, oui ! confirme-t-elle. Tu le connais ?

– Eh bien, j'ai plus ou moins fait sa connaissance. Tout à l'heure, quand je te cherchais.

Clara paraît un peu étonnée ; elle incline la tête un court instant avant de poursuivre.

– Ce type m'a l'air totalement louche. Je l'ai vu sur sa terrasse en train de photographier les filles sur la plage, à leur insu. Et à *La Coquille Coquine*, j'ai entendu dire que c'est paraît-il un grand photographe qui travaille pour des magazines comme *Vogue* ou *Esquire*, mais ça m'étonnerait. Enfin, il est vraiment zarbi. Ce n'est pas la première fois qu'il me demande de poser pour lui.

J'opine en me demandant si je devrais retourner chez lui en son absence, et je me crispe en pensant à cette chambre noire sinistre et à son regard sur moi, à son désir de me prendre en photo.

– Alors, qu'est-ce que tu as répondu ?

– Évidemment, j'ai dit non – une fois de plus –, mais ça ne l'a pas empêché de me mater comme le pervers qu'il est. Ensuite, PJ et moi sommes retournés chez moi.

– La porte n'était même pas fermée à clé, précise PJ en agitant l'index d'un air de reproche sous le nez de Clara. N'importe qui aurait pu entrer en douce.

– Pourquoi n'était-elle pas fermée ?

Clara hausse les épaules.

– C'est casse-pieds de trimballer une clé partout, surtout en maillot de bain.

J'enregistre avec un hochement de tête son absence totale de bon sens, remarquant également qu'elle porte un sweat-shirt équipé de deux poches en parfait état. Avec un autre sarong : rouge à fleurs jaune vif.

– C'est laquelle, ta maison, d'ailleurs ?

– C'est le numéro 24. Celle avec les carillons à vent en bambou. Je suis sûre que vous les avez entendus. Ils sont hyper-pénibles, mais mon père les adore.

Je hoche de nouveau la tête en me demandant s'il s'agit des carillons que j'ai entendus dans mon cauchemar.

– Est-ce qu'on pourrait en finir avec cette histoire avant demain ? proteste Amber. J'ai l'impression que ma figure est au bord de l'ébullition.

Elle prend une assiette en carton pour s'éventer.

– Bon bref, continue Clara, on est entrés dans ma chambre et... (de nouveau, les larmes lui montent aux yeux) quelqu'un avait fouillé dans mes tiroirs.

– Comment tu le sais ? lui demande Jacob.

– Parce qu'ils étaient ouverts.

– Au moins un, en tout cas, précise PJ en riant sous cape.

– Lequel ?

Je me penche vers Clara pour prendre une de ses mains qui volettent toujours en tremblotant ; la froide morsure revient dans ma propre main, me remonte dans le bras et vient se draper autour de ma nuque.

– Mon tiroir à sous-vêtements.

Elle pique un fard.

– *Quoi* ? s'étrangle Drea.

– Il a trouvé quelque chose d'intéressant ? s'enquiert Amber en prenant un mouchoir en papier dans le décolleté de son maillot de bain pour le tendre à une Clara larmoyante.

– Je ne sais pas ce qu'il a trouvé. (Elle se tait un instant pour refuser d'une grimace l'offrande du mouchoir.) Mais il a fouillé dans mes affaires.

– Comment peux-tu en être sûre ? l'interroge Jacob.

– Des signes qui ne trompent pas, explique PJ. La dentelle qui dépasse du tiroir. Les bretelles de travers. Les culottes en vrac. On aurait dit que les soutifs avaient décidé de faire la fête pendant que leur maîtresse était sortie. Vous connaissez le dicton : « Quand le chat n'est pas là... »

– T'es vraiment tordu !

Amber roule son mouchoir en boule et le lui jette.

PJ renifle la boulette et la fourre dans sa poche.

– Pour plus tard, ô reine des coquines.

– Donc, selon toi, tu t'es fait cambrioler tes sous-vêtements ?

Je lui tends une serviette en papier, qu'elle accepte avec plaisir.

– Et tu es sûre que tu ne t'es pas simplement habillée en vitesse ce matin en laissant tout en plan ? insiste Drea.

– C'est ce que les flics m'ont demandé.

Je sens mes yeux s'agrandir.

– Tu as appelé la police ?

Clara confirme.

– Ils sont même venus sur place. Mais rien ne les a vraiment étonnés, ni inquiétés, ni rien.

– Parce que les portes et les fenêtres n'étaient pas verrouillées, clarifie PJ.

– Ils ont rédigé un rapport et conclu que c'étaient sans doute des garçons qui m'avaient fait une farce.

– Ça peut aussi être un rite d'initiation dans une confrérie d'étudiants, genre rapporter un trophée, réfléchit Drea.

– Les flics y ont pensé aussi.

– Non mais, attendez ! s'écrie Amber en claquant des doigts. Vous avez déjà vu des confréries faire des rites d'initiation pendant les grandes vacances ?

– Les policiers vont aller vérifier, continue Clara. Vous savez, ils vont aller parler avec les étudiants d'à côté.

– Et moi je maintiens que ce n'est pas eux, s'entête Amber. Casey et Sully sont bien trop gentils et sensibles pour ce genre de choses.

Je la regarde, complètement estomaquée par sa logique. *Gentils* et *sensibles*, eux ? J'ai raté un épisode ?

– Il doit y avoir des tas de types en vacances dans ces maisons d'étudiants, observe Drea. J'en ai vu deux ou trois me mater sur la plage tout à l'heure.

– Je sais, remarque Clara en frissonnant. Certains sont vraiment des porcs. Ils louchent ouvertement sur... *n'importe qui.*

En réaction, Amber suffoque tandis que Drea reste bouche bée, clouée sur place par la haine pure.

– Bref, dis-je en l'entourant de mon bras pour empêcher que la scène tourne au pugilat, Clara, évidemment, tu dors chez nous cette nuit.

– Si ça ne vous dérange pas, je veux bien, répond-elle en se tamponnant les yeux et le nez avec la serviette. J'ai appelé mes parents. Ils seraient bien rentrés en voiture ce soir, mais il y a quatre heures et demie de route et il est déjà un peu tard. En tout cas ils reviennent demain, ils partiront à la première heure.

– Bien sûr, fais-je avec un hochement de tête. Nous insistons pour que tu restes.

– Je l'avais prévenue que vous diriez ça ! clame PJ en la prenant par les épaules et en l'écrasant contre son torse.

– Super, lâche Amber en tâtant son masque de boue et en portant les doigts à sa bouche pour goûter. Je n'ai qu'un mot à dire : épatant.

Seize

Avant d'aller nous coucher, nous décidons de modifier le plan de couchage pour que Clara s'installe plus confortablement. Comme les tentatives de PJ pour l'attirer dans son lit se sont soldées par un échec, je propose de dormir sur le canapé et de lui céder ma place. Sauf qu'Amber refuse de dormir avec quelqu'un qu'elle ne connaît pas – une première pour elle – et que Jacob n'est pas à l'aise à l'idée de prêter son lit (sans doute parce qu'il a des choses à cacher, comme par exemple, au hasard, des journaux intimes et des boîtes à songes). Ajoutez à cela la haine de Drea envers Clara, le fait que le lit de PJ soit trop puant pour que quiconque y dorme à part lui, Chad qui se fiche un peu de l'endroit où il dort mais Clara très gênée à l'idée de dormir avec des garçons... le résultat, c'est qu'elle finit sur le canapé du salon, toute seule.

Avant de plonger dans les bras de Morphée, je tapote mes oreillers deux ou trois fois pour les gonfler au maximum et jette un coup d'œil au pot de confiture antistress posé sur ma table de nuit. Il m'aide pas mal, en fait. Je me sens bien plus calme qu'avant, presque ressourcée, au point que tout le cafouillage autour de la répartition des lits ne m'incite même pas à attraper mon oreiller pour aller camper sur le sable... ce que j'aurais sans doute fait en temps normal.

Je ferme les yeux, contente que Jacob et moi ayons réussi à clarifier quelques points, puis je m'efforce de me concentrer sur Clara. Mais une fois de plus, impossible de m'endormir. Je repasse tout en boucle dans ma tête : mon rêve, sa voix, le sang, l'idée de quelqu'un fouillant dans ses affaires. J'ai beau y repenser sans cesse, il n'y a pas de quoi m'orienter ne serait-ce que vaguement vers une solution. Il faut que je fasse encore un cauchemar ; il faut que je saigne encore, pour comprendre exactement ce que mon corps essaie de me dire.

J'attrape le bocal antistress, me concentre sur la sauge à l'intérieur, sur ses extrémités calcinées. Enfin, je sens que je commence à m'assoupir.

Au même moment, j'entends Clara qui m'appelle. Je m'assois dans mon lit et regarde vers Amber et Drea pour voir si elles aussi l'entendent. Mais elles dorment encore, sans que sa voix les dérange un instant.

J'enfile mes chaussons et me dirige à tâtons vers le salon pour voir ce qu'elle veut. Mais elle n'est même pas là. Le canapé est préparé pour le couchage – des oreillers sont empilés à un bout et une couverture dépliée dans la longueur –, mais pas de Clara.

– Lucy, m'appelle-t-elle. J'ai besoin de toi.

Sa voix sort de la salle de bains. Je pivote dans cette direction : la porte est fermée, mais je vois par la fente que la lumière est allumée.

– Clara ?

Je frappe tout doucement à la porte.

Pas de réponse.

– Clara ?

Je frappe un peu plus fort.

Toujours rien.

Je colle mon oreille au battant. Le robinet coule, il l'empêche peut-être de m'entendre. Peut-être qu'elle se lave les cheveux dans le lavabo. J'essaie de l'appeler encore deux ou trois fois et frappe plus fort, mais rien ne se passe.

Je saisis la poignée et la fais tourner.

– Clara ? dis-je en coulant un regard à l'intérieur.

Le robinet est ouvert, une eau fumante se déverse dans le lavabo, mais elle n'est pas dans la pièce. Je vérifie la cabine de douche : vide.

– Lucy, murmure-t-elle de nouveau.

À présent, sa voix s'élève de la cuisine.

Je referme le robinet et me dirige vers la voix. Mais Clara n'est pas à la cuisine non plus, ni au salon, ni dans notre chambre, ni dans celle des garçons. Et pourtant, je l'entends qui m'appelle. Je sors sur la terrasse. Il y fait un froid glacial. J'en ai les oreilles qui piquent. La chair de poule me hérisse la peau.

– Lucy, appelle-t-elle. J'ai besoin de ton aide.

On dirait presque que sa voix émane du vent qui me hurle aux oreilles.

Je tourne les yeux vers l'océan mais il fait noir, seule la lune à son dernier quartier m'éclaire un peu. Son reflet se détache à la surface de l'eau. Je sors sur le sable en suivant toujours la voix, mais on dirait que plus je m'en rapproche, plus elle s'éloigne. Ce n'est plus qu'un chuchotement... bien plus faible qu'avant.

– Clara ?

Il y a des ombres derrière moi qui me suivent. Je n'arrête pas de regarder par-dessus mon épaule pour distinguer qui est là. Mais je n'ai pas plus de quelques mètres de visibilité.

La marée monte vite, elle n'est plus qu'à un demi-mètre de mes pieds. Peut-être Clara est-elle partie se baigner. Ou pire... Peut-être qu'elle n'arrivait pas à dormir, qu'elle est sortie sur la plage pour prendre l'air et qu'elle s'est assoupie sur le sable. Je sens que j'accélère, je cours presque à présent sur toute la longueur de la plage, avec pour tout éclairage le croissant de lune. Des carillons à vent résonnent dans le lointain. Je tends l'oreille pour entendre leur timbre, pour savoir s'ils rendent un son de bambou, légèrement plus grave que des clochettes contre du métal, mais je n'en sais rien. Chaque fois que j'essaie de me concentrer sur le son, la voix de Clara semble le couvrir. Elle gémit mon nom à présent, comme si elle avait mal, peut-être.

Je lève la tête vers les maisons alignées et, l'espace d'une seconde, je crois voir quelqu'un m'épier depuis une fenêtre. Je m'arrête et plisse les paupières, mais il fait trop noir pour que je puisse m'en assurer. Je sais seulement que j'ai l'impression d'être observée. D'être suivie.

Je marche encore pendant plusieurs minutes, de plus en plus loin le long de la plage. Il y a un réverbère loin devant moi. Il clignote deux fois, projetant sa lumière du côté de la falaise : là, une jetée de pierre remonte vers la rue depuis l'océan. Je m'arrête un instant en me concentrant sur la silhouette qui se découpe dans la lumière. Elle se trouve encore à plusieurs maisons de moi, mais je vois bien que quelqu'un est là. La personne est debout sur un rocher, et elle tient un bouquet de fleurs. Je sais que ce sont des lys. Je le sens, je sens la mort. On dirait qu'elle est tout autour de moi.

Ma peau est envahie par le froid. Mes doigts s'engourdissent. Je ferme les yeux et j'imagine le soleil, sa chaleur. Je remue les doigts pour vérifier que j'ai encore la force de bouger. C'est le cas. Je rouvre les yeux. La personne qui tenait le bouquet a disparu. Mais à sa place, gisant sur le sable, à quelques mètres, il y a une sorte de monticule long et étroit. C'est alors que je sais.

C'est Clara. Elle me tourne le dos, mais je reconnais le sarong couleur corail. Je me rapproche et vois un long filet de sang qui descend le long de sa cuisse. Je suis sur le point de la retourner, pour voir où elle est blessée, mais je trouve encore plus de sang, le long de son bras et sur son ventre. Et à présent j'en ai sur moi, comme si j'arrivais trop tard.

– Clara ? dis-je en la secouant un peu tout en sentant mes entrailles trembler.

Je déplace son corps pour le rapprocher de moi, en me préparant à lui faire un massage cardiaque. À ce moment je remarque le flacon qui dépasse sous son bras. C'est mon vieux flacon de parfum, celui que j'ai utilisé pour le sort que j'ai exécuté sur la plage, lorsque j'ai écrit « NE LE DIS À PERSONNE » sur un morceau de papier, que j'ai glissé le papier dans le goulot du flacon, et que j'ai jeté ce dernier à la mer. Je ramasse le flacon et vois que mon petit mot est encore à l'intérieur. Je retire le bouchon, et le papier sort aussi facilement qu'il est entré. Je le déroule, les doigts tremblants, en m'efforçant de faire les bons gestes. Je lis ce qui est écrit et sens la confusion me déformer les traits : « JE TE LE FERAI PAYER. » Je revérifie le flacon pour m'assurer que c'est bien le mien. Aucun doute.

Le corps de Clara tressaille légèrement, comme sous les assauts du froid. Je répète son nom plusieurs fois en lui tapotant le visage, comme on le fait à la télé pour voir si quelqu'un est conscient. Mais on dirait que non. Son corps est flasque. Sa peau est pâle. J'approche mon oreille tout près de sa bouche, pour voir si je sens son souffle contre ma joue. Mais ce n'est pas le cas. Je m'apprête à prendre son pouls à son poignet quand je sens qu'on me tire en arrière, qu'on me secoue pour m'arracher au sommeil.

La lumière s'allume dans ma chambre et me fait plisser les yeux. Apparemment, c'est Drea qui m'a réveillée. Elle est assise à côté de moi sur le lit, la main posée sur mon épaule. Amber se laisse tomber de l'autre côté, le visage entièrement couvert de pâte visqueuse verdâtre à l'aloe vera, en remplacement du masque facial orange.

– Tu respirais bizarrement, m'indique Drea. Et tu avais des espèces de convulsions. Ta poitrine se soulevait en l'air.

– C'était pas beau à voir, confirme Amber.

– Et en plus, poursuit Drea, tu criais le nom de Clara, et ça, ça commençait à me donner des cauchemars, à *moi*.

– C'est vrai ?

Je respire un grand coup.

– Tu ne te rappelles pas ?

– Non, dis-je en me frottant les tempes. Enfin, je crois que si. Mais je ne savais pas que je bougeais.

Je jette un coup d'œil au réveil. Deux heures cinq du matin.

– Elle est où, d'ailleurs, Clara ?

– À sa place, sur le canapé.

– Non.

Je m'assois dans mon lit. Un filet de sang me roule sur la lèvre. Je fais le geste de l'arrêter avec mes doigts et tout le dessus de ma main se retrouve ensanglanté, exactement comme dans mon rêve, comme si c'était le sang de Clara et que j'arrivais trop tard.

– Mais c'est immonde ! s'écrie Amber.

Elle retire sa pantoufle grenouille et la jette sur moi.

– C'est comme ça que tu comptes l'aider ? la gronde Drea en me tendant un gros paquet de mouchoirs en papier, format économique.

J'attrape les mouchoirs et saute de mon lit, si vite que je piétine pratiquement Amber sur mon passage.

– Attends, m'appelle Drea. Où tu vas ?

J'ouvre la porte de la chambre d'un geste vif et fonce au salon. Exactement comme dans mon rêve, Clara n'est pas là.

Dix-sept

Sans hésitation, je sors comme une flèche de la maison et cours le long de la plage, sûre que je vais y trouver Clara, en me rappelant comment elle m'appelait dans mon cauchemar... comme si elle avait un besoin urgent de mon aide.

Je trottine sur le sable, un œil sur l'océan, faiblement éclairée par la lune.

Mais je ne la vois nulle part.

Je me dis qu'elle a dû rentrer chez elle. Peut-être a-t-elle oublié quelque chose d'important là-bas : son nécessaire à lentilles de contact, un médicament qu'elle doit prendre, un ours en peluche rassurant... Je la revois me dire que sa maison est au numéro 24 le long de la plage, qu'il y a des carillons agaçants sur sa terrasse. Mais j'ai l'impression que le bruit des carillons est partout autour de moi : des sons graves de baryton, des tintements subtils, et tous les timbres intermédiaires.

Une boulette de mouchoirs en papier appuyée contre le nez, je me rapproche du numéro 24. La lumière extérieure est allumée et, précisément comme Clara l'a décrit, une impressionnante collection de carillons en bambou est suspendue en haut de l'escalier. Je m'arrête une seconde pour reprendre mon souffle et voir comment va mon nez. Je crois que le saignement a cessé. Je fourre les mouchoirs souillés dans ma poche de pyjama et inspecte les lieux du regard. Bien que la lumière soit allumée sur la terrasse, je n'ai pas l'impression qu'il y ait quelqu'un à l'intérieur. Tout est plongé dans le noir.

Je gravis tout de même les marches, avec l'impression soudaine d'être observée, et même d'être suivie. Je jette un coup d'œil par-dessus mon épaule et vois quelques ombres traverser la plage. À moins que mon imagination ne me joue un tour. Il fait sombre, le seul éclairage est fourni par la lune et par quelques villas dont les lumières extérieures sont allumées.

À la seule idée qu'il y ait quelqu'un dans la maison, le frisson glacé, mordant, monte dans mon bras pour redescendre le long de ma colonne vertébrale. Je respire un grand coup en me rappelant que dans mon cauchemar, j'ai cru voir quelqu'un m'observer depuis la fenêtre d'une villa. Je tourne les yeux vers celles de chez Clara, en me demandant si c'était là. À moins que ç'ait été chez le photographe. J'observe la maison d'à côté, mais c'est difficile à dire. Il fait trop sombre et tous les bâtiments se ressemblent.

Je ravale ma panique en inspirant profondément et fais un pas vers la porte, envahie par le souvenir de la peur dans mon cauchemar. Il semble s'être collé à moi et presque me paralyser sur place. J'agrippe l'amulette que je porte au cou en pensant à sa force. Une chose est sûre au moins : les parents de Clara ne sont pas chez eux ; je peux sonner autant que je le veux sans me soucier de les réveiller. Je donne deux ou trois coups de sonnette, sans cesser de regarder par-dessus mon épaule à la recherche de quiconque pourrait me suivre, et vers la plage, à la recherche de Clara. De son corps. Ou de la personne qui tient un bouquet de lys.

Un bon moment s'est écoulé, mais personne n'est venu m'ouvrir. J'appuie sur la poignée, et à ma grande surprise, elle cède. Je serre les dents, je me rappelle que nous avons tous bien dit à Clara de fermer à clé, je me rappelle que PJ et elle sont revenus ici tout à l'heure pour s'assurer que tout était bouclé.

J'entrouvre la porte.

– Clara ? Tu es là ?

J'attends quelques secondes, ébranlée de la tête aux pieds par les tambourinements de mon cœur. Mais personne ne répond. Je pousse encore la porte et glisse le bras à l'intérieur en tâtonnant à la recherche d'un interrupteur. Je le trouve et allume.

Exactement comme dans la description de Clara, tout est bien rangé : les télécommandes alignées sur la table basse, une collection de dauphins en céramique parfaitement disposés en rond sur le manteau de la cheminée, des coussins classés par taille et par couleur sur le canapé, les dessous de verre empilés du côté droit de la table, une pile de serviettes en papier à gauche.

J'emprunte le couloir en direction des chambres.

– Il y a quelqu'un ? dis-je, le cœur battant de plus en plus fort.

Toutes les portes sont fermées. J'ai l'intention d'ouvrir celle de gauche. Je tâtonne à la recherche d'un interrupteur, mais impossible de le trouver. J'entre un peu dans la pièce en laissant la porte grande ouverte pour profiter de la lumière du salon. Je distingue une lampe à côté du lit. Je l'allume et mes yeux mettent quelques instants à s'y habituer. Quand ils le font, je constate que c'est la chambre de Clara. Le lit est couvert d'un édredon violet vif, avec des oreillers couleur pêche. Sur la table de nuit sont posés deux ours en peluche et un lecteur MP3.

Je fais encore un pas à l'intérieur, et là je manque suffoquer. Sur le mur, pile devant moi, est tracée l'inscription de mon cauchemar : « JE TE LE FERAI PAYER. »

J'ai la mâchoire qui tremble. Mon cœur dégringole dans ma poitrine. Ma peau devient froide, comme de la glace. Les mots sont écrits en rouge foncé... On dirait du sang.

Je serre les dents pour les empêcher de claquer et, au même moment, j'entends quelque chose dans le salon : la porte de derrière qui s'ouvre et se referme. Je me plaque au mur, derrière la porte, toujours face aux mots qui me sautent au visage. L'espace d'une petite seconde, j'envisage d'éteindre la lumière, mais je sais que l'intrus le remarquerait forcément.

Le plancher craque dans cette direction. Ce n'est plus qu'une question de secondes. J'empoigne un vase en faïence sur la table de nuit et me prépare à me battre. Les bruits de pas se rapprochent. On dirait qu'il y a plusieurs personnes. La porte de la chambre de Clara s'ouvre en grinçant. J'agrippe le vase à deux mains et le brandis au-dessus de ma tête.

– Il y a quelqu'un ? fait une voix.

Drea ?

Elle s'avance de quelques pas dans la chambre, dos à moi.

– Qu'est-ce que tu fais là ? dis-je d'une voix étranglée.

Drea sursaute, puis me voit derrière elle.

– Non, clame Amber qui la bouscule pour entrer. La question, c'est : qu'est-ce que tu fais là, toi ?

– Je cherchais Clara.

Tout en le disant, j'abaisse mon bras et le vase.

– Eh bien, nous, on te cherchait, continue Amber. Tu nous as complètement fait flipper, à t'en aller comme ça.

– Oh oui, ajoute Drea. On a essayé de te rattraper sur la plage. On t'a appelée plusieurs fois.

– C'est vrai ?

– Oh, mon Dieu, s'exclame Drea en découvrant le mur et les mots qui le couvrent. C'est du sang ?

Amber secoue la tête.

– C'est de la peinture.

– Qu'est-ce que tu en sais ? dis-je.

– L'odeur. Aucun doute, c'est de la peinture d'intérieur, à l'eau.

– Je ne veux même pas savoir pourquoi tu t'y connais aussi bien, observe Drea.

Je reprends la parole.

– Il faut qu'on appelle les flics. Ils trouveront peut-être des empreintes ou autre chose.

– D'accord, mais comment on va leur expliquer ce qu'on faisait là ? pointe Amber. Vous n'avez jamais entendu parler de violation de domicile ? Ils penseront que c'est l'une d'entre nous qui a fait le coup.

– Mais c'est ridicule, proteste Drea. Ça ne viendrait à l'idée de personne que des filles comme nous puissent faire une chose pareille.

– Tu plaisantes ? s'exclame Amber. C'est un cas d'école ! Tu prends des filles qui se battent pour un garçon. L'une d'elles devient un peu trop possessive et se met à faire des menaces de mort. Elle sort discrètement de sa chambre pendant que tout le monde dort, histoire de bien montrer à quel point ça la met en rogne qu'une petite miss Ventre-Plat marche sur ses plates-bandes.

– Alors ça, c'est complètement crétin, souffle Drea, vexée.

– Ça arrive tout le temps, insiste Amber. Tu ne regardes jamais de séries télé ?

– Visiblement, c'est de toi que tu parles. C'est quoi, ce petit numéro de jalousie que tu nous fais avec PJ et Clara ?

– Je ne suis pas du tout jalouse. Et elle s'appelle Face de Rat, pas Clara.

Je ramasse deux photos par terre.

– Dites donc, c'est quoi, ça ?

– Qu'est-ce que ça représente ? me demande Drea.

– Difficile à dire.

Amber s'en empare et les tourne vers elle pour mieux voir.

– Celle-ci, on dirait un peu un morceau de bras, fait-elle en inclinant la tête. Et celle-là, ça pourrait être un front... à moins que ce ne soit une fesse.

– Des photos ratées, soupire Drea. Alors, qu'est-ce qu'on fait, maintenant ? On attend que Clara revienne et trouve tout ça elle-même ?

– À mon avis, on fouille la poubelle, propose Amber en cherchant des yeux une corbeille à papier. Là où finissent les saletés.

– Au sens propre, renchérit Drea.

– Non mais, sérieusement, c'est là qu'on trouve tous les bons indices dans les séries policières.

Amber se déplace jusqu'au miroir pour essuyer de sa figure les restes de pâte à l'aloe vera.

– Je refuse de fouiller dans les poubelles, affirme Drea en agitant sa manucure à trente dollars dans notre direction.

– D'accord, dit Amber. Alors tirons-nous d'ici. On peut très bien attendre que Clara trouve ça toute seule. Pas la peine d'être mêlées à ce nid de problèmes.

– J'y suis déjà mêlée. Tu as oublié mes cauchemars... oublié qu'il va lui arriver malheur ? Il faut qu'on la retrouve. Il faut arrêter cinq minutes de ne penser qu'à nous.

Drea opine.

– Lucy a raison... même si elle débloque.

– Très bien, conclut Amber. Alors allons-y avant que je change d'avis.

Elle repose les photos ratées par terre, à côté du lit, tandis que je range le vase sur la table de nuit et que j'éteins les lumières. Il vaut mieux que les policiers voient les choses exactement comme elles ont été laissées.

Nous nous dépêchons de rentrer chez nous en nous persuadant que Clara sera de retour, que si elle n'est pas là nous irons tout droit à la police pour tout raconter. Nous ouvrons la porte en grand et qui voilà, assise sur le canapé, sur le drap mais sous la couverture en laine prêtée par Drea ? Clara, et en bonne compagnie.

Chad et elle sont face à face, genoux contre genoux, les rotules indéniablement en contact.

Apercevant soudain Drea, Chad se recule de trente bons centimètres.

– Hé hé ! Qu'est-ce que vous faites là, les filles ? Je vous croyais dans votre chambre.

Clara glousse sans raison apparente et se tortille pour cacher ses jambes sous la couverture.

– Mais oui, renchérit-elle, qu'est-ce que vous faites debout ? Vous étiez où ?

– On aimerait bien te retourner la question, lâche Drea en croisant les bras.

– Pourquoi ?

Elle incline la tête et feint la perplexité.

– J'étais venu chercher de l'eau, déclare Chad avec un geste vaguement dirigé vers la table basse, comme si un verre d'eau devait s'y trouver.

– Tu as fait un petit détour, on dirait, observe Drea.

– Il a vu que j'étais fan des Ours de Boston, explique Clara en bombant le torse pour exhiber le logo blanc, noir et jaune de la fameuse équipe de hockey. C'est mon pyjama porte-bonheur.

– Et tu étais où il y a un petit moment ? dis-je en interrompant ses gloussements idiots.

– Comment ça ?

– Je suis venue ici et tu n'étais pas là.

Encore une inclinaison de la tête.

– Ah oui, fait-elle comme si elle venait de comprendre. J'ai passé un petit moment à la salle de bains.

– À cause de la bouffe de PJ ? l'interroge Amber.

– Non, glousse-t-elle de plus belle. Je me lavais les cheveux dans le lavabo. Je n'ai pas voulu prendre une douche, de peur de vous réveiller.

Je hoche la tête en me rappelant que dans mon cauchemar j'allais à la salle de bains à la recherche de Clara, et que de l'extérieur on entendait couler le robinet.

– D'ailleurs, ça me fait penser... Drea, enchaîne-t-elle, je t'ai acheté du Bumble & Bumble.

– Pardon ?

– Bumble & Bumble… L'après-shampooing… Je me suis dit que ce serait bon pour tes fourches.

– Je n'ai pas de fourches, aboie Drea.

Elle attrape une mèche de ses cheveux et les déploie en éventail pour illustrer son propos.

– Ah bon ? minaude Clara en inclinant la tête pour la énième fois. Oups ! Pardon, c'est ce que j'ai cru en les voyant, sourit-elle.

– Bon, OK, la coupe Amber. On ferait mieux d'aller tous se recoucher avant de réveiller PJ et Jacob.

Chad se lève du canapé et s'en va vers la cuisine comme si de rien n'était.

– C'est tout ? lui demande Drea. C'est tout ce que tu as à dire pour ta défense ?

– Que veux-tu que je te dise ? (Il sort une carafe d'eau du frigo.) Les Ours sont mon équipe préférée.

– C'est ma faute, plaide Clara en passant les doigts dans ses cheveux mouillés. J'avais envie de bavarder et d'avoir un peu de compagnie. Chad a eu la gentillesse de venir parler avec moi, en camarade. Eh, dites donc… ajoute-t-elle avec un grand sourire. Chad… camarade… ça rime !

– Tu as bu ? la questionne Amber.

– Eh bien, en ce qui me concerne, tu peux bavarder avec Chad toute la nuit si ça te chante, persifle Drea.

– Allez, arrête, proteste Chad. Tu fais une montagne de rien du tout.

Mais il a beau se justifier, elle le fusille du regard et disparaît dans notre chambre en claquant la porte.

– Elle est fâchée, hein ? constate Clara en prenant une voix aiguë pour feindre la sincérité.

– Non, la corrige Amber. Elle est fumasse. Mais enfin, on ne peut pas dire que je ne l'avais pas prévenue.

Elle part rejoindre Drea et me laisse seule pour parler à Clara de sa chambre. Je tourne la tête vers Chad, qui fuit mon regard en faisant semblant d'être très occupé à siffler l'eau de la carafe.

– Clara, dis-je, il faut vraiment qu'on parle.

– Pardon, gémit-elle en cachant son visage dans ses mains. Je n'ai rien fait de mal. J'essayais juste de me faire un ami.

Chad, la queue entre les jambes et la carafe en main, retourne dans sa chambre comme s'il n'avait même pas entendu.

Je respire un grand coup et jette un œil à la pendule. Il est un peu plus de trois heures. Peut-être que quelques heures de sommeil en plus feront toute la différence, nous aideront tous à faire le tri dans nos priorités et à voir les choses sous le bon angle.

– Tu vas rester jusqu'à demain matin, hein ? dis-je à Clara. Je veux dire, au moins jusqu'à neuf ou dix heures ?

– Bien sûr, où veux-tu que j'aille ? me répond-elle en séchant des larmes invisibles.

– Bien. Je vais aller leur parler, et ensuite on mettra tout à plat, demain matin.

– Attends. Vous êtes allées où, tout à l'heure ?

– On en reparle plus tard, OK ?

Elle hoche la tête, avec un peu de réticence, me semble-t-il. Moi aussi, je suis réticente. J'ai du mal à croire que je laisse les choses en plan comme ça. Mais pour le moment, c'est peut-être le mieux que j'aie à faire.

Dix-huit

Je rentre dans ma chambre et, comme je m'y attendais, Amber et Drea ne dorment pas du tout. Elles sont assises sur le lit d'Amber, parmi les oreillers bordés de plumes et les draps à imprimé léopard, à déblatérer sur cette – ouvrez les guillemets – « face de rat » – fermez les guillemets – de Clara.

– *« C'est mon pyjama porte-bonheur »*, se moque Amber.

Elle glousse très fort, incline la tête sur le côté et tire sur le devant de son tee-shirt pour faire comme si elle avait des seins coniques.

– Chut, dis-je. Tu vas réveiller tout le monde.

– Je la hais, gronde Drea d'une voix sourde. Non mais, vraiment, je la *hais*.

– Vas-y, exprime-toi !

– Quel culot, je n'arrive pas à y croire. Alors qu'on la laisse dormir sur *notre* canapé.

– Et manger *notre* bouffe, renchérit Amber. Je l'ai vue se taper un gâteau à la crème juste avant d'aller se coucher.

– Qu'il lui saute directement aux hanches, prie Drea.

– Ben, à ton avis, pourquoi elle les cache toujours sous ses sarongs débiles ?

– Je la hais, répète Drea. Et Chad aussi, je le hais.

Elle plonge la tête la première dans un des oreillers d'Amber.

– Je sais bien, dis-je tout bas en m'asseyant en face d'elles sur mon lit. Toute cette histoire est insupportable... mais je sens quand même qu'il faut qu'on l'aide.

Drea se redresse pour me contempler d'un air absolument consterné, la bouche ouverte.

– Hein, tu plaisantes ? Je ne vais quand même pas aider cette petite briseuse de ménages !

– Tu ne crois pas que tu exagères un peu ?

– Ne viens pas me parler comme Chad. J'ai vu ce que j'ai vu. Et en plus, tu as entendu sa remarque sur mes cheveux ?

– Je suis d'accord, murmure Amber. On ne la connaît même pas, cette fille.

– Je sais bien, mais je ne vois vraiment pas quoi faire d'autre. D'accord, d'accord, elle est absolument odieuse et, personnellement, je crois que si je dois entendre encore une fois son petit rire je risque de péter un câble, mais c'est de sa vie qu'on parle, là. Il *faut* qu'on l'aide.

– « On » ? s'offusque Drea.

– Très bien, comme tu voudras.

Je sens mes dents se serrer.

– Ne te fâche pas, Lucy, plaide Amber, mais tu dois admettre que ce n'est pas facile d'aider quelqu'un qui court ouvertement après votre mec.

– Minute. On parle de PJ, là, ou de Chad ?

– Et d'abord, qu'est-ce qui se passe, entre PJ et toi ? ajoute Drea.

– C'est très simple, dit Amber à voix basse. Il me veut ; je le jette ; tout le monde est content.

– Sauf PJ, lui rappelle Drea tout en examinant ses pointes pour chercher des fourches.

– Bon, moi, je me couche.

Je me glisse sous mes couvertures.

– Le prochain, ce sera Jacob, me prévient Amber. Tu verras. D'abord elle a tout fichu en l'air entre Casey et sa copine ; ensuite, elle se met à flirter avec PJ ; puis Chad... tu es bien consciente que le prochain, c'est lui.

– Je fais un peu plus confiance à Jacob que ça, dis-je d'un ton sec. Et je croyais peut-être pouvoir vous faire un peu confiance, à toutes les deux.

Je pose la tête sur mon oreiller et me retourne dos à elles en pensant au sort antistress que nous avons exécuté hier, au fait qu'elles m'ont promis que je pouvais compter sur leur amitié. Je tire les couvertures par-dessus ma tête. Quelques secondes plus tard, Drea vient les arracher.

– Tu ne vas pas simplement nous exclure comme ça, me dit-elle.

– Pourquoi ? C'est ce que vous me faites, non ?

– Désolée, OK ? Mais Amber a raison ; c'est dur de plaindre quelqu'un qui drague ton mec.

– Et se moque de tes cheveux, renchérit Amber.

– Et alors, il faut la laisser mourir à cause de ça ?

Je me redresse dans mon lit.

Drea pince les lèvres et détourne les yeux.

– Personne n'a parlé de mourir.

– Non, parce que je ne le laisserai pas faire... que ce soit avec ou sans votre aide.

– Bon, bon, d'accord, soupire Amber. On va aider Face de Rat.

Drea confirme et je ne peux pas me retenir de sourire, même si j'ai encore un peu envie de rester en colère.

Je passe les quelques minutes suivantes à leur raconter tout bas le cauchemar que j'ai fait au petit matin. Nous passons en revue chaque détail, depuis les appels de Clara jusqu'à ma découverte de son corps sur la plage.

– C'est trop bizarre, chuchote Drea. Pourquoi rêver que Clara a le flacon que tu as jeté à la mer ?

– Fastoche, répond Amber. Visiblement, ça veut dire que Clara est associée au flacon, au message qu'il contient.

– D'accord, mais le message était différent dans mon cauchemar.

– Pas son contenu. Tu nous as bien raconté que la voix disait « Ne le dis à personne » et « Si tu le dis je te le ferai payer ».

J'opine.

– Justement, c'est ça qui me chiffonne. Sur le mur de sa chambre, il était simplement écrit : « Je te le ferai payer. » Il n'était pas question d'un secret.

J'agrippe l'amulette pendue à mon cou tout en me disant que je ferais bien de la regarnir d'extrait de lavande.

– Je me demande si c'est le secret de quelqu'un d'autre, réfléchit Drea. Peut-être qu'elle sait une chose qu'elle devrait ignorer, et que quelqu'un la menace à cause de ça.

– C'est ce que j'ai pensé. Mais ce n'est pas logique. Si quelqu'un la menace à cause d'un secret, pourquoi aurait-il...

– Ou *elle*, nous rappelle Amber.

– Oui. Pourquoi cette personne aurait-elle fouillé dans son tiroir à sous-vêtements ?

– Hum, il faut que je te fasse un dessin ? s'impatiente Amber.

– Tu as bien fouillé dans le tiroir à caleçons de Jacob, me rappelle Drea.

– D'accord, mais c'était par hasard. Je n'aurais jamais fait ça en temps normal.

– Alors il faut vraiment que je te fasse un dessin, insiste Amber.

– Tu ne peux pas être sérieuse cinq minutes ?

– À ton avis, pourquoi est-ce que tu as froid dans tes cauchemars ? me demande Drea.

– La perte de sang, peut-être.

– Oui, mais pourquoi est-ce que Clara saigne ? Ça vient d'une blessure, ou quoi ?

Je secoue la tête.

– Aucune idée. Je n'en sais rien, mais j'ai l'impression qu'à chacun de mes cauchemars il y a davantage de sang, comme si elle se rapprochait de la mort.

– Ce qui veut dire que tes saignements de nez vont peut-être empirer aussi, me fait remarquer Drea.

J'acquiesce et regarde mes draps. On voit une petite tache de sang séché, un reste de ce matin.

– Il faut que tu prennes du fer, me conseille Amber. Et des multivitamines.

– Absolument.

– Oh oui, renchérit Drea. La dernière chose dont tu aies besoin, c'est de perdre ton sang au point d'avoir des vertiges et tout.

Je hoche la tête et note mentalement que je dois faire un saut à la pharmacie.

– Et que pense Jacob de tout ça ? demande Drea.

Je hausse les épaules.

– Simplement qu'il est là pour moi, qu'il veut m'aider, qu'il me sait capable d'affronter la situation.

– Il a raison, approuve-t-elle. Tu en es capable.

– Je sais. Mais... il fait des cauchemars, lui aussi.

– Sur quoi ? s'enquiert Amber.

Je secoue la tête.

– Il refuse de me le dire. Tout d'abord, j'ai cru que c'était sur Clara. Comment dire... qu'il voyait dans son avenir une chose qu'il ne me pensait pas capable d'arrêter. Mais là, je ne sais plus.

– Pourquoi est-ce qu'il ne veut pas t'en parler ? me questionne Drea.

– Parce qu'il trouve que j'ai déjà assez de raisons de m'inquiéter, je crois.

– Ça me paraît sensé. Il faut admettre que tu en as ton compte.

– C'est peu dire, tousse Amber.

– Je sais, mais reconnaissez que ce n'est pas tous les jours que j'ai la vie des autres entre les mains.

Au sens propre, me dis-je en baissant les yeux sur mes doigts et en revoyant les taches de sang qui les couvrent dans mes cauchemars.

– Non, plutôt tous les ans, remarque Amber.

– Bien vu, fais-je avec un soupir. Mais j'ai aussi l'impression que mon stress est lié à autre chose que la vie de Clara et les cachotteries de Jacob... une chose que je n'arrive pas à...

– Tu devrais lui faire confiance, Lucy, continue Drea. Peut-être qu'il n'est pas prêt à tout t'expliquer en détail. Après tout, il y a des choses dans mon passé que je n'ai jamais racontées à Chad.

– Dis-nous tout !

Amber se frotte les mains en attendant des révélations croustillantes.

– Je ne sais pas... Des expériences idiotes que j'ai tentées... des choses auxquelles j'ai pensé... des moments gênants.

– C'est vague, tout ça, très vague, la gourmande Amber d'une voix chantante.

– Ce que je veux dire, c'est que même si je n'ai pas tout raconté à Chad, ça ne veut pas dire que je ne l'aime pas. Peut-être qu'un jour je lui confierai tout, peut-être pas. Mais je trouve que ça deviendrait pénible si Chad me harcelait sans cesse au sujet de choses que je ne suis pas prête à partager avec lui.

– Compris, dis-je.

– Tant mieux, parce que même si ça me tue de l'avouer, ne va pas croire que je n'ai jamais eu envie que Chad ressente pour moi un peu de ce que Jacob ressent pour toi.

Elle baisse les yeux sur ses mains, sur sa manucure rose et blanche et les marques de morsure qu'elle s'est faites à un pouce.

Je prends sa main et la presse dans la mienne.

– Chad t'aime. J'en suis certaine.

– Oui oui, il m'aime, mais c'est différent, tu vois ? Ce n'est pas comme ce que tu vis avec Jacob.

– Vous au moins, vous avez des mecs dont vous pouvez vous plaindre, l'interrompt Amber. Le dernier avec qui je sois sortie, c'est Superman ici présent.

Elle montre du geste sa poupée gonflable, placée dans une

position douteuse dans le coin de la chambre, à côté de ses ceintures en similicuir et de ses boas en fausse fourrure. Elle se lève pour aller farfouiller dans le minifrigo et en sort non pas un mais deux pots de glace Ben & Jerry's.

– Pour calmer la trouille, dit-elle en nous tendant une cuillère à chacune.

Nous nous asseyons en rang sur mon lit en faisant circuler entre nous le réconfort en pot et en grignotant pour oublier notre mélancolie.

Dix-neuf

Après avoir dévoré tout ce qu'il restait de crème glacée dans la maison, Amber, Drea et moi finissons par nous rendormir pour deux heures. En me levant, au lieu de prendre une douche, je ramasse par terre un tee-shirt à moitié propre et un short que j'enfile pour aller au salon parler à Clara. Une fois de plus, elle est introuvable.

Chad et Amber sont à la table de la cuisine, en train de prendre leur petit déjeuner tout en discutant de la croisière caritative de demain soir : qui dormira avec qui, compte tenu des finances, des pièces rapportées, des ronfleurs infernaux.

– Tu y vas ? me questionne Chad.

– J'en doute.

Je regarde vers la porte fermée de la salle de bains, en me demandant si Clara y est.

– Tiens, c'est ce qu'a dit Jacob aussi.

– Ah bon ?

Il acquiesce, tout en léchant ce qui ressemble à de la crème pâtissière sur ses doigts.

– Tant mieux. Je me réjouis qu'on soit sur la même longueur d'onde.

Même si en fait, je me demande vaguement pourquoi Jacob ne m'a pas posé la question lui-même. Je remâche cette pensée ainsi qu'une bouchée de céréales sèches prises à même la boîte, et contemple de nouveau le canapé vide.

– Qui est à la salle de bains ?

– Tu as besoin de poser la question ? (Amber lève la tête vers moi, le visage encore rouge à cause du masque de boue.) Qui d'autre met une heure à se sécher les cheveux ?

– Alors, où est Clara ?

– Quelle importance ? grogne-t-elle. Je crois que ma figure est en train de bouillir.

Elle attrape un paquet de Mr Freeze et se le presse contre la joue.

– Les seules choses qui puissent te soulager, c'est du temps, du *vrai* aloe vera, et ceci.

Je sors deux œufs du frigo et les casse dans deux bols, en séparant les blancs des jaunes.

– Tu te fiches de moi.

– Pas du tout. Les blancs d'œuf sont bien connus dans ma famille pour traiter les brûlures et, puisque je n'ai pas apporté ma plante d'aloès avec moi, il faudra bien s'en contenter.

Je lui fais signe de renverser la tête en arrière.

Puis je trempe les doigts dans les blancs d'œuf et j'étale la masse gluante et translucide sur son visage. La brûlure, en fait, n'est pas si terrible que ça. Elle ressemble assez à un coup de soleil, avec une joue qui pèle un peu.

– Ahhh ! gémit-elle de plaisir. Qui aurait cru que quelque

chose de cru et de visqueux pouvait faire autant de bien ? (Elle marque un silence.) Attendez. Je vais reformuler ça.

– Je crois que je viens de perdre l'appétit, annonce Chad.

– Alors je peux avoir le reste de ton croissant ?

Elle ébauche le geste de le piquer sur son assiette, mais Chad est plus rapide. Il prend une bonne bouchée et lui sourit en mâchant.

– Ta mère ne t'a pas appris à partager ? lui demande-t-elle.

– Et toi, la tienne ne t'a pas appris à ne pas te mettre de l'œuf plein la figure ?

– Je suis morte de rire, dit-elle en levant les yeux au ciel.

Chad reprend une bouchée, et un peu de confiture de framboises reste collée dans ses courts poils de barbe.

– Mais qu'est-ce que je vois ? fait Amber en se penchant pour examiner son visage, les yeux plissés.

– Quoi ?

Chad se frotte le menton.

– C'est une barbe que tu essaies de faire pousser ?

Je la pince en espérant qu'elle comprendra le message.

– Je ne sais pas, poursuit-elle. Ça y ressemble. Mais ça peut être autre chose... de la saleté, ou de la *teinture*, peut-être.

Chad reste bouche bée, et je ne peux pas m'empêcher d'exploser de rire.

– Qu'est-ce que je dois comprendre ? demande-t-il.

– Oh là là, chantonne PJ en sortant de sa chambre, ce qui évite à Amber de devoir répondre. On joue avec la nourriture pour le petit déj' par ici ? Quoi que vous fassiez, j'en suis.

– Clara est avec toi ?

Il secoue la tête.

– Mais alors, où est-elle passée ?

– Calme-toi, me conseille Amber. Elle a dû sortir faire un peu le trottoir, c'est tout.

– Ce n'est pas drôle.

Je vais jusqu'à la porte de la salle de bains et frappe, juste pour m'assurer que Clara n'y est pas.

– Je sors tout de suite, me crie Drea d'un ton sec.

– Ça fait une heure qu'elle dit ça, se plaint Chad.

Je jette encore un coup d'œil dans notre chambre, bien que je sache qu'elle n'y est pas non plus. Je me rends dans la chambre des garçons et frappe légèrement avant d'y passer la tête. Vide.

– Où est Jacob ?

Amber hausse les épaules et se lève, le visage et les mains englués de blanc d'œuf. Elle regarde par la fenêtre puis sort en laissant la porte grande ouverte. Deux minutes plus tard, elle est de retour.

– J'ai trouvé Clara !

– Où ça ?

– Comme je l'avais dit, jubile-t-elle. Joyeux Noël, les enfants.

– C'est censé vouloir dire quelque chose, ce que tu racontes ? demande PJ.

– Face de Rat est à côté, en train de flirter avec Casey. C'est assez clair pour toi ?

– Non, c'est vrai ? s'étonne Chad.

– Bouhouhou, pauvres chéris ! exulte Amber.

– C'est pas vrai, proteste PJ. Tu dis ça parce que tu es méchante.

– Alléchante, pas méchante, le corrige-t-elle. Mais si tu ne me crois pas, va voir toi-même.

PJ y va de ce pas, et je le suis. Nous sortons dans l'allée devant la maison et voyons immédiatement Clara. Sauf qu'elle a l'air de se justifier beaucoup plus que de flirter. Elle est avec Casey sur la terrasse, mais elle paraît complètement bouleversée et agite les mains en essayant d'expliquer quelque chose.

Apparemment, il ne croit pas à son histoire. Il finit par la planter là et par rentrer dans la maison.

Clara tourne la tête dans notre direction et nous voit, ce qui semble la ragaillardir.

– Salut, vous ! pépie-t-elle en trottinant vers nous. Quelqu'un prend son petit déj' avec moi ?

– Qu'est-ce qui se passe ? lui demande PJ, le visage totalement sérieux.

Elle incline la tête.

– Comment ça ?

– Qu'est-ce que tu faisais là ?

– Oh ! (Petite cascade de rires qui me vrille les nerfs comme des ongles grinçant sur un tableau noir.) J'étais passée dire bonjour.

– Ça n'avait pas l'air très amical, dis-je. Je croyais que vous ne vous parliez plus, vous deux.

– Non, pas vraiment. Je suis juste passée donner le dépôt de garantie pour la croisière. Vous y allez ? J'ai *trop* hâte.

– C'est tout ? insiste PJ comme s'il n'avait pas entendu la question.

– Bah, j'étais aussi venue arrondir les angles. C'est vrai, je déteste qu'on soit fâché contre moi, surtout quand ça n'est pas ma faute.

– Et ça s'est bien passé ?

– Oui oui, répond-elle en resserrant les nœuds de son sarong – à rayures multicolores, cette fois. Enfin, plus ou moins.

– Eh bien, il faut encore qu'on parle, nous deux.

– Il y a un problème ?

Je fais oui de la tête.

– Alors il faudra que ça attende, ma Lucinette, intervient PJ, parce que miss Clarinette et moi, on a quelques angles à arrondir, nous aussi. Il va falloir qu'on ait une petite conversation.

– Pardon, fais-je en passant mon bras sous celui de Clara, ce qui m'envoie un frisson glacé jusqu'au bout des doigts même à travers son sweat-shirt. Ma petite conversation est prioritaire.

Nous quittons PJ et longeons la plage vers sa villa.

– Il est vraiment mignon, glousse Clara.

– C'est un sacré numéro, ça c'est sûr.

– Il faut que je te demande, poursuit-elle. Drea est encore fâchée ?

– Elle s'en remettra.

– Chad et moi, on ne faisait que discuter, hier soir. Rien de plus.

Je hoche la tête et me mords la lèvre en retenant une furieuse envie de lui dire que je ne suis pas née de la dernière pluie.

– Alors, c'est sérieux entre eux ? demande-t-elle encore.

– Pardon ?

Je m'arrête net et me tourne vers elle en me demandant si j'entends des voix ou si elle veut vraiment que je lui dise ses quatre vérités.

– Chad et Drea. À *La Coquille Coquine*, hier, elle a dit qu'ils s'étaient disputés. Je me demandais juste s'ils s'étaient réconciliés, s'ils sont hyper-sérieux ou si c'est juste une petite histoire comme ça.

– Clara, je vais oublier que tu m'as posé cette question, d'accord ?

– Pourquoi ?

Elle fronce les sourcils comme si elle ne comprenait vraiment rien.

– *Pourquoi ?* (J'inspire à fond pour ravaler ce que j'ai réellement envie de dire.) Parce que tu as des soucis bien plus importants que les garçons.

Sa bouche se durcit lentement.

– Est-ce qu'il y a un rapport avec l'endroit où on va ?

– On va chez toi, dis-je en la tournant dans la bonne direction.

– Maintenant ? se cabre-t-elle. Pourquoi ?

J'acquiesce à la première question sans relever la seconde.

– Tes parents sont rentrés ?

Clara secoue la tête.

– Ça m'étonnerait. Ils m'ont dit qu'ils partiraient vers huit heures, donc ils ne devraient pas arriver avant cet après-midi.

– C'est sans doute une bonne chose. Au moins pour l'instant.

– Pourquoi ? Qu'est-ce qui se passe ? Quelque chose de grave ?

J'opine, consciente que je ne peux pas le lui cacher, que d'ici quelques minutes elle verra tout de ses yeux.

– Qu'est-ce qu'il y a ?

Elle s'arrête de nouveau pour scruter mon visage.

Je maîtrise mon expression en regardant ailleurs, en fixant mon attention sur les nuages en forme de trèfles qui flottent juste devant nous. Je ne veux pas en dire trop. Je veux qu'elle découvre l'inscription par elle-même – voir si cela peut éventuellement révéler qu'elle sait qui lui en veut.

– Tu verras, dis-je en me remettant à marcher.

– En fait, j'allais t'inviter chez moi aujourd'hui, m'apprend-elle en trottinant pour me rattraper. Mais plus tard. C'est vrai, tu ne crois pas que je devrais rester encore un peu chez toi... pour essayer de me rabibocher avec Drea ?

– En fait, j'ai une chose à t'avouer. Je suis déjà venue chez toi.

– *Hein ?*

Elle se fige, la bouche ouverte.

– Comme je ne te trouvais pas ce matin, j'ai pensé que tu étais peut-être rentrée.

– *Et ?*

– Et je suis entrée. *On* est entrées : Drea, Amber et moi.

– *Quoi ?* s'étrangle-t-elle. Vous êtes allées chez moi ? Sans moi ? Vous êtes entrées par effraction ?

– Ce n'était pas fermé à clé, Clara. Je m'inquiétais pour toi. On s'inquiétait toutes.

– Alors, qu'est-ce qui s'est passé ? Qu'est-ce que vous avez vu ?

Je ne m'arrête pas à ses questions.

– Pardon. Je sais... ce n'était pas bien de faire ça. Mais si tu me connaissais, tu le saurais : c'est seulement parce que je craignais que tu sois en danger. Et tu *es* en danger, d'ailleurs.

Clara m'observe attentivement pendant plusieurs secondes.

– Qu'est-ce que tu as vu ? répète-t-elle.

Au lieu de répondre, je lève la tête vers sa villa. Elle n'est plus qu'à une maison de nous.

– Allons-y, dis-je en lui tendant la main.

Clara la prend et nous gravissons les marches de la terrasse. Les carillons en bambou résonnent si fort et si clairement que j'ai du mal à penser droit. Je referme les doigts sur la poignée de porte, presque comme si j'étais chez moi, et je l'entraîne à l'intérieur.

Nous entrons dans sa chambre et Clara voit tout de suite l'inscription. C'est encore pire avec le soleil qui entre par les fenêtres. Elle se met à trembler. Elle commence à vaciller sur ses jambes.

Je l'aide à s'asseoir sur le lit et fais de mon mieux pour la détourner de la phrase. Mais elle ne peut pas s'empêcher de regarder.

– Tu sais qui a fait ça ? dis-je à voix basse.

Elle déglutit péniblement et secoue la tête.

– Tu es sûre ?

Elle opine.

– Peut-être quelqu'un qui t'en veut, qui essaie de te faire peur...

– Je te dis que je n'en sais rien, réplique-t-elle d'un ton sec.

Elle se renverse sur son oreiller et tire le tas de couvertures à elle. Dans son geste, elle découvre une grande enveloppe en papier kraft à côté d'elle sur le lit.

Je la prends et tente de me concentrer sur ses fibres, sur la sensation qu'elle produit dans ma main.

Clara se redresse.

– Qu'est-ce que c'est que ça ?

Je secoue la tête, non sans remarquer le froid qui émane du rabat, la froideur des bords de l'enveloppe.

– Oh, mon Dieu, dit-elle, la bouche tremblante. Où as-tu trouvé ça ?

– C'était sur ton lit, sous les couvertures.

Je porte l'enveloppe à mes narines. Elle sent la crème caramel. Comme elle.

– Qu'est-ce qu'il y a ? demande-t-elle. Qu'est-ce qui ne va pas ?

– Elle a ton odeur.

– Qu'est-ce que ça veut dire ? Elle était dans mon lit.

– Je sais. Mais quoi qu'il y ait dedans... je sens que c'est lié à toi, d'une manière ou d'une autre.

Clara se couvre les yeux et se frotte le front.

– Je ne veux pas savoir, d'accord ? Je ne veux pas voir ce qu'il y a dedans. Tu regardes, toi, et tu me dis juste si ce sont de mauvaises nouvelles.

– OK, fais-je en sachant déjà que c'est mauvais.

Je me détourne et déchire le rabat tandis que l'enveloppe refroidit dans mes mains de minute en minute. J'ai l'impression que ma peau va geler rien qu'à la tenir. Je coule un œil à l'intérieur et trouve un tas de Polaroid, qui me rappellent ceux qu'Amber a trouvés tout à l'heure. Je jette un coup d'œil par terre à côté du lit. Ils sont encore là : une photo d'un presque-bras et peut-être d'une fesse.

– Qu'est-ce que c'est ? me demande Clara.

Elle me scrute fixement, à présent.

Je plonge la main dans l'enveloppe et en sors les photos. Elles représentent Clara, et il y en a au moins trente. Elles ont toutes été prises, dirait-on, à travers plusieurs fenêtres de sa villa : Clara retirant son sweat-shirt, enfilant son short, se préparant à prendre une douche, uniquement vêtue d'une serviette...

– Dis-moi ! fait-elle avec autorité.

Je la regarde et me mords la lèvre.

– Il faut qu'on appelle la police.

– Montre ! (Elle tend les mains pour saisir les photos.) Il faut que je voie.

– Tu es sûre ?

Elle reste immobile un instant avant de hocher la tête.

Je les lui tends et la vois les feuilleter une par une, la bouche et le menton tremblants. Après en avoir passé en revue une dizaine, elle les jette sur le lit et serre les poings sur le tissu de son oreiller.

– Ça va aller, dis-je en m'asseyant à côté d'elle.

Je ramasse les autres photos, celles qui traînaient par terre.

– Apparemment, celui qui te les a laissées en a fait tomber deux.

– *Quoi* ?

Elle me les arrache des mains.

J'examine les photos par-dessus son épaule en essayant de comprendre les taches floues couleur pêche mêlées de vagues formes rouges et brunes.

– On dirait qu'il joue à un petit jeu avec moi, pleurniche Clara. Personne ne commettrait une telle erreur. Quand on met des photos dans une enveloppe pour les laisser dans un lit, on n'en laisse pas tomber par terre par hasard.

Elle serre plus fort son oreiller, au point que ses jointures deviennent blanches comme des os.

– Ça va s'arranger. Respire. On va s'en sortir.

Je prends un mouchoir dans la boîte à côté de son lit et essuie les larmes qui lui roulent sur les joues.

Clara pousse un énorme soupir, en soufflant par la bouche, en essayant de se calmer. Au bout d'un bon moment et après quelques mouchoirs supplémentaires, elle a l'air un tout petit peu plus forte, plus stable. Elle me regarde et tente de sourire, et ses mains se desserrent un peu de son oreiller.

– Désolée, dit-elle.

– De quoi ?

– C'est que je te connais à peine. Je ne suis pas comme ça d'habitude.

– Bien sûr que non. (Je lui caresse l'avant-bras.) Ce ne sont pas vraiment des circonstances habituelles. Ce n'est pas tous les jours qu'en rentrant chez soi on tombe sur...

– Ça, conclut-elle en contemplant de nouveau l'inscription.

– Allez, dis-je en détournant son visage avec ma main. Il faut que tu sois forte. Il faut que tu appelles la police. Fais-la venir. Montre-lui tout.

Clara acquiesce et prend le téléphone.

– Attends, fais-je en arrêtant son geste. Tu crois que ça pourrait être le photographe d'à côté ?

– Je ne sais pas. Je n'y avais pas vraiment pensé... Peut-être.

Cette idée semble la bouleverser encore davantage. Elle se mord la joue presque jusqu'au sang et se remet à composer le numéro de la police. Elle doit s'y reprendre à plusieurs fois pour faire fonctionner ses doigts tremblants.

– Allô ? bredouille-t-elle dans le combiné. Je m'appelle Clara Baker. Je suis en vacances au 24, allée de la Plage. J'aurais besoin que vous veniez tout de suite. (Elle se tait un instant et me regarde droit dans les yeux.) Parce que quelqu'un veut me tuer.

Vingt

En pratiquement moins de temps qu'il ne m'en faut pour remettre les photos dans l'enveloppe, tout en essayant une fois de plus de sentir quelque chose par contact, la police arrive. C'est Clara qui explique tout, ce qui m'étonne et m'impressionne à la fois. Je trouve sain qu'elle parle de ce qui se passe, qu'elle prenne la situation au sérieux, qu'elle soit réactive.

Elle emmène les agents dans le salon et dans sa chambre, leur raconte que nous venons d'arriver et que nous avons trouvé le graffiti sur le mur, puis découvert l'enveloppe de photos glissée sous ses couvertures. Mais ce qui est bizarre, c'est qu'elle omet de préciser qu'Amber, Drea et moi sommes venues plus tôt, et que c'est à ce moment-là que nous avons vu pour la première fois le message sur le mur.

Je le contemple, j'observe les mots qui s'étalent en rouge, en me demandant si elle fait exprès de passer ce détail sous silence, si elle tente de nous protéger. Je suppose que, comme l'a fait remarquer Amber hier soir, nous aurions en effet quelque chose de suspect. Je me recroqueville rien qu'en pensant à la franchise avec laquelle Drea et Amber ont exprimé une haine pure pour Clara. Si la police se mettait à poser des questions là-dessus, à demander si nous nous entendons toutes bien, et si elle apprenait que nous sommes toutes les trois entrées sans être invitées, nous n'en sortirions pas grandies.

Donc, même si je comprends que Clara puisse me protéger, je me demande pourquoi elle prend la peine de faire de même pour les deux autres. À moins, bien sûr, que ce détail lui soit simplement sorti de la tête. Je soupèse un instant cette possibilité, mais à ce moment-là Clara me regarde dans les yeux.

– Lucy, dit-elle, toute rouge, je voudrais parler seule aux policiers maintenant.

Elle prend un mouchoir en papier dans la boîte et se tamponne les paupières. Les deux agents m'observent fixement : une femme aux cheveux noirs, plaqués en arrière, qui frisent autour de ses oreilles, et un grand maigre avec de petites lunettes rondes.

– Ah, dis-je, interloquée.

– Mais je reviens après. On pourra reparler de tout ça.

Je hoche la tête et me tourne vers les agents en me demandant ce qu'elle va leur raconter. La femme prend mon nom, mon adresse et mon numéro de téléphone en me disant qu'elle devra peut-être s'entretenir plus avant avec moi par la suite – bien que je n'aie pas grand-chose à ajouter.

Et maintenant ?

Je retourne chez nous, impatiente d'avoir des nouvelles de Clara, de savoir ce qu'elle aura raconté à la police, de voir si les agents lui auront dit quelque chose d'utile. Même si pour l'instant, comme on m'a demandé de partir juste au moment où l'interrogatoire commençait à chauffer, je sais que je ne peux pas compter uniquement sur elle pour avoir des informations. Visiblement, elle a quelque chose à me cacher.

J'entre dans la maison. Jacob mange un bagel à la table de la cuisine.

– T'étais où ? me demande-t-il.

– Je pourrais te retourner la question.

– Comment ça ?

– Quand je me suis levée, tu étais déjà parti.

– Je suis allé me baigner de bon matin.

Je baisse les yeux sur son short de bain.

– Alors comment ça se fait que ton maillot soit sec ? Et tes cheveux ?

– Il fait presque trente degrés dehors, Lucy. Tout sèche en un rien de temps.

Je hoche la tête en me demandant si je vais choisir de le croire ou non.

– Alors ? reprend-il. Où étais-tu passée ?

– J'étais avec Clara. On parlait avec les flics.

– Qu'est-ce qui s'est passé ?

Je soupire en m'adossant à la porte.

– Un désastre total.

– Ça va ?

– Ça va. Fatiguée. J'ai faim.

– Un bagel, ça te ferait du bien ?

– Uniquement avec un supplément de confiotte de framboises.

Jacob se lève et passe un bagel congelé sous le gril pour moi. Il me verse une tasse de café frappé, ajoute un peu de crème – exactement comme j'aime – et pose le tout sur la table à côté du pot de confiture.

– Parfait, dis-je, déjà très légèrement rassérénée. Merci.

– Pas de quoi. (Il se rassied à la table.) Alors ?

– Quoi ?

– Qu'est-ce qui s'est passé ? On m'a raconté pour le graffiti sur le mur de Clara et le fait que tu y sois allée pour le lui montrer.

Une assiette à la main, je me poste à côté du four en attendant que la minuterie sonne.

– Il y avait aussi des photos. Des Polaroid de Clara. Toute une enveloppe.

– Tu as réussi à sentir quelque chose ?

Je hausse les épaules.

– Toujours pareil : du froid, des frissons. Mais aussi, c'est *elle* que j'ai sentie ; j'arrivais presque à capter son odeur, cette odeur de caramel.

– Bah, c'est normal, c'étaient des photos d'elle.

– Je sais. Ça ne veut sans doute rien dire. Toute cette histoire est une énigme.

Je sors le bagel et vais rejoindre Jacob à la table pour recharger mes batteries. J'en ai bien besoin.

– C'est peut-être un de ses ex qui a fait le coup, réfléchit-il. Peut-être quelqu'un qu'elle a énervé... qui pensait qu'elle se foutait de lui ? C'est vrai qu'elle a l'air un peu...

– Allumeuse ?

– Comme tu dis.

– À ce que je vois, tu as parlé avec Drea et Amber.

J'étale une épaisse couche de confiture.

– En fait, c'est avec Chad que j'ai parlé. D'après lui, elle lui a vraiment sauté dessus hier soir.

– Et il était une victime innocente ?

Je prends une bouchée de mon bagel et remarque tout de suite que le milieu est encore congelé. Mais comme mon ventre crie famine depuis au moins une heure, je m'en fiche un peu, surtout avec le goût sucré de la confiture.

– Je ne dis pas que c'est une victime, poursuit Jacob. Mais Chad, on le connaît. Clara, pas vraiment.

– Et qu'est-ce que ça veut dire, ça ? Simplement parce que je ne la connais pas bien, il faudrait que je ne l'aide pas ?

Je me lève pour empoigner une bande de papier absorbant au rouleau et un marqueur rouge sur le frigo. En haut du papier, j'inscris le nom de Clara. Puis, en dessous, j'écris « JE TE LE FERAI PAYER », en essayant d'imiter l'écriture de son mur : les lettres capitales anguleuses, le *T* et les deux *R* plus appuyés. Je me concentre un instant sur la couleur en me demandant pourquoi on a choisi de la peinture rouge, à supposer que cela ait la moindre importance.

Mais je ne sais pas... je n'arrive pas à organiser mes pensées. Je repousse le papier de côté et me réattaque à mon petit déjeuner, en espérant qu'un peu d'énergie m'aidera à reprendre mes esprits.

– Ce n'est pas du tout ce que je dis, continue Jacob. (Il lorgne le papier absorbant, ma tentative pour comprendre le message.) Je pense que tu dois aider Clara, au contraire.

– Alors quoi ?

– C'est une question de confiance.

– Eh bien, apparemment, Clara ne me fait pas assez confiance pour tout me dire. Et pourquoi le ferait-elle ? Je suis quand même entrée chez elle derrière son dos.

Je bois une gorgée de café frappé dans l'espoir de calmer l'agitation que je sens bouillonner en moi. Pourquoi suis-je tellement sur la défensive ? Il est clair que Clara a une passion pour le flirt. Entre Casey, PJ, Chad... et encore, ce ne sont que ceux que nous connaissons.

– Désolée, dis-je au bout d'un moment. Je suis à bout de nerfs, c'est tout.

– C'est pas grave.

Jacob tend la main à travers la table pour prendre la mienne, sans même se soucier que mes doigts soient poisseux de confiture.

– Tu n'es pas seule sur ce coup-là, Lucy. Je suis bien décidé à t'aider. Je *veux* t'aider.

– Je sais.

– Et si on faisait un sort ensemble ? Pour nous aider à focaliser notre attention sur Clara, sur le graffiti, les photos ou les vibrations froides que tu perçois ?

Il serre ma main et se concentre très fort sur moi, si bien que mon cœur bat la chamade : je l'imagine comme dans les dessins animés, lorsqu'un gros cœur rouge surgit de la poitrine du personnage.

– J'ai peut-être besoin de faire une petite pause.

– Tu penses à quelque chose en particulier ?

– Une croisière d'étudiants en nocturne, ça te dit ?

– Tu parles sérieusement ? me demande-t-il, les sourcils arrondis par la surprise.

– Chad m'a raconté que tu ne voulais pas y aller.

– Et toi, tu veux ?

– Je pensais que tu me poserais la question.

– Pardon. Il me semblait que ce n'était pas ton truc.

– En effet, mais je risque de devoir y aller quand même.

– Pourquoi ?

– Clara. Je pense qu'elle va y aller, et si oui, il vaut sans doute mieux que je l'accompagne.

Jacob détourne la tête et évite complètement de répondre à ma question muette.

– Alors ?

– Quoi ?

– Dis-moi que tu iras aussi.

– Je ne sais pas, soupire-t-il. Ça m'a l'air assez naze, quand même.

– Oui oui, mais si je dois y être...

– Je ne sais pas, répète-t-il.

– Vraiment ? On peut avoir une cabine pour deux. On pourrait le prendre comme un moment pour nous.

– Et comment ? Tu seras trop accaparée par Clara.

– Pas toute la nuit. En plus, je pourrais faire en sorte qu'elle ait une cabine juste à côté de la nôtre.

– Peut-être, concède-t-il, enfin.

– Cache ta joie !

– C'est seulement...

– Penses-y, d'accord ?

Je tends le bras et serre de nouveau ses doigts.

Il opine et me sourit, et la chaleur envahit mes joues. Je suis sur le point de me lever pour poser le plus délicieux des baisers sur ses lèvres lorsqu'on frappe à la porte. Je vais répondre.

C'est la police.

Les deux agents qui sont venus chez Clara sont devant moi et exhibent leurs badges.

– Lucy Brown ? demande la femme. Nous voudrions vous parler de votre visite chez Clara tôt ce matin. Vos amies (elle vérifie son bloc-notes) Amber et Drea sont-elles disponibles pour répondre à quelques questions ?

Je me tourne vers Jacob, qui se lève de table.

– Elles sont sorties, déclare-t-il.

– Savez-vous où elles sont allées ? s'enquiert l'autre flic.

Jacob secoue la tête, sans cesser de me regarder.

– Nous n'allons pas avoir d'ennuis, si ? dis-je.

– Il faut que nous vous parlions à toutes les trois, insiste la femme sans répondre à ma question.

– Eh bien, il n'y a que moi pour l'instant. Ça ira ?

– Provisoirement.

– Bien, fais-je en lançant un coup d'œil à Jacob. Allons-y.

Vingt et un

Comme je ne suis encore accusée de rien – et notamment, pas de violation de domicile, dont je suis pourtant indéniablement coupable –, les policiers s'efforcent de rester aussi détendus que possible ; du moins, ils en ont l'air. Ils ne m'obligent pas à aller au poste préciser les détails, mais suggèrent plutôt que nous passions les événements en revue au calme, dans le salon.

J'espère seulement qu'Amber et Drea ne reviendront pas avant que j'en aie terminé.

Je leur présente Jacob, qui s'assoit à côté de moi sur le canapé, sur les draps et la couverture toujours sortis depuis la visite de Clara. Il me prend la main et la serre plusieurs fois pour me rappeler qu'il est là, que je ne suis pas toute seule.

– Bien, dit la femme en observant la pièce.

Son regard s'arrête sur le papier absorbant posé au bout de la table de la cuisine, celui sur lequel j'ai écrit le nom de Clara et la phrase au marqueur rouge vif. Ses yeux vont du papier à mon visage, et le message est clairement lisible.

Je tousse comme si cela pouvait la distraire un instant, faire disparaître l'inscription. Mais en vain. La femme se contente de m'observer fixement, d'attendre que je craque... que les murs s'effondrent autour de nous, peut-être. Comme rien de tout cela ne se produit, elle commence son interrogatoire.

– Clara nous a informés que vous étiez entrées chez elle tôt ce matin, en son absence. Est-ce vrai ?

J'acquiesce.

– Mais c'est uniquement parce que je la cherchais. Elle a dormi chez nous la nuit dernière, et à mon réveil, constatant qu'elle n'était pas là, je me suis inquiétée et suis partie à sa recherche. Je me disais qu'elle était peut-être rentrée chercher quelque chose chez elle. La porte n'était pas fermée à clé.

L'autre flic me regarde derrière ses lunettes microscopiques. Je fais un effort pour lui sourire, pour faire retomber la tension, mais son visage reste de marbre.

– Et quelle heure était-il ? continue la femme.

– Je ne sais pas. Dans les deux heures et demie, peut-être.

Elle note ce détail dans son calepin.

– Avez-vous vu quelqu'un entrer ou sortir de chez Clara à ce moment-là ?

Je secoue la tête et continue de répondre à ses questions : oui, Amber et Drea sont arrivées ensuite ; oui, elles me cherchaient parce que j'étais sortie de chez nous dans la panique ; non, nous n'avons pas vu l'enveloppe de photos à ce moment-là mais oui, nous avons remarqué le graffiti ; et non, nous ne savons absolument pas qui pourrait être l'auteur des faits.

Elle se tait quelques instants pour griffonner encore quelques notes, en faisant aller et venir vigoureusement la pointe de son stylo à bille.

– Je suppose, poursuit-elle en tournant une page de son

calepin, que Chad n'est pas ici pour répondre à quelques questions ?

Je secoue la tête, tout en me demandant comment elle connaît l'existence de Chad. Qu'est-ce que Clara a bien pu raconter sur lui ?

– Pourquoi voulez-vous lui parler ? Il dormait quand nous sommes allées chez Clara ce matin.

– Je peux en témoigner, confirme Jacob. PJ, lui et moi, on dort dans la même chambre.

– Et à aucun moment vous n'avez entendu un de vos camarades se lever ?

– Juste une fois, admet Jacob.

Allons bon. Qu'est-ce qu'il a dans la tête ? Je lui serre la main très fort pour essayer de lui faire retrouver son bon sens.

– Qui ?

– Je crois que Chad s'est levé une fois pour aller chercher de l'eau, mais c'est normal venant de lui. Il se lève souvent la nuit.

– Pour boire de l'eau, dis-je comme si une explication était nécessaire.

– Savez-vous vers quelle heure il s'est levé ?

Jacob secoue la tête et me presse la main, peut-être pour me faire savoir qu'il est désolé d'être intervenu. L'autre flic remarque son geste. Il lève la tête pour me regarder... droit dans les yeux, comme s'il n'y croyait absolument pas.

– Bien, ce sera tout pour le moment, déclare la femme.

Elle observe une dernière fois le papier absorbant, en haussant l'un de ses sourcils dessinés au crayon pour renforcer l'effet.

– Mais nous vous recontacterons.

Elle me tend sa carte et me fait promettre de demander à Drea et Amber de l'appeler dès leur retour.

Les deux agents s'en vont, et Jacob et moi échangeons un coup d'œil.

– Qu'est-ce que ça veut dire, tout ça ? dis-je.

Jacob secoue la tête, totalement déconcerté, lui aussi.

Vingt-deux

Dès que les policiers sont partis, Jacob et moi fonçons à *La Coquille Coquine* pour chercher les autres. J'ai plus ou moins envie de rester attendre Clara, afin d'apprendre ce qu'elle a raconté à la police, bien que je ne sois pas sûre qu'elle me le dirait. C'est évident que si elle avait voulu que je le sache, elle ne m'aurait pas demandé de partir.

Je serre l'amulette en verre entre mes doigts et inhale l'air marin, en me concentrant sur le bruit des vagues qui se brisent sur la grève, en tâchant de me répéter que la clairvoyance naît de l'attention. Il faut que je garde la tête claire.

Jacob cherche de nouveau ma main, comme s'il percevait mon anxiété croissante.

– On va démêler tout ça, dit-il. Les flics ne font que leur boulot.

Je hoche la tête en me persuadant que c'est vrai : bien sûr, ils étaient obligés de venir nous interroger. Après tout, c'est vrai que nous sommes entrées illégalement chez Clara. Nous avons bien été les premières à voir le graffiti sur son mur. Pour ce qu'elle en sait, nous pourrions tout à fait être les coupables.

Je respire un grand coup et guide Jacob jusqu'à la terrasse de *La Coquille Coquine*. Amber est la première à nous repérer, Chad et Drea étant apparemment trop occupés à se réconcilier pour nous voir. Ils sont installés à la table de pique-nique, tellement serrés l'un contre l'autre qu'on ne pourrait même pas glisser une frite entre eux. Une petite boîte de chocolats Godiva – les préférés de Drea – entourée d'un ruban rose est posée sur la table devant elle. C'est le signe infaillible que les tourtereaux se sont disputés et que Chad essaie de recoller les morceaux.

– Salut, nous dit-elle en posant la tête sur son épaule.

Elle nous regarde pendant une demi-seconde avant de reporter son attention sur Chad : elle l'embrasse sur la joue et vient nicher le front contre sa poitrine.

– Qu'on leur donne une chambre, à ces deux-là, soupire Amber.

– Et si on s'en prenait plutôt une pour nous ? propose PJ.

Il tente de passer un bras autour d'elle, mais elle le repousse.

– Je ne vais pas servir de deuxième choix, s'insurge-t-elle.

– Écoutez-moi, dis-je pour couper court à leur badinage. Il faut qu'on parle.

– Qu'est-ce qu'il y a ? veut savoir Chad avant de s'arrêter pour un gros bisou.

– Les flics sortent de chez nous. Ils m'ont posé des questions sur le fait que je sois allée chez Clara et que j'aie vu le graffiti. Ils voulaient aussi vous parler.

– À nous tous ? s'étonne Drea.

– En fait, à tout le monde sauf PJ et Jacob.

Je continue de leur raconter les détails de l'interrogatoire et leur révèle que Clara n'a pas voulu que j'entende sa déposition.

Je leur parle aussi de l'enveloppe pleine de photos d'elle que j'ai trouvée sous les couvertures.

– Mais pourquoi ils veulent parler à Chad ? s'inquiète Drea. Il n'était même pas avec nous ce matin quand on y est allées.

– Je sais, mais ils ne m'ont rien dit de plus.

Elle a l'air profondément inquiète pour lui. Elle l'embrasse de nouveau sur la joue, comme si le fait que nous soyons interrogées toutes les trois ne comptait même pas.

– Ça doit être une procédure de routine, dis-je en m'asseyant enfin. N'en tirons pas de conclusions hâtives.

– Lucy a raison, approuve Jacob. Il faut qu'on parle avec Clara.

– Je savais que cette face de rat ne nous rapporterait que des problèmes, s'énerve Amber en jetant une frite sur la table.

Je regarde PJ en me demandant s'il va essayer de défendre Clara, mais il s'abstient. Nous examinons encore toute la situation pendant plusieurs minutes, jusqu'au moment où notre conversation est interrompue de manière inattendue.

– Salut, tout le monde ! s'écrie Clara avec un gloussement.

Je me retourne : la voilà, sortie de nulle part, debout derrière notre table.

– Mais d'où tu sors ? lui demande Chad.

Drea lui jette un regard noir, comme s'il n'était même pas censé lui adresser la parole.

– Je suis allée chez vous, mais il n'y avait personne. Vous en êtes au brunch ou au déjeuner ?

Encore un petit rire nerveux. Elle consulte sa montre.

– Comment ça s'est passé avec les flics ? dis-je sans répondre à sa question.

– Et comment ça se fait que tu aies viré Lucy pour leur parler ?

Amber prend une frite dans la boîte et fusille Clara du regard. À ces mots, le sourire de cette dernière s'évapore. Elle se tourne vers moi.

– Désolée pour ça. C'est juste que... je voulais être seule.

– Pourquoi ? insiste Drea.

Clara hausse les épaules.

– Je voulais leur parler de mes ex et tout ça. Je ne sais pas, je pense que je ne voulais pas qu'on entende ces sales histoires.

Je reprends la parole.

– Ce sont eux que tu soupçonnes d'avoir fait ça ?

Clara détourne les yeux, les joues empourprées.

– Je ne sais pas. J'ai du mal à imaginer quelqu'un que je connais faisant une chose pareille, surtout quelqu'un avec qui je serais sortie.

Elle fait un effort pour sourire, mais je crois qu'elle perçoit la répugnance générale à son égard. Pendant qu'Amber la défie du regard, Drea se blottit dans les bras de Chad, histoire de marquer son territoire.

Je continue de la questionner.

– Tes parents sont rentrés ?

– Oui, c'est pas trop tôt. Ma mère est complètement flippée. Ils sont arrivés pendant que je parlais aux policiers, tout à la fin.

– Alors tu leur as tout raconté.

Elle hoche légèrement la tête et détourne encore les yeux, comme si elle ne disait pas la vérité – du moins, pas *toute* la vérité.

– Au moins, tu ne seras plus toute seule.

– Bon, on pourrait peut-être se retrouver plus tard, propose-t-elle pour changer de sujet.

Elle tente d'interroger PJ des yeux, mais il ne lui a pas accordé un regard. Elle se tourne vers Chad.

– Qu'est-ce que tu en dis ? Ça te branche ? On pourrait aller se balader en ville. Il y a une super-boutique de surf avec des tonnes de planches, si ça t'intéresse.

– Pourquoi est-ce que les flics veulent parler à Drea et à moi ? intervient Amber sans prêter attention à ses suggestions.

Clara incline la tête, perplexe.

– Ils veulent faire ça ?

– Ils sont venus chez nous tout à l'heure, dis-je.

Elle fronce les sourcils comme si elle n'y comprenait vraiment rien.

– J'ai peut-être raconté en passant que vous aviez vu le graffiti avant moi, mais pas de manière que ça paraisse bizarre ni rien. J'ai dit que vous me cherchiez et pensiez que j'étais rentrée chez moi. J'ai aussi précisé que la porte n'était pas fermée.

– Et maintenant ils croient que c'est nous, la singe Amber en battant des paupières.

– Je suis désolée. Je ne sais pas...

– Et pourquoi ils veulent parler à Chad ? la coupe Drea.

Clara secoue la tête et se mordille la lèvre en ouvrant des yeux immenses.

– Il faut que j'y aille, déclare soudain Jacob.

Comme si les choses ne pouvaient pas être pires !

– *Où ça ?* dis-je.

– J'ai quelque chose à faire.

Il a un léger sourire, comme pour me rassurer, faire passer le morceau.

– Quoi donc ? On est en vacances. Qu'est-ce que tu peux bien avoir à faire ?

Il se lève.

– On en reparle tout à l'heure, d'accord ?

– Je pensais qu'on irait se baigner...

– Plus tard, promet-il en m'embrassant sur la joue.

Je le regarde s'éloigner et comme ça, tout d'un coup, je sens mon cœur tomber en miettes.

– Il a peut-être des règles douloureuses, hasarde Amber en remplaçant les mouchoirs trempés de sueur de son décolleté par des serviettes neuves.

Drea tend la main à travers la table pour me serrer le bras ; visiblement, elle a compris ma déception. Elle ouvre la boîte de chocolats.

– Vas-y, sers-toi, me propose-t-elle. Ils sont encore meilleurs quand ils fondent comme ça.

– Non, merci.

– Je vais peut-être y aller, moi aussi, annonce Chad.

Il se lève et donne une tape sur l'épaule de PJ, pour lui faire signe de nous laisser un peu entre filles.

– Moi aussi, je dois partir ? demande Clara lorsqu'il ne reste plus que nous quatre.

Elle est toute rouge, comme si elle sentait la gêne qu'elle provoque.

Je secoue la tête et baisse les yeux sur ma bague d'améthyste, consciente que je ne dois pas perdre de vue mes priorités, que la vie de Clara en dépend.

– Non. Si le malheur aime la compagnie, je pense que tu es tout à fait au bon endroit. Je dis ça pour moi, bien sûr.

– Les mecs, qu'est-ce qu'ils peuvent être crétins ! commente Amber en se tournant vers moi.

– C'est pour ça que tous les tiens sont gonflables ? la charrie Drea.

– C'est vrai ? ajoute Clara avec son petit rire en cascade.

– Ils ne sont pas *pris*, au moins, la rembarre Amber.

Clara ne relève pas cette remarque. Elle s'assoit à côté de Drea sur le banc, si bien que cette dernière se raidit un peu.

– Jacob est toujours aussi opposé à la croisière ? me demande Amber.

Je confirme.

– Il n'a vraiment aucune envie d'y aller. Moi non plus, remarque.

– Alors, vous avez des problèmes, tous les deux ? m'interroge Clara en écarquillant les yeux.

Je secoue la tête, vu que je n'ai aucune envie de raconter les détails complexes de ma vie amoureuse, surtout pas à elle.

– Il est tellement mystérieux ! poursuit-elle avec un sourire rayonnant. Enfin, tu ne m'en voudras pas de dire ça. Je pense que c'est une bonne chose, tu vois ? C'est plutôt sexy.

Je hausse les épaules.

– Pas plus tard qu'hier soir, il me racontait que quand vous avez commencé à sortir ensemble, votre relation était bien plus décontractée.

– *Pardon ?*

– Il te trouve tendue ces derniers temps. C'est vrai ? Bien sûr, tu as sans doute de bonnes raisons de l'être... avec les cauchemars et tout ça.

Je sens ma bouche s'ouvrir toute seule.

– Quand est-ce que tu as discuté avec lui ?

– Hier soir. Enfin, plutôt ce matin. Quand vous êtes revenues de chez moi, vous êtes retournées vous coucher, mais je suis restée debout un petit moment. Alors, quand Jacob s'est levé pour sortir, il a vu que j'étais réveillée, et on s'est mis à bavarder. J'espère que je n'ai rien dit de mal. Bon, on n'a parlé que quelques minutes. Il tient beaucoup à toi. Crois-moi, tu n'as pas de souci à te faire.

Je la fixe des yeux, la regarde hocher la tête avec emphase, en me demandant comment elle peut se planter là à jacasser comme si elle était une spécialiste de mon histoire d'amour.

– Mais il a une part d'ombre, non ? enchaîne-t-elle. Parce que je veux dire, il a toujours l'air de cacher quelque chose. Très mystérieux.

Elle arbore un énorme sourire radieux, comme si elle ne faisait que des compliments.

Je sens ma mâchoire frémir rien qu'à l'idée de Jacob discutant avec elle, rien qu'à l'imaginer se confiant ainsi à elle, alors qu'il ne se livre plus à moi en ce moment.

– Je ne me sens pas bien.

– Qu'est-ce qui ne va pas ? s'enquiert Clara.

– Tu rigoles ? crache Amber en plissant les yeux. Non mais enfin, tu es vraiment...

Drea lui enfonce un chocolat dans la bouche.

– On ferait mieux d'y aller.

Elle se lève de table en me faisant signe de la suivre.

– On en reparlera plus tard, dis-je à Clara. Pour l'instant, je ne me sens pas bien.

Clara hoche la tête comme si elle comprenait, comme si elle était trop maligne pour croire que mon malaise est dû à une migraine, à la chaleur ou à une chose que j'ai mangée, mais là, je m'en fiche. Il faut que je m'éloigne.

Vingt-trois

Après m'avoir répété leur haine féroce pour Clara, et m'avoir rappelé que Jacob était sans doute le suivant sur sa longue liste de diversions estivales, Amber et Drea s'en vont parler à la police, histoire d'être débarrassées. Pendant ce temps, je rentre à la maison pour voir si je peux trouver Jacob, voir pourquoi il a eu besoin de partir. Mais, comme j'aurais pu le deviner, il n'est pas là.

Chad, en revanche, y est.

– Coucou, dit-il en relevant ses lunettes de soleil sur sa tête.

Il est en short de bain, de couleur orange citrouille avec des rayures jaune fluo sur les côtés.

– Quoi de neuf ?

Je secoue la tête et regarde ailleurs.

– Tu ne peux pas me mentir, Lucy. Je te connais, tu te souviens ?

– Je ne me sens pas très bien, c'est tout.

– Et non sans raison. Qu'est-ce qu'il a, Jacob, en ce moment ?

Il s'installe sur le canapé et lève les yeux vers moi, dans l'attente d'une réaction.

– Comment ça ?

– Je ne sais pas. Il se comporte plutôt bizarrement, tu ne trouves pas ? Un peu distant...

Je me laisse tomber sur les coussins à côté de lui.

– Je suis contente que tu aies remarqué aussi.

– Mais oui. Qu'est-ce qu'il a derrière la tête ? Vous êtes fâchés ?

– Non. Du moins je ne crois pas.

– Ah... bon ? fait-il d'un air dubitatif.

– C'est embrouillé, tout ça... toutes ces histoires, quand on est avec quelqu'un. Juste au moment où tu crois que tout est parfait... ça ne l'est pas.

Je détourne les yeux, que je sens se remplir de larmes. Je m'en veux de m'effondrer ainsi devant Chad... mon ex, justement.

– À ta place, je ne m'en ferais pas trop. (Il me touche l'épaule.) C'est sans doute une phase qu'il traverse en ce moment.

– Alors, pourquoi il ne la traverse pas avec moi ?

– Va savoir... Les garçons peuvent être très secrets, parfois, surtout dans les histoires d'amour. Demande à Drea. Parfois, je ne comprends même pas pourquoi elle revient vers moi à chaque fois.

– Tu n'es pas si mal.

– Et toi non plus.

Il me sourit et je me mords la lèvre, les joues soudain en feu.

– Merci.

– De rien.

Il se penche pour me serrer dans ses bras et je lui rends son étreinte en fermant les yeux. C'est si bon de le tenir ainsi – en toute amitié ! Cela aurait dû arriver depuis bien longtemps. Quand nous avons rompu l'an dernier – quand il s'est mis à sortir avec Drea, et moi avec Jacob –, je pense que nous avons tous essayé de faire comme si ce n'était pas terriblement gênant de rester tous amis. Même si parfois – souvent, en fait – ça l'était.

– Salut !

Jacob nous fait sursauter. Il arrive du couloir et entre au salon.

– D'où tu sors ? dis-je en regardant vers sa chambre, au bout du couloir.

Je me déplace sur le canapé pour m'éloigner de Chad.

– J'étais dehors.

– Mais où ça, dehors ?

– Je vais vous laisser parler, tous les deux, intervient Chad en se levant.

Il rabaisse ses lunettes de soleil sur ses yeux, prend sa serviette de plage sur le dossier d'une chaise de cuisine et sort.

– Alors ? fais-je en me tournant vers Jacob.

– J'ai dû m'occuper de quelque chose.

– Quoi ?

Il s'assoit à côté de moi sur le canapé.

– Pourquoi tu t'énerves ?

– Je croyais qu'on allait passer du temps ensemble. Je voulais qu'on aille se baigner.

Il prend ma main en sandwich entre les siennes.

– Je suis désolé. Laisse-moi me rattraper.

Je me sens de plus en plus tendue d'instant en instant, le creux dans ma poitrine s'agrandit, j'ai de plus en plus de mal à le combler par la respiration. Je me mords la lèvre pour éviter de craquer, absolument consciente qu'il évite la question.

– Pourquoi m'as-tu caché que tu avais parlé avec Clara hier ?

– Clara ?

Je hoche la tête en me pinçant les lèvres, cette fois.

– On a tous parlé avec elle.

– Non. Elle m'a dit que tu avais discuté avec elle après qu'on est toutes allées se coucher.

Ses sourcils s'arrondissent comme s'il était authentiquement surpris.

– Elle m'a raconté que tu étais sorti tôt ce matin après notre retour de chez elle. Elle m'a dit que vous aviez discuté du fait que je suis tendue, et qu'au début j'étais bien plus relax.

– Lucy...

– C'est vrai ?

– Je suis allé me balader sur la plage...

– À trois heures du mat' ?

– Je ne sais pas, je n'ai pas regardé l'heure... peut-être. Mais je ne me suis pas arrêté pour parler avec Clara.

– Pas du tout ?

– Je lui ai peut-être dit bonjour. Je lui ai peut-être demandé si elle était bien installée, si elle n'avait besoin de rien.

– Alors, comment ça se fait qu'elle sache tout ça ? Elle savait depuis combien de temps on était ensemble.

– Elle a pu l'apprendre de n'importe qui. (Il me serre la main plus fort.) Il faut que tu me fasses confiance. Moi, j'ai confiance en toi.

– Mais je ne te donne aucune raison de ne pas le faire.

– Et moi, si ?

Je hausse les épaules, je m'en veux de me comporter ainsi, d'être si peu sûre de moi.

– Qu'est-ce que je dois croire ? Tu dis que tu es sorti te balader à trois heures du matin, mais tu n'étais même pas là quand on s'est tous levés.

– Ce n'est pas ce que tu crois.

– Et qu'est-ce que je crois, au juste ?

– Je ne sais pas... Que je ne suis pas rentré après ma balade ; que je vois quelqu'un d'autre, peut-être. Comment peux-tu penser des choses pareilles ? Tu connais mes sentiments pour toi.

Je respire à fond, je ne veux pas me répéter, ni passer pour une fille lourdingue qui a besoin d'être rassurée.

– J'aurais pu être jaloux de toi et de ton ex, continue-t-il, vu comme vous étiez blottis sur le canapé il y a quelques minutes.

Ma première impulsion est de lui coller une gifle, d'autant que Chad s'est montré compréhensif avec moi, et qu'il avait, lui aussi, remarqué l'attitude bizarre de Jacob. Mais je ravale ma colère et lui pose plutôt la question qui me paraît la plus évidente.

– Et tu l'as été ?

– Quoi ?

Je me concentre sur ses pupilles, sûre que je saurai le voir s'il n'est pas honnête.

– Tu as été jaloux de Chad et moi, à l'instant ?

Il m'adresse encore un regard étonné, les yeux écarquillés.

– Non.

Je sens ma lèvre inférieure trembler devant l'aisance de sa réponse.

– C'est peut-être ça, le problème, dis-je en lâchant ses mains.

Je me lève du canapé, les doigts serrés sur mon amulette.

– Où vas-tu ? me demande-t-il.

– J'ai des choses à faire.

J'espère paraître aussi secrète que lui.

Je me retire dans ma chambre et ferme la porte derrière moi.

Vingt-quatre

J'essaie d'appeler ma mère car j'aurais bien besoin d'une dose de réconfort maternel, mais je tombe sur le répondeur. Génial. Mais ce qui l'est encore plus, c'est que je suis trop déprimée pour prendre la peine de laisser un message : je me contente de raccrocher. Honnêtement, je ne crois pas pouvoir me sentir plus mal. Je déteste être la méchante dans une histoire d'amour, et pourtant je ne sais pas quoi faire d'autre. J'ai vraiment confiance en Jacob, plus que tout. Mais je ne peux pas supprimer ce sentiment. Je ne peux pas m'empêcher de me sentir un peu exclue parce qu'il me cache des choses, qu'il ne me laisse pas entièrement entrer dans son monde. Et qu'il parle peut-être de nos problèmes relationnels avec des gens qu'il ne connaît même pas.

Tout bien considéré, quand j'y pense, je ne crois pas avoir un seul secret que Jacob ignore. C'est peut-être ça, mon problème. À moins que ce soit la lune, son influence sur moi cette semaine, qui me désarçonne. Je n'en sais rien. Simplement, je me sens complètement déséquilibrée. J'ai presque l'impression que le stress lié au fait d'aider Clara est un de mes problèmes les plus faciles à résoudre... ce qui, malgré la bouffée d'assurance que j'ai ressentie sur cette question, ne signifie pas grand-chose.

Je rouvre la porte de ma chambre et cherche Jacob dans toute la maison, mais apparemment il est déjà sorti. Super. Ce que je devrais faire, en réalité, c'est me mettre au lit et essayer de piquer un petit roupillon pour pouvoir rêver. Mais comme je n'imagine pas un instant de m'endormir pour le moment, je vais à la salle de bains prendre une douche, en espérant que l'eau chaude, ajoutée à la vapeur et à de l'huile de bain, m'aidera à me détendre un peu.

Debout devant la glace, je vois que mes cheveux ont l'air aussi cramés que moi, sinon plus – un peu comme la photo « à ne pas faire » dans un magazine. Les pointes sont toutes sèches et fourchues à cause du soleil et du fait que je ne prends pas le temps de me pomponner comme il le faudrait.

Je prends mon bol de pétales sur l'appui de la fenêtre. Il est rempli de débris de roses et de fleurs de lilas et d'hortensia. À l'aide d'un entonnoir, je verse dans ma bouteille de shampooing à moitié vide l'eau que j'ai ajoutée au bol hier soir. Je secoue pour tout mélanger. C'est une recette dont ma grand-mère jurait qu'elle donnait aux cheveux de la vie et du brillant... et qu'elle contribuait à stimuler la bonne humeur, dont je me sens totalement dépourvue. Et en effet, la douce senteur de rose mêlée au lilas et à mon shampooing au pissenlit me remonte un peu le moral.

J'ouvre le robinet de la douche et entre dans le bac, en me rappelant que ma grand-mère insistait toujours sur l'importance de la purification comme moyen de préparer le corps à un sort. Je passe vingt bonnes minutes à faire précisément cela, à imaginer que je me lave de l'énergie négative et à restaurer ma paix intérieure.

Me sentant bien plus équilibrée, j'enfile un peignoir et retourne dans ma chambre. Je me demande si tout ce qu'a raconté Clara de son entretien avec la police est vrai : si elle a vraiment parlé de ses ex, si elle pense que l'un d'entre eux est le coupable. Mais alors, pourquoi les flics voulaient-ils parler à Chad ? Quel rapport entre lui et cette histoire ? Je me creuse les méninges pour trouver une réponse, en me demandant ce que Clara a pu dire. Je ne serais pas aussi soupçonneuse si les agents avaient aussi voulu parler à Jacob et à PJ, mais distinguer Chad ainsi... ça n'a aucun sens.

Je prends dans ma table de nuit un bloc-notes et un crayon de couleur jaune, en me demandant si Casey est vraiment l'ex de Clara. D'après lui, c'est à peine s'ils se connaissaient, mais elle donne l'impression qu'ils avaient une relation secrète. J'écris le mot « VÉRITÉ » sur le papier tout en espérant que la couleur jaune contribuera à faire surgir la clarté, en espérant que mes rêves trancheront entre toutes ces versions contradictoires, la parole des uns contre celle des autres.

Je replie le papier en chuchotant le mot « vérité » à chaque pli, jusqu'à n'avoir plus qu'une boule minuscule que je glisse sous mon oreiller. Je sors de sous mon lit ma valise de fournitures et y prends mon sablier, haut et étroit, en véritable verre taillé avec de gros bulbes à chaque bout. Je le place sur ma table de nuit et regarde le sable blanc et scintillant descendre lentement dans la moitié inférieure. Je prends ma boîte à songes et la place ouverte sur mon cœur. Puis je m'adosse à mon oreiller en me concentrant sur l'idée du temps. Je dois savoir combien il m'en reste avant la mort de Clara.

Je ferme les yeux sans cesser d'imaginer les grains qui envahissent progressivement le bas du sablier, et me sens nettement plus détendue. La brise océanique sensuelle qui entre par la moustiquaire de la fenêtre emplit la pièce de senteurs de noix de coco et de coquillages, et me berce.

Vingt-cinq

Après ma sieste, je décide d'aller prendre ce bain de mer dont j'avais tellement envie. J'enfile mon maillot de bain, attrape une serviette et sors. C'est curieux : bien que ce soit la bonne heure pour se baigner, il n'y a personne sur la plage. Je marche un peu, pour voir si je trouve Jacob quelque part, en me demandant s'il ne serait pas à *La Coquille Coquine*. Mais là aussi, tout est désert. Les guichets de commande et de réception des plateaux sont condamnés par des planches, et les tables à pique-nique ne sont plus là non plus. On dirait presque que j'ai été expédiée en vitesse accélérée en mode hiver, ce qui pourrait d'ailleurs expliquer pourquoi j'ai si froid, pourquoi la chair de poule a surgi sur toute ma peau.

Je décide d'aller me réchauffer dans les toilettes publiques. Elles se trouvent au milieu du parking. En gros, c'est une maisonnette en brique avec des douches à l'extérieur. Je fais le tour jusqu'à l'entrée réservée aux femmes et essaie d'ouvrir la porte tout en me rappelant que d'habitude elle est toujours grande ouverte, en me demandant pourquoi tout est bouclé aujourd'hui. La porte bouge un peu, mais on dirait que quelque chose la bloque.

Je tire un peu plus fort sur la poignée, à deux mains cette fois. Le battant finit par céder, ce qui me fait trébucher en arrière. Je fais un pas à l'intérieur, en constatant que c'est très spacieux quand toute la place n'est pas occupée par une file d'attente. Il fait sombre, le seul éclairage émane d'une toute petite fenêtre au-dessus des lavabos. Je cherche une lampe des yeux mais n'en trouve pas. En revanche, je repère un cale-porte en bois. Je le glisse sous le bas de la porte d'entrée, et la lumière extérieure trace une bande claire sur le sol.

Je pénètre encore de quelques pas en tournant vers la gauche, là où sont les cabines, en remarquant que le sol de béton vert est tout boueux de sable mêlé d'eau. Les lavabos gouttent ; il y a une flaque par terre en dessous, causée par les tuyaux qui fuient. Je me déplace vers le lavabo du coin, celui qui ne semble pas goutter. J'ouvre la valve afin que l'eau tiède me coule sur les doigts, puis je m'éclabousse la figure deux ou trois fois. C'est alors que j'entends la porte d'entrée se refermer, malgré la cale... et que je me retrouve dans le noir.

– Il y a quelqu'un ? (Je regarde vers la porte par-dessus mon épaule.) Vous pouvez rouvrir ?

Mais personne ne répond, et la porte reste close.

Je lève la tête vers le soupirail au-dessus de moi, mais il est trop petit pour laisser passer davantage qu'un rai de lumière qui tombe sur le miroir et les vasques. Un bruit de pas crisse sur le sol en béton couvert de sable ; j'entends le mouvement. Je reste figée sur place et regarde dans la glace en m'attendant à découvrir qui est là.

– Il y a quelqu'un ?

Mais je n'entends qu'un petit rire, comme si on me jouait un tour. Lentement, je tourne le coin qui me cache la porte tout en remarquant que plus je m'éloigne de la fenêtre, plus il fait sombre.

– Tu me cherches ? chuchote une voix.

Je m'arrête net et un frisson me descend dans la nuque. J'ai reconnu la voix.

– Clara ?

– Clara est morte, dit-elle avec son petit rire. Tu l'as laissée mourir.

– Non.

Je secoue la tête en me répétant de respirer, d'être forte. Je fais encore quelques pas, mais il fait complètement noir devant la porte. Je tends les bras devant moi, les doigts tremblants du froid qui me pénètre, et je tâtonne à la recherche de la poignée. Mais je ne la trouve pas. C'est autre chose que je trouve à la place. Quelque chose de suspendu en l'air devant la porte. Je referme les doigts dessus et sens une piqûre, comme une piqûre d'aiguille, sur mon pouce. Je sursaute, frotte mes doigts les uns contre les autres et détecte un peu d'humidité. Je dois saigner. Je prends mon pouce dans ma bouche, puis cherche de nouveau l'objet des mains. Des épingles sont plantées dans quelque chose de mou et de caoutchouteux. Avec précaution, je déplace mes mains vers le haut et sens du tissu. Je les remonte encore un peu et trouve quelque chose qui ressemble à des cheveux. On dirait une poupée.

– Pour toi, Lucy, chuchote la voix.

Elle vient de l'emplacement de la porte, mais je ne vois rien.

Mon cœur tambourine dans ma poitrine. Je veux prendre la figurine et comprends qu'elle est accrochée à une ficelle, qu'elle est pendue au plafond. Au lieu d'essayer de la décrocher, je continue de chercher la porte des mains en tâtonnant sur les murs en ciment brut, remarquant au passage que ces derniers sont poisseux... et que tout paraît engourdi et froid.

– Par ici, glousse la voix. Si tu veux partir, il faut que tu viennes ici.

La voix vient à présent du coin des lavabos.

Je me dirige vers elle, presque soulagée de retourner vers la lumière. Je sens quelque chose dégoutter de ma lèvre. Je me déplace devant la glace, les genoux tremblant à chaque pas. Sur toute la surface des miroirs – par-dessus mon image, avec le sang qui coule sur mes lèvres – on peut lire en grosses lettres rouges : « CLARA EST VENUE ICI. » En dessous, la date de vendredi : encore deux jours.

– Elle *est venue* ici, chuchote la voix, mais à présent elle n'y est plus. Parce que tu es arrivée trop tard.

– Non, dis-je en résistant à l'envie de me boucher les oreilles. Je suis ici. Ellc cst ici. Tu es *elle*.

– Plus maintenant. Elle est sur la plage. Tu n'as pas vu son corps ?

Je me détourne du miroir et je la vois : Clara. Sauf qu'elle n'est pas comme d'habitude : elle a le teint grisâtre et ses lèvres sont bleu pâle. Elle porte un sarong couleur corail avec un tee-shirt vert olive, et elle tient un appareil photo, gros et massif : un Polaroid. Elle a une tache de sang sur le ventre. Il coule le long de ses jambes et forme une flaque au sol. Elle entre dans la cabine du fond, ferme la porte et tourne le verrou derrière elle.

Je recule d'un pas et mon talon écrase quelque chose. Je regarde. C'est une boîte en forme de cœur. Je me baisse pour la ramasser et reconnais tout de suite la couleur dorée : une boîte de cinq cents grammes de chocolats Godiva.

J'ai les mains qui tremblent. Je laisse tomber les chocolats par terre.

– Drea ? dis-je tout bas en me demandant si elle est là, si c'est elle qui les a laissés.

Je recule vers la porte de sortie, mais il fait toujours trop noir pour que j'y voie. Je me guide sur les murs, avec mon cœur qui fait des bonds dans ma poitrine, les mains toutes tremblantes. Je crois sentir une charnière. Je suis des doigts l'encadrement de la porte. Je cherche la poignée, la trouve, et tire.

C'est fermé à clé.

Je tire plus fort, j'essaie de pousser, puis je tambourine de toutes mes forces. Mais en vain.

Je suis prise au piège.

Je retourne vers la fenêtre, non sans garder un œil sur la cabine où s'est enfermée Clara. La porte est toujours close, mais on dirait que la fille n'est même plus là. Je me baisse pour tenter de voir ses pieds et le bas de ses jambes, mais c'est vide, comme si elle était sortie en douce. À moins qu'elle se tienne debout sur le siège des toilettes. Je n'en sais rien. Tout ce que je sais, c'est qu'il faut que je me tire d'ici.

Je me hisse sur le lavabo de l'angle et me mets debout en me demandant si je pourrai passer par le soupirail. La semelle de ma sandale glisse sur la faïence ; mon pied se retrouve dans la vasque, ce qui fait que je dois agripper le rebord de la fenêtre pour ne pas tomber. Je cale mes coudes sur le rebord et pousse sur le levier qui manœuvre la vitre. Mes chevilles tremblent légèrement, je pourrais basculer à tout moment. Je jette encore un regard vers la cabine de Clara, mais je ne suis pas assez haut pour voir à l'intérieur, pour savoir si elle y est.

Je respire un grand coup et tâche de me reconcentrer. La brise tiède qui entre par la fenêtre m'apaise quelque peu : je me sens un peu moins prise au piège. Je continue de pousser sur le levier, mais la vitre ne bouge que jusqu'à la moitié.

Je crie vers l'extérieur.

– Il y a quelqu'un ?

Mais en lieu et place de la plage, il n'y a que l'océan dehors, comme si les toilettes flottaient en pleine mer. Au loin, je vois quelqu'un se débattre dans l'eau, lutter pour rester à la surface. Je ne vois pas son visage, mais je sais. Je le sens. C'est le type d'avant, celui qui tenait les lys. En me voyant, il cesse de s'agiter. Le bouquet flotte à côté de lui. Je suis envahie par un froid glacial. Je crie dans sa direction et tente d'ouvrir plus grand la fenêtre, mais elle ne bouge pas. Et il commence à sombrer.

Je me tourne vers la cabine de Clara en me demandant si elle pourrait nous aider, mais lorsque je regarde de nouveau par la fenêtre, il a déjà disparu.

Je prends une longue inspiration ; le roulis de ces toilettes, la manière dont l'océan les fait osciller d'un côté à l'autre, me fait tourner la tête. Je descends du lavabo, impatiente de reprendre pied sur une surface solide. Il y a quelque chose par terre devant la cabine de Clara. Une poupée. Je me dis que c'est celle qui était devant la porte de sortie, celle qui était pendue à une corde.

Je me penche vers la figurine et me demande si Clara l'a laissée pour moi. Le sang qui coule de ma lèvre goutte sur le visage de la poupée. Je m'essuie le nez sur ma manche et remarque qu'elle me ressemble : cheveux bruns, peau claire, yeux brun doré qui se ferment quand on la couche. Des épingles sont plantées dans son corps, comme pour une cérémonie vaudou pervertie, comme si ce n'était pas réel : une sorte de mirage tordu.

Un silence de mort règne à présent dans les toilettes. Même le petit bruit de fuite des robinets a cessé. Je regarde prudemment vers la fenêtre en me demandant si le type aux lys est là, dehors ; j'espère qu'il ne pourra pas grimper à l'intérieur.

Je referme la main sur la poupée et au même moment, Clara m'attrape par le poignet et arrête mon geste. Sa main gris-bleu sort de sous la porte des toilettes. Elle me serre fort, me pince la peau. Et me fait hurler.

Vingt-six

Mon hurlement me réveille. Je suis toujours dans mon lit, toujours en peignoir. Et le sablier est toujours à côté de ma table de nuit ; tout le sable est descendu. Je m'assois et ferme ma boîte à songes, assurée que les images de mes rêves reposent à l'intérieur. Un filet de sang tombe de ma lèvre supérieure. Je prends un tampon de papier toilette dans la poche de mon peignoir en me félicitant d'avoir été prévoyante.

Je cherche mon papier plié sous mon oreiller et le serre dans ma paume, en me demandant quelle est la vérité. Je referme les yeux et laisse remonter les images de mon cauchemar. Il est clair que l'image de Clara était une sorte de version cadavérique d'elle-même : le résultat de mon incapacité à la sauver. Je visualise le sang coulant le long de ses jambes, sur le sol, en me demandant comment et pourquoi elle saigne. A-t-elle été poignardée ? Quelqu'un l'a-t-il coupée ? Peut-être est-ce lié à la poupée. Mais ce qui est bizarre, c'est que celle-ci me ressemblait, à moi, et qu'elle était hérissée d'épingles, de longues épingles pointues qui la transperçaient jusqu'au cœur. Comme si c'était moi qui étais en danger.

Je respire à fond en pensant à l'appareil Polaroid. Il me semble évident qu'il y a un rapport avec le photographe d'à côté. Mais n'est-ce pas trop évident ? C'est peut-être lui, l'homme aux lys. Peut-être qu'avant d'aller retrouver Clara pour la suivre comme son ombre, je devrais aller rendre une nouvelle visite à cet homme.

Je jette un coup d'œil à mon réveil. Il est un peu plus de trois heures de l'après-midi. J'enfile un maillot de bain, un short et un débardeur, glisse les pieds dans mes tongs, et fourre dans ma poche l'amas de cristaux que Jacob m'a donné, tout en me rappelant soudain le miroir de mon rêve. Je ferme les yeux et vois les mots inscrits dessus en rouge : le nom de Clara plus la date de vendredi, ce qui signifie que j'ai moins de quarante-huit heures pour tout comprendre.

Sinon, Clara mourra.

Je suis sur le point de sortir lorsque Drea et Amber me tombent dessus.

– Il faut vraiment qu'on parle, me dit Drea.

– Seulement si tu peux faire ça en route. Je n'ai pas de temps à perdre.

– Où tu vas ? me demande-t-elle en me suivant sur les marches de la terrasse.

– Chez le photographe.

– L'affreux aux tentacules ? s'étonne Amber.

– Lui-même.

– Cool !

– Ce n'est pas un jeu.

– Non, sans blague ? soupire Drea.

– Mais quoi, qu'est-ce qui se passe ?

– On est allées à la police.

– Et ?

– La panade, dit Amber. De la bonne grosse panade.

– Pardon ?

– On est dans la panade, crois-moi.

– Ça, je sais.

– Non. Ils nous ont posé des tas de questions bizarres sur Chad, m'explique Drea.

– Quoi, par exemple ?

– Par exemple, depuis combien de temps Clara et lui se connaissent ; depuis combien de temps Chad et moi sommes ensemble ; si Chad a mauvais caractère ; si je pense que ça peut être lui qui fait tout ça à Clara.

Je m'arrête net.

– *Quoi ?*

– La panade, la panade... chantonne Amber.

– Je ne sais pas ce qu'elle leur a raconté, poursuit Drea, mais là, tout de suite, je voudrais juste massacrer sa petite figure gloussante.

– Est-ce que Chad est allé chez les flics ?

– Je ne crois pas. Mais je n'en sais rien. Je ne l'ai vu nulle part.

– On aura le fin mot de tout ça, dis-je, mais pour l'instant, il faut que j'y aille.

– Je me sens hyper-mal, Lucy, continue-t-elle. J'ai été obligée de leur dire qu'on s'était disputés, Chad et moi, parce que je les avais surpris en train de roucouler.

– Je sais. Ça me désole, mais au moins, Chad ne va pas se retrouver mort dans moins de quarante-huit heures.

– On a une EHM ? demande Amber en arrondissant les sourcils.

– Hein ? faisons-nous à l'unisson, Drea et moi.

– Estimation de l'Heure de la Mort, explique-t-elle en roulant les yeux comme si c'était évident.

– Vendredi. J'en ai rêvé.

– Et tu as rêvé que c'était le photographe.

– Non, dis-je en secouant la tête. Enfin, je n'en sais rien. J'y vais sur une intuition.

– Personnellement, je pense qu'on ferait mieux d'aller rendre visite à Casey, objecte Drea. On l'a vu engueuler son ex tout à l'heure... il lui hurlait dessus devant tout le monde.

– Pourquoi ?

Amber hausse les épaules.

– Paraît qu'elle était jalouse et possessive avec lui. Elle a dû s'apercevoir qu'il craquait pour moi.

– Ouais, c'est ça, commente Drea en levant le pouce.

– Écoutez. Je n'ai pas le temps. Vous venez avec moi, oui ou non ?

– Je ne raterais pas ça pour tous les biscuits chinois du monde, s'enthousiasme Amber qui en sort justement un de sa poche.

Elle le casse en deux et lit la petite maxime inscrite sur une bandelette de papier à l'intérieur : « Quand ta vie a un accroc, à toi de la recoudre. » Elle rit et se fourre les deux moitiés du gâteau dans la bouche.

Vingt-sept

Nous grimpons les marches qui mènent à la maison du photographe et sonnons deux ou trois fois, mais il ne répond pas. J'ouvre l'écran-moustiquaire et frappe. Toujours rien.

– Il est peut-être à une séance photo, suggère Drea.

– Une séance photo de mes fesses, oui, persifle Amber.

– Ben quoi ?

– Explique-moi, pourquoi est-ce qu'un photographe de *Vogue* voudrait prendre Clara en photo ?

– Visiblement, il a mauvais goût, argumente Drea. Du moins si c'est bien lui.

Amber retire sa boucle d'oreille, un long et fin zig-zag argenté.

– Couvrez-moi, nous dit-elle en enfonçant la pointe dans la serrure et en la remuant à l'intérieur.

– Si ça ne marche pas, j'ai une carte de crédit, l'informe Drea.

– Sur toi ?

Je considère sa tenue : un débardeur de bain et un short de surf, aucune poche visible nulle part.

– Oh oui, je ne sors jamais sans.

– C'est bon, annonce Amber.

La serrure cliquette et elle tourne la poignée.

– On y est.

Nous la suivons à l'intérieur en prenant soin de refermer derrière nous. Comme la dernière fois, les lieux sont plongés dans le noir, les stores sont baissés et il n'y a pas une lampe en vue.

– C'est un troll ? s'enquiert Drea.

– Peut-être que Clara habite ici.

Amber fait une grimace de troll très réussie, les yeux tombants, la langue tirée par-dessus sa lèvre inférieure.

– Allons voir dans la chambre noire.

Je les y mène et allume la lumière. Je sens ce frisson glacé que je connais bien me traverser les épaules.

La pièce est installée comme la fois d'avant : l'ampoule rouge éclaire un fil à linge auquel sont accrochées des photos, un plan de travail couvert de bidons et de solutions, et des étagères le long des murs.

– Qu'est-ce qu'on cherche ? demande Drea.

– Tout ce qui peut avoir l'air suspect : des photos de Clara, des Polaroid, quoi que ce soit d'anormal.

– Par où on commence ?

Amber ramasse une photo par terre. Elle nous la montre : un chien qui pisse sur la plage.

– M'étonnerait que ce soit pour *Vogue*, commente Drea.

– Eh, matez un peu ça ! fait Amber en décrochant une photo du fil à linge. Je crois que je reconnais cette fille. Il me semble qu'elle bosse à *La Coquille Coquine*.

Drea et moi nous approchons d'elle pour voir. C'est une photo d'une fille en robe courte sur le sable.

– Oh, mon Dieu, s'écrie Drea en examinant toutes les images accrochées au fil. Ce ne sont que des photos volées de filles sur la plage, dans l'eau, ou en train de se passer de la crème solaire sur les jambes.

– Quel pervers ! braille Amber.

Drea a déjà longé le fil jusqu'au bout.

– Oh, mon Dieu. Il y en a de moi. Et là, c'est Lucy.

Amber et moi nous joignons à elle pour passer en revue tous les clichés. Il y en a au moins deux cents, dont vingt-trois nous représentent : Drea jouant dans les vagues avec Chad, se blottissant contre lui, s'appliquant de la crème sur le ventre et sur les jambes ; Amber caressant un chien et jouant les baleines échouées ; et moi, assise sur la grève avec Jacob et barbotant dans l'eau. Il y en a aussi une poignée de Clara : Clara à *La Coquille Coquine*, Clara bronzant sur le sable, Clara avec un cornet de glace. Ce qu'il y a, c'est qu'elles n'ont rien de particulier ; elles sont exactement comme les autres.

– Je me sens salie, dit Drea en se couvrant la bouche. Regardez celle-là... on voit mes marques de bronzage !

Elle désigne le fin croissant blanc derrière le haut de sa cuisse.

– Vu sous cet angle, ironise Amber en contemplant la photo, je dirais que la marque de bronzage est le dernier de tes soucis.

Je coupe court à leur discussion.

– Elles ressemblent tout à fait aux photos qui ont été laissées dans la chambre de Clara... celles de l'enveloppe.

– Tu ne vas pas *nous* comparer avec *elle* ! s'exclame Drea avec humeur.

Je respire à fond pour me retenir de lui envoyer un coup de boule.

– Tout ce que je dis, c'est que ses photos ont été faites à son insu, comme celles-ci. Elle ne savait absolument pas qu'elle se faisait photographier.

– Voilà, approuve Amber. Ce qui nous ramène à ma théorie du pervers.

– Je ne pense pas que ce soit lui.

– Tu es aveugle ? s'énerve Drea en montrant du geste les photos suspendues.

– Si c'était lui, il n'y aurait pas que trois photos de Clara. Il lui aurait dédié tout un autel.

– N'oublions pas l'enveloppe qui a été placée dans sa chambre.

– Justement. Un type qui prend autant de photos d'une personne en particulier – chez elle, en train de se changer, de se préparer pour la douche… –, on peut penser qu'il en garde un tas pour lui. S'il est tellement obsédé par elle…

– Peut-être qu'il en a effectivement tout un tas, fait remarquer Amber. Elles sont sans doute cachées quelque part.

– Alors cherchons.

Pendant que Drea trie les photos qui nous représentent et en cherche d'autres, Amber annonce qu'elle s'en va fouiner dans l'armoire à pharmacie et dans les « trésors en chambre ». De mon côté, je me remets à inspecter la chambre noire. Je farfouille parmi les appareils photo, les produits chimiques qui servent au développement et des clichés en tout genre, de A à Z.

J'entends Amber crier depuis l'autre pièce :

– Ça ne sert à rien. Pas de Polaroid, pas d'autres photos de Clara, pas de cadavres dans les placards.

– Elle a raison, renchérit Drea qui sautille d'impatience. Tirons-nous d'ici. Cet endroit me fiche les jetons.

À cet instant, la porte de derrière claque, comme si quelqu'un venait d'entrer.

– Oh, mon Dieu, articule silencieusement Drea.

Elle fourre les photos de nous dans le dos de son mini-débardeur.

– Attendez ici, chuchote Amber.

Elle se rapproche de la porte sur la pointe des pieds et jette un coup d'œil dans le couloir.

– Il est dans la cuisine, fait-elle tout bas lorsqu'elle entend tinter un plat. Venez.

– Pas question ! articule Drea, toujours en silence.

– Tout de suite, lui enjoint Amber à voix basse.

Elle tourne à droite dans le couloir, en direction de la porte de devant. Je la suis et attrape Drea par le bras en sortant de la pièce. Le parquet craque sous nos pieds. Mon cœur accélère ; mon ventre se crispe. J'entends encore du bruit dans la cuisine : on dirait une porte de four à micro-ondes que l'on claque. Pendant ce temps, les doigts d'Amber tripotent le verrou de devant. Elle le tourne... *clic.*

– Bonjour bonjour, dit l'homme.

Nous nous figeons toutes les trois. Je serre les dents et me retourne pour le voir. Il n'est pas là. Je regarde Amber qui attend, les yeux écarquillés.

Encore du bruit dans la cuisine : des ustensiles cliquetant contre une assiette, peut-être, le chuintement d'une boisson gazeuse qui déborde.

– Ouais. Je viens de rentrer, continue la voix.

– Il est au téléphone, fait Amber tout bas.

Elle se retourne vers la porte, l'ouvre en grand pour nous faire sortir. Et nous voilà dehors. Nous sommes libres.

Vingt-huit

Une fois parvenues à une distance relativement sûre, nous arrêtons de courir et adoptons un pas vif, sans même nous rendre compte que nous avons dépassé notre maison.

– Attendez, dit Drea. On va où, là ?

Je secoue la tête, le cœur battant toujours à tout rompre.

– C'était vraiment moins une.

– Mais on a réussi, observe Amber.

– Un coup de chance, nuance Drea, à bout de souffle. Parce que le type a eu faim et qu'il a dû appeler quelqu'un.

– Peut-être.

– Mais qu'est-ce que vous racontez ? demande Amber. On y est arrivées par pur talent.

– Je ne sais pas, dis-je en nous ramenant vers la maison. Peut-être qu'il n'était pas vraiment au téléphone. Il voulait peut-être seulement nous le faire croire.

– Et pourquoi il aurait fait ça ?

– Je n'en sais rien. Ça m'a paru un peu trop facile, c'est tout.

– Facile ou pas, conclut Drea en frottant sans cesse ses paumes sur son short de surf, je ne suis pas fâchée d'être sortie de chez ce sale type. Je crois que je vais devoir tremper au moins une heure dans un bain. (Elle sort nos photos de son haut de maillot.) Enfin quoi, qu'est-ce qu'il fait de toutes ces photos, à votre avis ?

– Qu'est-ce qu'il fait *devant*, tu veux dire ?

Amber pique les images à Drea et se met à les feuilleter.

– Laisse tomber le bain, soupire Drea. Je vais devoir passer six heures dans une station de lavage de voitures, carrément.

– Parfait, dis-je. Tu te désinfectes, je réfléchis, et ensuite on décide de ce qu'on fait. Mais d'abord, laissez-moi toucher les photos.

Je les reprends à Amber.

– Beurk, lâche cette dernière en s'éloignant d'un pas.

– Tu sais bien ce que je veux dire. Je veux les toucher pour sentir des vibrations.

– Il y a plus simple pour vibrer, grommelle-t-elle en me les rendant quand même.

Je passe mes doigts sur la surface.

– Alors ? me demande Drea.

Je me concentre plus fort en fermant les yeux et en les effleurant une par une.

– C'est glauque.

Drea hausse les épaules.

– Non, sans blague.

– Ultraglauque : apparemment, il savait que c'était mal de prendre ces photos, mais ça n'a rien changé.

– Ben oui, commente Amber, parce que c'est un sale dingue de pervers. Pas besoin d'être un génie pour comprendre ça.

– Ce qui explique que même toi tu aies compris, la taquine Drea.

– Mais c'est bizarre, dis-je sans faire attention à leurs piques. Les photos de Clara, les Polaroid qui étaient dans sa chambre, je les sens différemment. Elles sont froides, comme la mort.

– Et les rebuts qu'on a trouvés par terre ? me demande Amber. Les « ça pourrait être un bras et peut-être une fesse » ? Tu les as touchées, celles-là ?

Je secoue la tête.

– Je les ai ramassées, mais Clara me les a reprises tout de suite. Elle pense que quelqu'un les a mises là exprès.

– Comment ça ? s'étonne Drea.

– Elle trouvait ça trop bizarre que quelqu'un ait rempli toute une enveloppe de photos et en ait laissé tomber deux en chemin.

– En fait, elle n'a pas tort, réfléchit Amber. Même pour une face de rat. Mais pourquoi faire ça ? On ne voyait même pas ce qu'il y avait dessus.

Je hausse les épaules.

– Je n'en sais rien. Ça n'a aucun sens.

– Ce que je ne comprends pas, dit Drea, c'est que si c'est bien le photographe glauque qui fait tout ça, pourquoi aurait-il utilisé un Polaroid pour certaines photos mais pas pour toutes ? Les seuls Polas qu'on ait trouvés étaient ceux de sa chambre.

– Très juste. Donc ce n'est peut-être pas lui.

– Ou peut-être que si, insiste Amber. Si je devais photographier quelqu'un comme un sadique, c'est ce que je ferais. C'est bien trop risqué de donner une pellicule à développer.

– Bravo, Einstein, remarque Drea, sauf qu'il les développait lui-même. Ce labo photo immonde, ça ne t'a pas mis la puce à l'oreille ?

En réponse, Amber se gratte le nez avec son majeur.

– Tu sais qu'elle compte faire la croisière demain soir, me dit Drea.

Je fais oui de la tête.

– Ça veut dire que je dois y aller aussi.

– On y va *toutes*, me corrige Drea.

Elle me touche le bras pour me rappeler que je ne suis pas seule dans cette galère.

Nous montons les marches de notre maison, ouvrons la porte, et qui voilà sur le canapé ? Clara, mais pas seule.

Ses bras et ses jambes sont emmêlés à ceux de Chad. Elle est allongée sur lui, la bouche ventousée à la sienne. Je veux bondir devant Drea, la tirer en arrière pour qu'elle ne voie rien, mais il est trop tard. Devant ce spectacle, sa mâchoire dégringole.

Clara ouvre un œil et nous voit.

– Oh, houlàlà, glapit-elle.

Chad saute en l'air et je sens mes bras se tendre tout seuls vers Drea. Je l'agrippe et la sens frémir. Clara s'assoit en se tortillant, couvrant la fente de son sarong, tirant sur son tee-shirt pour le remettre en place.

– Drea, balbutie Chad en se levant. C'est un accident.

– Quoi ? Ses lèvres te sont tombées dessus par erreur ?

– De fait, ça peut arriver, remarque Amber.

– Je vous déteste ! leur crie Drea, même si je ne sais pas trop à qui elle s'adresse, de Clara ou de Chad. Ne me parle pas. N'essaie pas de te rattraper. Et épargne-moi l'insulte d'essayer de t'expliquer.

– Tu ne comprends pas, plaide-t-il. C'est une erreur. La situation m'a échappé.

– Il a raison, ajoute Clara. Je suis venue parce que j'étais dans tous mes états. Chad essayait juste de me consoler.

– Ce genre de consolation, je ne dirais pas non, murmure Amber.

Je lui donne un coup de coude.

– J'ai encore reçu des menaces, continue Clara. Quelqu'un veut me tuer.

– Eh bien, il faudra qu'il fasse la queue, la mouche Drea.

Je suis tentée de questionner Clara là-dessus, mais pour l'instant je suis trop inquiète pour Drea.

– On peut en parler, au moins ? lui demande Chad.

– Je n'ai rien à te dire.

Elle le regarde une dernière fois avant d'aller s'enfermer dans la salle de bains en claquant la porte.

Vingt-neuf

Puisqu'il ne peut pas essayer de se faire pardonner, Chad va se terrer dans la chambre des garçons en claquant lui aussi la porte. Je dis à Clara de partir, que je l'appellerai plus tard, puis je fonce avec Amber à la salle de bains pour voir comment va Drea. Malgré sa stupeur et sa fureur, elle veut absolument que nous allions chez les étudiants réserver nos places pour la croisière de demain soir.

– Ne t'en fais pas pour ça, ce n'est pas le moment, lui dis-je.

– Mais si, il le faut, insiste-t-elle en roulant un mouchoir en boule pour s'essuyer le nez. J'ai entendu Sully dire hier que ça se remplissait vite. Il faut que j'y sois. Il faut que je m'éloigne de Chad.

– Comment tu peux penser à la croisière ? s'énerve Amber. Il y a cinq minutes, cette face de rat avait les crocs plantés dans ton homme. Il va lui falloir un rappel de tétanos, à ce mec.

Cela provoque chez Drea un léger sourire, mais les coins de sa bouche redescendent aussitôt.

– Il y aura peut-être des garçons plus mignons sur le

bateau... bien plus mignons que Chad ! Peut-être que j'en choperai un. Ça lui ferait les pieds, non ?

– Si ! approuve Amber. La jalousie est la plus douce des vengeances.

– C'est peut-être doux, dis-je, mais ce n'est pas malin.

Amber lève les yeux au ciel.

– Ça, on peut compter sur Lucy la coincée pour piétiner nos beaux projets.

Mais Drea m'empêche de riposter.

– En fait, je voudrais rester seule, maintenant, déclare-t-elle.

– Pas question. (Je lui tends une boîte de mouchoirs toute neuve que je viens de sortir du placard.) Tu as besoin de nous.

– Ce qu'il me faut, c'est un grand bain bien chaud avec mes sels, mon masque-gel pour les yeux, et plein de chocolat.

– Tu es sûre ?

Elle opine.

– Ça va aller.

– Bon, alors on ne prend *pas* de billets pour les garçons, c'est ça ? demande Amber.

Bonne question, mais je ne réponds pas.

– À mon avis, on devrait les laisser couler, poursuit-elle.

– J'approuve, renifle Drea.

– On devrait en faire une soirée spéciale filles.

Je lui rappelle que ça ne va pas être une partie de plaisir.

– Il faudra quand même qu'on s'occupe de Clara.

Je jette un regard à Drea en regrettant presque d'avoir prononcé ce prénom.

– Ne m'en parle pas, dit-elle en prenant un nouveau mouchoir pour essuyer ses coulures de mascara.

– D'accord, mais pas avant vendredi, me corrige Amber. Ça veut dire qu'on a toute la nuit de jeudi pour faire la foire.

Je soupire d'agacement, je n'ai pas envie de discuter de tout cela avec elle : je n'ai absolument pas la tête à faire la fête, et je donnerais n'importe quoi pour ne pas avoir l'avenir de Clara sur les épaules.

Avant de partir, nous installons Drea avec des sels de bain, son masque-gel fraîchement refroidi (directement sorti du frigo), quelques-unes de mes huiles de bain préférées (camomille et rose) et un pot de pâte à tartiner chocolat-noisette acheté par Amber à la confiserie de la ville.

Nous montons les marches du local des étudiants : l'odeur de bière rance et de sueur épaissit déjà l'atmosphère. Sully vient nous accueillir à la porte.

– Quoi de neuf ? nous demande-t-il.

Mais nous ne sommes toujours pas d'accord sur le nombre de billets à acheter.

– Minute, nous coupe-t-il. Vous les avez déjà, vos billets.

– Hein ? soufflons-nous à l'unisson.

– Mais oui, j'en suis quasiment sûr. Une seconde.

Il rentre prendre un bloc-notes sur la table de la cuisine. Il feuillette plusieurs pages avant de trouver notre réservation. Il hoche la tête en lisant tous nos noms... tous, sauf celui de Jacob.

– Ils sont *trop* chou, s'attendrit Amber.

– Attends. Et Jacob ?

– Celui qui est très calme ?

J'opine.

– Avec les cheveux bruns.

– Oui, oui. Il a dit qu'il ne pouvait pas venir, quelque chose comme ça.

– Pourquoi ? fais-je d'un ton sec.

– Eh, j'y suis pour rien, moi !

Amber me prend par les épaules.

– Au moins, il t'a acheté ton billet.

– Bon, ben, à demain soir alors, conclut Sully.

– Attends, attends, reprend Amber. Les garçons ont réservé combien de chambres ?

Sully consulte son bloc-notes.

– Deux.

Je hoche la tête, toujours déroutée par Jacob. Quoique... Avec tout ce qui s'est passé entre nous, je ne sais même plus trop pourquoi.

– Ça devrait être bien, prédit Sully.

Amber marque une pause pour le toiser ostensiblement de haut en bas.

– Tu peux compter là-dessus.

Nous rentrons chez nous en silence, le bras d'Amber toujours passé autour de mes épaules en signe de soutien.

– L'une d'entre nous devrait aller voir Drea, dis-je une fois à l'intérieur.

– J'y vais, propose Amber. Tu as déjà assez de soucis comme ça. Va recoller les morceaux avec ton homme.

– Pas facile avec quelqu'un qui n'est jamais là.

Pour toute réponse, elle frappe à la porte des garçons.

– Quoi ? beugle Chad de l'intérieur.

– Jacob est là ?

– Nan.

Amber fait une moue de désapprobation. Mais elle ne peut pas être plus déçue que moi.

– Je te l'avais dit.

Elle soupire.

– Drea a peut-être encore un peu de chocolat... Je crois que même moi, j'en aurais bien besoin, là.

Pendant qu'elle va voir si elle peut dépouiller Drea de ses friandises, je me distrais par le travail : j'appelle Clara.

– Allô ?

– Salut, c'est Lucy. Je voulais juste savoir comment tu allais.

– Pas terrible.

– Comme Drea.

Et toc ! En pleine poire. Clara ne répond pas

Au bout de plusieurs secondes, je brise le silence.

– Tout à l'heure, tu as parlé de nouvelles menaces... Qu'est-ce qui s'est passé ?

– On peut en parler plus tard ? Je vais à un barbecue avec mes parents... c'est chez des amis à eux. Il faut vraiment que j'y aille.

– Tu rentres quand ?

– Je ne sais pas. Sans doute tard. Je t'appelle demain, si tu veux.

J'hésite un instant, puis me répète qu'il nous reste plus de vingt-quatre heures, après tout.

– Tu seras toute la nuit avec tes parents ?

– Et qui d'autre ? Ils ne risquent pas de me perdre de vue plus de cinq minutes.

– OK. (Je me mords la lèvre.) On se voit à la première heure demain matin, alors. Il faut qu'on parle de beaucoup de choses.

– Je suis d'accord.

Mais il y a quelque chose de pas net dans sa manière de le dire. Comme si elle avait ses propres projets.

Trente

Je décide d'achever ma journée par une longue promenade sur la plage, couronnée par une séance de méditation bien nécessaire. La marée descendante m'aide à me recentrer ; elle m'aide à imaginer que toute l'énergie négative est entraînée vers le large. En rentrant à la maison, je prolonge ce délicieux moment de répit en allant me coucher tôt. Drea a fait de même. Elle a monté le camp dans son lit avec une pile de magazines *Teen*, une boîte de chocolats et son journal intime. J'ai un peu envie de lui raconter l'histoire de Jacob et des billets pour la croisière, mais je sens que ce serait presque égoïste de ma part d'ajouter le poids de mes problèmes amoureux aux siens. D'ailleurs, c'est plutôt avec Jacob que je devrais en parler.

Je regarde le réveil. Neuf heures et des poussières. Je sais que Jacob va sans doute passer la porte d'entrée d'une seconde à l'autre, qu'il aura sans doute envie de me voir. Mais peut-être bien que j'en ai assez d'être aussi disponible pour lui. C'est peut-être lui qui devrait être obligé d'attendre.

– Comment ça va ? dis-je en tirant les draps jusqu'à ma taille.

– Ça va, répond Drea sans cesser de griffonner dans son

journal, sans doute pour massacrer Chad d'une plume froide et dure.

– Tu veux en parler ?

– Il croit qu'il peut réparer toutes ses conneries avec des chocolats. C'est la troisième boîte en deux semaines.

– Pourquoi ne pas lui suggérer des fleurs la prochaine fois ? C'est meilleur pour les dents.

– Sans parler de la ligne.

Drea me tend la boîte en forme de cœur comme une offrande.

C'est là que je le remarque. C'est la même boîte de chocolats que dans mon dernier cauchemar. Je serre les dents et secoue la tête, en me demandant si elle devrait même y toucher, puis en me répétant qu'ils viennent de Chad, qu'il ne lui ferait jamais aucun mal.

– Bonne nuit, me dit-elle en éteignant sa lampe.

J'éteins aussi la mienne et m'enfonce avec délice dans mes draps de coton, en me persuadant que c'est juste une banale sensation de déjà-vu.

Le lendemain matin, je suis la première debout. Il est dix heures et demie, ce qui me surprend totalement puisque chimiquement mon corps n'est pas programmé pour dormir après neuf heures. J'enfile mes chaussons en moumoute tout en réalisant que je ne me souviens pas de mes rêves de cette nuit, à supposer même que j'aie rêvé. Je regarde ma boîte à songes, posée sur ma table de nuit, couvercle fermé. Mon corps me dit peut-être simplement que j'avais particulièrement besoin de repos, ce qui explique sans doute pourquoi mon nez est sec, pourquoi je ne suis pas en train de chercher fébrilement un mouchoir en papier.

Je vais à la cuisine faire un peu de café, prends une boîte de Rice Krispies et m'assois à la table pour profiter du son de la solitude. Et bien sûr, mes céréales n'ont pas commencé à faire « snap crac pop » que ma solitude tourne au blizzard. Drea et Chad sortent de leurs chambres presque au même instant. Drea fusille Chad du regard avant d'entrer dans la salle de bains, tirant une cargaison de produits de beauté en remorque, et de claquer la porte.

– Elle me déteste, constate Chad en attrapant une boîte de donuts au sucre glace sur le frigo.

Amber se joint à nous quelques secondes plus tard et se laisse tomber sur un siège en bâillant.

– Qu'est-ce qu'on mange ce matin ?

Je fais glisser la boîte de Rice Krispies vers elle.

– Ah non !

Elle se lève, fouille dans les placards à la recherche de pots de confiture et de beurre de cacahouète, puis trouve une cuillère pour s'y attaquer comme si c'était du gâteau.

– Alors, de quoi on parle ? fait-elle en posant sur la table ses pieds chaussés de pantoufles grenouille.

– Drea me déteste, répète Chad.

– Je me demande bien pourquoi.

Elle lèche sa cuillère d'un air entendu.

– Ce n'est pas ma faute. Clara m'a carrément sauté dessus.

– Et tes lèvres ont perdu la bataille, par hasard ? se moque Amber en levant les yeux au ciel. Combien de fois ai-je déjà entendu cette excuse-là ?

– Elle était bouleversée, poursuit-il, à cause d'une poupée qu'elle a trouvée dans sa chambre.

– Une poupée ? dis-je, soudain attentive.

– Ouais, une espèce de poupée déglinguée avec des épingles plantées dans le cœur. Elle était persuadée que la poupée la représentait.

– Mais comment on a pu la mettre dans sa chambre si ses parents sont rentrés ?

– Je ne sais pas. Elle a dû laisser sa fenêtre ouverte, quelque chose comme ça. Elle n'a rien dans le crâne.

– C'est pour ça qu'elle t'a embrassé, alors, persifle Amber.

Chad ne relève pas et continue de battre sa coulpe devant moi.

– J'essayais de la calmer, tu vois. Mais je voyais bien qu'elle avait autre chose en tête.

– Et t'enfoncer sa langue dans la gorge, c'était son premier projet ? poursuit Amber. C'est vrai qu'elle ne réfléchit à rien.

– Je parle sérieusement. Elle n'a pas arrêté de fixer ma bouche et de se rapprocher jusqu'à ce qu'elle soit quasiment sur mes genoux.

– Et pourquoi tu ne t'es pas levé ? dis-je.

– Je ne sais pas. Je ne voulais pas être impoli.

– Ouah ! s'étrangle Amber. Alors ça, c'est la pire excuse *du monde*.

Il soupire et se passe les doigts dans les cheveux.

– Je sais. J'ai foiré.

– Sans blague.

Je repousse mon bol de céréales et jette un coup d'œil à la pendule en me disant que je devrais aller questionner Clara sur la poupée, que je n'aurai sans doute pas beaucoup de temps seule avec elle plus tard puisque nous serons à cette stupide croisière parmi une centaine d'étudiants ivres morts.

– Il faut que j'aille voir comment va Clara.

– Tu veux que je t'accompagne ? me demande Amber.

Je secoue la tête car j'espère que Clara se confiera plus facilement si nous ne sommes que toutes les deux.

– Bonne chance, me souhaite Chad en haussant les sourcils.

– C'est toi qui vas avoir besoin de chance, lui fait remarquer Amber. Tu crois que la police va te faire des ennuis ? Attends un peu que Drea en ait fini avec toi.

– De quoi tu parles ? Pourquoi est-ce que j'aurais des ennuis avec la police ?

– Tu n'as pas entendu ? Quand on a parlé aux flics hier, Drea et moi, ils n'ont pas arrêté de poser des questions sur toi.

– Pourquoi ?

Amber hausse les épaules.

– Ils donnaient l'impression que tu étais suspect.

– *Moi ?*

Elle opine.

– On aurait presque dit qu'ils pensaient que Clara et toi, vous aviez une liaison scandaleuse.

– Tu te fous de moi ?

Les yeux lui sortent de la tête.

– Imagine un peu ! poursuit-elle en léchant de nouveau sa cuillère.

– Tu ferais mieux d'aller voir la police, dis-je à Chad. Histoire d'éclaircir la situation. Clara s'est peut-être fait des idées.

– Comment ça ?

– *Comment ça ?* suffoque Amber. Tu t'entends parler ?

À mon tour, je m'adresse à Chad.

– Dis simplement la vérité. Tu n'as rien à cacher.

– Mais tu rigoles ? Je connais ça : je vais leur parler ; ils se mettent à poser des tas de questions pièges ; et avant d'avoir eu le temps de dire ouf, je me retrouve suspect numéro un.

Je peux comprendre sa réticence, du moins jusqu'à un certain point. Quand Drea était harcelée en première, Chad, après avoir accepté de raconter à la police sa version de l'histoire, s'est effectivement retrouvé parmi les principaux suspects.

– Je crois quand même que tu devrais y aller. Du moins si tu n'as rien à cacher.

– Je ne sais pas. Peut-être que je *devrais* avoir quelque chose à cacher. Peut-être qu'ils vont déformer toute l'histoire pour en faire ce qu'elle n'est pas. Visiblement, c'est ce que Clara a fait.

– Il faut que j'y aille, dis-je avec un regard vers la porte des garçons. Jacob dort toujours ?

– Eh oui, fait Chad avec un grand sourire. Tu l'as retenu tard hier soir.

– Comment ça ?

– Il était plus de trois heures du mat' quand il est rentré.

– Ah bon ?

Chad se décompose en comprenant qu'il vient de gaffer.

– Ah, euh... oublie ce que je viens de dire. J'ai dû rêver, tout simplement.

– Merci beaucoup.

Je serre les dents très fort et tourne les talons. Je comprends soudain qui sont peut-être mes vrais amis, et suis plus qu'impatiente de m'absorber dans les problèmes de quelqu'un d'autre.

Trente et un

Je me rends chez Clara. Il fait une chaleur à crever dehors ; le soleil qui me tape sur le dessus de la tête fait couler des filets de sueur dans ma nuque et entre mes omoplates.

Je monte les marches de la terrasse et sonne. Le bruit des carillons en bambou, qui résonnent juste derrière moi, me donne mal à la tête. Plusieurs secondes s'écoulent, et personne ne vient. Je me déplace pour regarder par le côté de la terrasse, en direction de l'allée, mais je ne vois pas de voiture. Clara serait-elle ressortie avec ses parents ?

Je frappe. Toujours rien. J'essaie d'ouvrir la porte et, cette fois, elle est fermée à clé. Parfait. Je fais le tour de la maison. Une voiture est garée devant ; elle porte une plaque minéralogique de New York. Pourtant, je pourrais jurer que Clara nous a précisé qu'elle venait du Connecticut. Mais comme l'arrière est bourré de bagages, j'en déduis que c'est la voiture de ses parents, qui sont enfin rentrés de chez leurs amis. Je me dirige vers les marches, mais les poubelles attirent mon attention. Amber dit toujours que dans les bonnes séries policières, c'est en fouillant dans les poubelles qu'on trouve les meilleurs indices.

Les deux bennes en aluminium sont posées sur le trottoir entre la maison des voisins et celle de Clara. J'observe leurs flancs à la recherche d'un nom ou d'un numéro susceptible de m'indiquer laquelle appartient à qui, mais je ne trouve que des bosses. Je regarde autour de moi d'un air dégagé pour m'assurer que personne ne me voit, puis soulève l'un des couvercles. C'est absolument immonde : spaghettis, serviettes détrempées et marc de café, le tout bien mélangé. J'essaie l'autre couvercle : surtout des papiers, c'est jouable. Je fouille parmi les prospectus de supermarché, les vieilles annonces de journaux et un tas d'emballages de barres chocolatées, jusqu'au fond.

Il y a une petite boîte de peinture. Elle est renversée, et du rouge cerise éclatant se déverse sur un monticule de pelures d'oranges. En l'observant de plus près, je trouve une tache rouge sur le couvercle aussi. Je me demande si c'est la couleur du graffiti peint sur le mur de la chambre de Clara.

Alors, qui l'a jetée ici ? Je lève la tête vers la maison des voisins en me demandant qui habite là, si ces poubelles leur appartiennent. Mais peut-être que l'auteur de l'inscription l'a simplement jetée en sortant, pour se débarrasser des preuves. Ça n'est pas logique non plus. Pourquoi jeter des preuves sur la scène même du crime ?

Au lieu d'essayer de tout démêler sur place, je plonge la main dans la poubelle, prends la boîte de peinture et gravis les marches de devant. Je sonne encore une fois, juste pour m'assurer qu'il n'y a personne – la réponse est non –, et je pousse sur la poignée. Elle tourne.

– Bonjour ? dis-je en entrouvrant la porte. Clara ?

Deux valises sont posées dans l'entrée, mais la maison

paraît vide. Comment se fait-il, alors, que j'aie l'impression de ne pas être seule ?

J'enfile lentement le couloir en direction de la chambre de Clara et remarque que sa porte est entrouverte.

– Clara ?

J'entre.

Le graffiti est toujours là sur le mur. Je suis sur le point de le comparer avec la boîte de peinture, mais la vue de la poupée me fait sursauter.

Elle est dans son lit, glissée sous les couvertures : joues roses, cheveux auburn et des yeux vert océan. Exactement comme Clara. Un frisson me descend dans le dos. Je jette un regard vers la porte par-dessus mon épaule, en me demandant si je suis seule.

Ou si quelqu'un m'observe.

Je m'empare de la poupée et remarque tout de suite les épingles plantées dans son ventre. Je passe mes doigts le long de son dos pour tenter de sentir quelque chose et me pique le pouce sur une épingle. Avec un cri étouffé, je lâche la figurine, le cœur battant à tout rompre. Je mets le pouce dans ma bouche pour stopper le saignement. C'est une minuscule piqûre, comme celle d'une seringue. Je ramasse la poupée et me concentre sur les yeux, sur la manière dont ils se ferment quand on la tient horizontalement... comme si elle était morte.

Je jette encore un coup d'œil par-dessus mon épaule et continue de palper la peau caoutchouteuse. Je fais glisser mes doigts le long des bras, du cou, des joues, mais tout ce que je ressens, c'est de la tristesse – une tristesse si dense et lourde que je la sens dans mes poumons, qui oppresse ma respiration.

Un bruit d'eau qui coule s'élève de derrière le mur. Je lève la tête et comprends soudain que ce que je prenais pour une porte de placard est en fait celle de la salle de bains attenante.

– Clara ?

Je fais le tour du lit, rejoins la porte et y colle mon oreille pour écouter. L'eau s'écoule à gros bouillons, comme si elle sortait d'un robinet de baignoire. Je frappe et entends un mouvement à l'intérieur, comme si on s'agitait pour cacher des choses.

– Clara ?

Je fais le geste de tourner la poignée. Au même moment, la porte s'ouvre et nous sursautons toutes les deux. Clara recule en trébuchant et je lâche à nouveau la poupée.

– Qu'est-ce que tu fais là ? s'exclame-t-elle en repoussant ses cheveux de son visage.

Elle a une mine épouvantable. Ses yeux sont rouge vif, comme si elle avait pleuré, et bordés de cernes sombres.

– Ça va ?

– Ouais. (Elle essaie de feindre un sourire, mais il retombe à plat.) Tu m'as fait peur. Comment es-tu entrée ?

– La porte de devant était ouverte. J'ai frappé, mais personne n'a répondu. Tu n'as pas entendu...

– Qu'est-ce que c'est que ça ? glapit-elle en regardant la boîte de peinture.

Elle lève la tête vers le graffiti et recule d'un pas, comme pour me fermer la porte au nez.

– Non, Clara... attends. J'ai trouvé ça dans la poubelle dehors. Qui habite à côté de chez vous ?

– Hein ?

– Ce sont vos poubelles qui sont devant ?

Ses traits se crispent.

– Oui.

– Eh bien alors, je pense que celui qui a fait ce graffiti a jeté la boîte de peinture en sortant. Il faut qu'on la montre aux policiers. Ils pourront peut-être s'en servir comme preuve.

– Il faut que je m'en aille, dit-elle en reculant encore d'un pas.

– Écoute, Clara. Je suis désolée de t'avoir fait peur, mais tu dois me croire.

Je respire profondément tout en me disant que je ne suis sans doute pas convaincante du tout, vu que je suis entrée chez elle sans autorisation non pas une fois mais *deux*, maintenant.

Elle hoche la tête et m'observe attentivement. Ses paupières sont particulièrement rouges et gonflées.

– On est dans le même bateau, dis-je encore.

– Tu en es bien sûre ?

– Pourquoi je ne le serais pas ?

Elle hausse les épaules et détourne la tête.

– À cause de ce qui s'est passé hier... avec Chad.

Mes poings se serrent tout seuls à la seule idée de la peine de Drea hier... et encore aujourd'hui.

– Il faut quand même que je t'aide.

– Tu n'étais pas là, Lucy. Tu ne sais pas comment c'est arrivé.

– J'en ai assez vu.

– On n'avait pas prévu ça... c'est arrivé, c'est tout.

Je ferme les yeux pour tenter de bloquer l'image mentale de Clara et Chad unis par les lèvres.

– Il tient beaucoup à moi, continue-t-elle. Et moi aussi.

– Il *a* une copine.

– Et toi, alors ? Ça ne t'a pas arrêtée. Il m'a raconté que tu lui avais couru après, il y a deux ans, alors que Drea et lui étaient encore plus ou moins ensemble.

J'en reste bouche bée.

– C'est pas vrai.

– Et comment je le saurais ?

Je me mords la joue pour ne pas exploser.

– Ça ne s'est pas passé comme ça, mais bref, ça n'a aucune importance. Tu es en danger, et il faut qu'on en parle.

– Et alors ? De toute manière, tous les gens que je rencontre me détestent au bout de cinq minutes.

– Tu exagères, dis-je avec une mauvaise foi absolue.

J'essaie d'apercevoir la salle de bains derrière elle : un cube blanc immaculé avec sanitaires et serviettes-éponges assortis.

– Ton bain coule toujours.

Elle hoche vaguement la tête, comme si elle venait de s'en souvenir.

– Il a encore déplacé mes affaires, le type qui fait tout ça. (Par-dessus son épaule, elle tourne les yeux vers le coupe-papier posé sur la coiffeuse.) Je sais que je l'avais remis dans mon bureau.

– *Il* ?

Elle a un petit mouvement de l'épaule.

– Je crois. Il m'a aussi laissé quelque chose.

Elle va à sa table de nuit et ouvre le tiroir, dont elle sort une boîte de chocolats dorée en forme de cœur.

– Je l'ai trouvée tôt ce matin, coincée dans ma fenêtre, entre le rebord et la moustiquaire. Bizarre, dit-elle avec un regard vers la vitre. J'aurais juré que je l'avais verrouillée.

– Clara...

Mes yeux s'agrandissent, mon cœur bat à tout rompre.

– Quoi ?

Mais je ne sais absolument pas quoi dire. Enfin quoi, pourquoi Clara reçoit-elle une boîte de chocolats identique à celles que Chad offre à Drea ? Est-ce une simple coïncidence ? Est-ce que quelqu'un essaie d'incriminer Chad ? Ou bien a-t-il laissé la boîte à Clara parce qu'il se sentait coupable pour hier ?

– Il y avait un mot avec ?

Elle opine et me le tend : c'est une simple carte blanche où il est écrit : « Pour Clara. Avec amour, Moi. »

Je la regarde et mon visage se tord de perplexité.

– Ça n'a aucun sens.

Elle secoue la tête.

– Rien de tout ça n'a aucun sens.

– Non, mais ce que je veux dire, c'est que ça n'a *vraiment* aucun sens. Pourquoi écrire un graffiti haineux sur ton mur un jour et te laisser des chocolats avec un mot doux le lendemain ?

Clara hausse encore les épaules, me reprend la carte et la remet, avec la boîte de chocolats, dans le tiroir de sa table de nuit.

– Qui sait ? Ce n'est peut-être pas la même personne.

– Il y a quelque chose que tu veux me raconter ?

– Non, mais peut-être que toi, tu peux me dire quelque chose. Qu'est-ce qui s'est passé entre Drea et ce garçon qui, paraît-il, la harcelait il y a deux ans ?

– Donovan ?

Elle acquiesce.

– Il était obsédé par elle. Il l'était depuis le CE2. L'obsession est devenue incontrôlable ; il croyait que leur relation était plus profonde. Elle ne l'était pas. Il n'a pas pu le supporter.

– Et tu crois qu'il allait la tuer ?

– Tu es dans la même situation ?

– Je ne sais pas. On dirait vraiment que Donovan aimait Drea. Je ne suis pas sûre que ce mec ait les mêmes sentiments pour moi. Parfois, j'ai un peu envie que ce soit le cas.

– Clara, tu ne sais pas de quoi tu parles.

– C'est peut-être toi qui ne sais pas.

Je réprime une nausée et compte silencieusement jusqu'à dix, en me répétant qu'à l'évidence Clara est gravement en manque d'attention.

– Où sont tes parents ?

– À *La Coquille Coquine*. Ensuite, on doit tous aller à une expo d'artisanat. En fait, je devais les rejoindre pour le déjeuner après avoir pris mon bain.

Clara lève le bras comme pour regarder l'heure, mais elle ne porte pas de montre. À la place, elle a une profonde griffure pleine de sang sur l'avant-bras.

– Qu'est-ce qui s'est passé ?

Je lui touche le bras et elle se dégage d'un geste vif

– La poupée. Elle était dans mon lit. J'ai roulé dessus.

– Qu'est-ce qu'elle signifie, à ton avis ?

– Et à ton avis ? C'est moi, évidemment. C'est clair qu'il veut me tuer.

– Pourquoi ?

Encore un haussement d'épaules.

– Peut-être que j'ai gâché sa vie.

– Comment ça ? Tu parles d'une histoire d'amour ?

– Je ne peux rien te dire maintenant, chuchote-t-elle comme s'il y avait quelqu'un d'autre dans la pièce.

– Attends. Tu parles de Chad, là ?

– Il faut que j'y aille. Déjà que mes parents sont paniqués par toute cette histoire ! Ils ont failli m'interdire de faire la croisière.

– Clara...

– N'en parle à personne.

Mon cœur se serre à ces paroles... les paroles de mon cauchemar.

– Parler de quoi ? dis-je en déglutissant douloureusement.

– De tout. Je commence à trouver que trop de gens sont au courant de mes histoires.

– Qui, par exemple ?

Au lieu de répondre, elle recule dans l'encadrement de la porte de la salle de bains. Elle pince les lèvres et regarde ailleurs.

– Si tu le dis, je le saurai, Lucy.

Ma peau se glace.

– Et tu me le feras payer ?

Elle me regarde de nouveau, le visage transformé en gros point d'interrogation.

– Qu'est-ce que tu racontes ?

– Laisse tomber.

– Bon, j'y vais.

– Clara, il faut qu'on parle.

Je tiens la porte grande ouverte pour l'empêcher de me la claquer au nez.

– Plus tard, OK ? Mes parents vont piquer une crise si je n'y vais pas.

Je me mords la lèvre. J'ai une envie soudaine et urgente d'aller parler à Chad, pour avoir le fin mot de ce qui se trame entre eux. En plus, je m'en souviens soudain, mes cauchemars me disent qu'elle ne sera pas en danger avant demain, ce qui nous laisse ce soir pour tout démêler.

– Retrouvons-nous tout à l'heure. Après ton expo.

– Après l'expo, je serai sur le bateau.

– Très bien. On se verra là-bas.

Elle opine et je m'en vais, en espérant que je n'ai pas commis une énorme erreur en la laissant filer si facilement.

Trente-deux

J'entre à fond de train dans notre maison, impatiente de parler à Chad. Il est assis à la table de la cuisine, occupé à feuilleter un magazine tout en dévorant des Pringles oignon trempés dans un pot de crème.

– Salut, me dit-il dès que je suis entrée. (Il referme le magazine pour m'accorder son attention.) Tu as parlé à Clara ?

– Oh oui, je lui ai parlé.

Je ne sais même pas par où commencer.

– Et ?

– Où est Drea ?

Je regarde vers la porte de la salle de bains, parfaitement consciente qu'elle n'est pas en état d'entendre ce que j'ai à lui dire.

– Elle est sortie avec PJ et Amber. Je n'ai pas vraiment été invité. (Rien de surprenant, à mon avis.) Alors, comment ça s'est passé ?

Il a l'air absolument sérieux, les yeux écarquillés comme s'il savait que quelque chose se prépare.

Je croise les bras.

– Je pense que Clara a l'impression qu'il se passe quelque chose de sérieux entre vous.

– De *sérieux* ?

– Oui, tu sais, le genre de chose qui se termine par une bague au doigt.

– Il ne s'est rien passé entre nous. Enfin, rien de *sérieux*, se reprend-il.

– Est-ce que tu as déposé des chocolats à la fenêtre de sa chambre ?

– Hein ?

– Elle dit que quelqu'un lui a laissé une boîte de chocolats, avec une carte : « Pour Clara. Avec amour. Moi. » Apparemment, elle l'a trouvée en se levant ce matin.

– C'est complètement fou. Pourquoi est-ce que je...

– C'était une boîte en forme de cœur comme celles que tu as offertes à Drea.

– *Quoi ?*

Chad se lève de table, livide.

Je hoche la tête.

– C'est la vérité.

– Et alors, qu'est-ce que ça veut dire ? Tu penses que c'est moi qui la lui ai déposée ? Tu penses que je serais idiot à ce point ?

– Honnêtement, je ne sais pas quoi penser. Mais je sais que tout ça est complètement absurde.

– C'est une coïncidence ! s'exclame-t-il.

– Qu'est-ce qui est une coïncidence ?

– Qu'elle ait reçu la même boîte de chocolats. Il y en a plein la vitrine de la boutique où j'ai acheté la mienne.

– Peut-être, dis-je bien que je ne croie pas aux coïncidences. À moins que quelqu'un essaie de te piéger. Tu n'as pas remarqué si on t'épiait à la boutique ?

– Si on m'épiait ?

– Oui, tu vois, quoi, il ne s'est rien passé de bizarre ? Personne ne te suivait ?

– Je ne sais pas, soupire-t-il. J'ai pris la boîte, je suis allé à la caisse, j'ai payé, je suis parti.

– Et c'est tout ? Rien de bizarre ?

– Non, fait-il en haussant les épaules. Tu dois me croire, Lucy. Il ne se passe rien entre elle et moi.

– Ce que tu en penses, ça ne compte pas. Clara *croit* qu'il se passe quelque chose, et je suis quasiment sûre qu'elle s'est persuadée que c'était réciproque. À l'évidence, c'est ce qu'elle a raconté à la police.

– Elle croit que c'est moi qui fais tout ça, c'est ça ?

– Je n'en sais rien. Je ne pense pas. Mais si j'étais toi, je me tiendrais sur mes gardes. Les flics ont déjà demandé à Amber et Drea si tu avais mauvais caractère.

– C'est de la folie, dit-il en passant les doigts dans ses cheveux, exaspéré. Quel serait mon mobile pour harceler Clara ? Non mais, franchement...

Je secoue la tête.

– Qui sait ce qu'elle a raconté d'autre à la police ? Je ne me fie pas vraiment à sa perception des choses.

– Mais tu me crois, hein ? Tu sais bien que je ne ferais jamais ça.

J'ouvre la bouche pour dire quelque chose, pour l'apaiser un peu, mais il ne m'en laisse même pas le temps.

– Je vais prendre un avocat. Je ne la laisserai pas me coller ça sur le dos.

– Tu as besoin de te calmer. Il ne s'est encore rien passé.

– Pas *encore*, répète-t-il en crispant la mâchoire.

– Je peux te demander une chose ?

– Tout ce que tu veux.

– Comment se fait-il que tu aies raconté à Clara que je t'ai couru après alors que tu étais encore avec Drea ? Tu sais que ça ne s'est pas passé comme ça.

– C'est ce qu'elle t'a dit ?

J'opine.

– Eh bien, elle ment. Je n'ai jamais dit ça.

– Tu ne lui as jamais dit qu'on était sortis ensemble ?

– Enfin si, j'ai pu lui laisser entendre que...

– Laisse tomber, conclus-je, complètement épuisée à force d'essayer de décoder les conversations de tout le monde et de couper les cheveux en quatre. Jacob est là ?

Chad fait un geste vague vers la chambre des garçons. Je regarde dans cette direction, mais la porte est fermée. Je respire à fond et m'avance dans le couloir pour aller vers sa chambre.

– Lucy... attends, me rappelle Chad.

Mais j'en ai marre d'attendre. Je frappe à la porte des garçons. Jacob vient ouvrir.

– Je commençais à me demander où tu étais passée, dit-il. Je croyais qu'on passerait la journée ensemble.

– Et pourquoi donc ? Parce que tu sèches la croisière de ce soir ?

Il fronce les sourcils.

– Qu'est-ce que tu racontes ?

– La croisière, c'est ce soir. Merci pour le billet, au fait.

– Ah oui, fait-il en se renfrognant. Je voulais t'en parler. Tu crois que tu pourrais convaincre Clara de ne pas y aller ?

– Sur un bateau rempli de garçons, toute une nuit, sans parents ? À ton avis ?

Il soupire.

– C'est simplement que... cette croisière... Je ne peux pas, Lucy.

– Il me reste une journée pour comprendre qui essaie de tuer cette fille, Jacob. J'aurais vraiment besoin d'un peu de soutien, là.

– Pardon, lâche-t-il à voix basse.

– *Pardon ?* C'est tout ?

Il détourne les yeux et je sens ma mâchoire se serrer.

– Ne m'en veux pas, chuchote-t-il. Je veux que tu y ailles. C'est pour ça que je t'ai pris un billet.

Je secoue la tête tandis qu'un mélange de colère et de déception monte dans ma poitrine. Je regarde ailleurs pour cacher mes sentiments.

– Je croyais que tu voudrais être là pour moi. Il faut croire que je me trompais.

Je me détourne pour m'en aller, en espérant qu'il va me retenir.

Il n'en fait rien.

Trente-trois

Je passe le restant de la journée à faire mon possible pour me détendre avant la croisière, pour ne pas me laisser abattre par l'égoïsme et les secrets de Jacob, car les enjeux sont trop importants pour le moment. Je me baigne, paresse sur le sable, bois de l'eau minérale et grignote des aliments réconfortants : bretzels fourrés au beurre de cacahouète (pour le sel) et nounours en guimauve (pour le sucre). Cela s'avère quelque peu thérapeutique. La chaleur du soleil qui pénètre ma peau, couplée à l'extase de l'eau de mer fraîche quand je fais le dos crawlé dans les vagues, m'aide un peu à me débarrasser de l'énergie négative.

Mais je suis encore perplexe. Car enfin, si la situation était inversée, je serais là pour Jacob à cent dix pour cent. Alors, pourquoi ne veut-il pas être là pour moi ?

En rentrant à la maison, je constate sans surprise qu'il est absent. Je soupire et laisse tomber mon sac de plage par terre, puis je remarque PJ. Il a l'air encore plus déprimé que moi avant ma séance de plage. Il est assis au salon, vautré contre le mur.

– Ça va ?

– Impec, dit-il en tirant sur son chewing-gum vert citron.

– Où sont Amber et Drea ?

Il hausse les épaules.

– Pas la moindre idée.

– Mais qu'est-ce qui ne va pas ?

– Qu'est-ce qui va bien, tu veux dire.

– Bien vu, dis-je sur le ton de la plaisanterie.

Mais il ne rit pas.

– Sérieusement, qu'est-ce qu'il y a ?

Il se met alors à m'expliquer le pourquoi et le comment de sa déprime : il a tout gâché avec Amber pour avoir cru qu'il avait une chance avec Clara, il a tout gâché avec Clara parce qu'il n'est pas un « chippendale sportif » comme Chad.

– Les filles n'aiment pas les chippendales. Crois-moi.

– Tu rigoles ? (Il tire encore plus sur son chewing-gum pour y faire un nœud.) Les filles ne savent pas reconnaître le charme authentique quand elles l'ont sous les yeux.

Malgré plusieurs tentatives pour lui remonter le moral, y compris sa mixture médicinale cornichons-mayo et un visionnage intensif de la série *La Fête à la maison*, PJ reste aussi mou que la poupée Superman d'Amber, qui d'ailleurs semble fuir depuis hier soir : elle gît désormais, toute dégonflée, au pied de son lit. Toutefois, PJ n'est pas déprimé au point d'annuler sa réservation pour la croisière. Donc, pendant qu'il s'en va boucler ses affaires, je conclus que je ferais bien de me préparer, moi aussi.

Je fourre dans un sac quelques fournitures de base pour les sorts, ainsi que des vêtements de rechange et autres articles de première nécessité, puis je jette un regard à l'amas de cristaux qui repose sur ma table de nuit. Je le soulève, sachant que je vais l'emporter, mais en regrettant profondément que Jacob lui-même ne vienne pas avec moi.

Quelques secondes plus tard, Amber et Drea arrivent. Apparemment, elles ont passé la journée dans les petites boutiques de la ville, comme l'indiquent les brassées de sacs qu'elles rapportent.

– Faut qu'on se grouille, dit Amber en regardant la pendule. On embarque dans moins d'une heure.

– Je n'ai même plus envie d'y aller, déclare Drea.

– Ne m'en parle pas, fais-je dans un soupir.

– Le bateau est grand, rappelle Amber en sortant de l'un de ses sacs un flacon de savon à bulles et en le tendant à Drea comme si cela devait lui remonter le moral. Avec un peu de chance, tu ne verras même pas Chad. Tu seras trop occupée à te battre avec moi pour tous ces étudiants trop mignons.

Drea n'a pas l'air convaincue, c'est peu dire. Elle hausse les épaules et s'assoit au pied de son lit pour fourrer dans son sac une poignée de flacons de vernis à ongles et la boîte de chocolats d'excuse de Chad : les signes évidents que la nuit va être longue. Je suis tentée de leur raconter que le même cadeau est apparu sur la fenêtre de Clara, mais je m'abstiens. Ce n'est pas que je veuille protéger Chad, mais vu l'état de Drea – plus le fait que je ne suis pas sûre à cent pour cent que ce soit lui qui ait laissé les chocolats à sa fenêtre –, je ne vois pas l'intérêt d'aggraver ses tourments pour l'instant.

À 18 h 30, Jacob est de nouveau introuvable. Chad et PJ nous attendent, Amber, Drea et moi, au salon. J'essaie donc de gagner du temps en disant à tout le monde qu'avant de partir je dois aller vérifier quelque chose dans ma chambre, sur la terrasse, dans le journal, et en leur demandant deux minutes de plus pour aller faire pipi.

C'est parce que j'attends, pleine d'espoir, que Jacob revienne à la maison. Malgré la situation pourrie dans laquelle nous sommes, je voudrais juste lui dire au revoir. Je pense que tout le monde le sait, c'est pourquoi ils accèdent volontiers à mes demandes absurdes.

– Il faut qu'on parte, finit par dire Chad. Si on n'y va pas tout de suite, on va rater le bateau.

– Et tout tombera à l'eau, renchérit Amber.

Je hoche la tête car je sais qu'ils ont raison... et car je sais au fond de mon cœur que si Jacob avait voulu être là pour moi, il aurait été là. Il se serait serré avec nous tous dans le vieux Combi Volkswagen d'Amber, aurait balayé les emballages de barres de chocolat pour se dégager un coin où s'asseoir, et nous aurait accompagnés jusqu'au quai.

Il ne faut que quelques minutes à Amber pour se garer en faisant crisser les pneus sur le parking de l'embarcadère, mais heureusement, nous avons apparemment encore un peu de temps. Une petite foule traîne dehors pour négocier des billets de dernière minute et discuter les choix de cabines.

Nous empruntons une longue passerelle brinquebalante qui nous mène jusqu'au bateau. Toute une section de l'épais garde-corps en fer qui entoure le pont principal a été retirée pour faciliter l'embarquement. Apparemment, Drea a décidé de rester collée à Amber et moi pour ne pas avoir à parler à Chad. Pendant ce temps, PJ fait de son mieux pour tenter de rentrer dans les bonnes grâces d'Amber. Il propose par trois fois de lui porter ses sacs, jusqu'à ce qu'elle finisse par céder et par le laisser faire. Il l'informe également que si elle veut lui emprunter ses lunettes de soleil, son écran total ou son pistolet à eau, elle n'a qu'un mot à dire.

Le bateau est immense, on dirait le petit frère du *Titanic*, et il est absolument bondé. Des bandes d'étudiants sont déjà occupées à concocter des cocktails fantaisistes en quantités industrielles, à vider des pastèques pour en faire des bols à punch et à planter de petits parasols dans des noix de coco transformées en verres. L'un des types de la confrérie Delta Pi déchire nos billets et nous explique où sont nos cabines. Entretemps, un autre se présente chargé d'une brassée de colliers de fleurs. Il m'en accroche un gros violet autour du cou.

– *Aloha*, me salue-t-il. Ça te tente, un petit coup... de collier ?

– Non, merci, dis-je entre mes dents.

Je lui accorde un léger sourire, mais apparemment cela ne suffit pas. Il me sourit de toutes ses dents.

– Lucy... gronde Amber en me donnant un coup de coude, sans doute pour me pousser à jouer le jeu et à flirter un peu.

Mais je suis là pour le boulot, moi.

– Ne fais pas attention à elle, explique-t-elle au garçon. Lucy est mal lunée, mais un bon coup de collier devrait arranger ça.

Elle pose sur ma tête une couronne de fleurs roses, et nous avançons sur le pont en suivant les instructions.

Il y a aussi beaucoup de filles, pour la plupart regroupées en petites bandes, occupées à scruter tout ce qui leur passe sous les yeux. Je repère l'ex de Casey à côté du buffet. Elle cesse de croquer une branche de céleri et plisse les paupières au moment où nos regards se croisent : peut-être se souvient-elle de m'avoir vue l'autre jour avec Clara, à *La Coquille Coquine*.

Je tourne la tête et cherche Clara. Il y a un vaste espace

ouvert avec des transats vissés au sol, des tables, des parasols et un Jacuzzi fumant sur le côté.

– Tu veux que je reste un peu avec toi pour t'aider à la chercher ? me demande Amber.

Je secoue la tête et lui passe mon sac.

– J'en ai pour deux minutes.

– Tu es sûre ? insiste Drea.

Je fais oui de la tête.

Amber me rappelle où est notre cabine, tend mon sac à PJ, son porteur personnel, et tout le monde descend.

Pendant ce temps, je me retourne vers le quai en me demandant si Clara est déjà arrivée ou non, et s'il faut que j'aille poser la question au type qui a déchiré nos billets. Je tourne les yeux dans cette direction. Et là, je le vois. Mes entrailles s'illuminent comme un million de lucioles minuscules.

Jacob.

Trente-quatre

Jacob ne s'arrête même pas pour prendre un collier de fleurs avant de foncer vers moi. Je me jette dans ses bras, je sens plus fort que jamais à quel point nous sommes connectés et combien je l'aime. Je l'attire contre moi, respire sa peau, remarque son odeur de citronnelle. Je sais que je ne veux plus jamais me disputer avec lui.

– Qu'est-ce que tu fais là ? Qu'est-ce qui s'est passé ?

Mais au lieu de me répondre, il se contente de me regarder, les yeux absolument sérieux, les lèvres légèrement entrouvertes.

– Qu'est-ce qui ne va pas ?

Je sens mon sourire retomber.

– Rien, dit-il en se forçant à faire bonne figure. Ça peut attendre.

Il me touche la joue du dos de la main, mais on dirait presque qu'il m'examine, qu'il essaie de lire en moi pour une raison que j'ignore.

La sirène du bateau retentit et nous interrompt. Elle indique que nous partons. Je pousse un cri strident.

– Attendez ! Clara...

J'abandonne Jacob un instant pour me dépêcher d'aller voir le type du contrôle des billets. Je lui demande de vérifier que Clara est là, qu'elle est à bord. Il passe le doigt sur la liste et hoche la tête en voyant son nom.

– Ouaip, dit-il. Cabine trente et un.

– Tout va bien ? me demande Jacob qui m'a rejointe.

Je pousse un énorme soupir de soulagement et passe mon bras sous le sien.

– Oui. Jusqu'ici, ça ne pourrait pas aller mieux.

Je propose à Jacob de l'aider à s'installer avant d'aller voir Clara mais il secoue la tête et me fait promettre de revenir plus tard à sa cabine pour parler.

– Bien sûr que je viendrai.

Je lui presse la main et remarque tout de suite que de nouveau il m'observe attentivement, qu'il a la mâchoire crispée et que son expression est d'un sérieux absolu.

– Qu'est-ce qui ne va pas ?

– Sois prudente, d'accord ?

– Bien sûr.

Je lui presse la main encore un peu plus fort et remarque que sa paume est toute moite, que le bout de ses doigts envoie des pulsations dans ma peau.

– Je m'inquiète pour toi, c'est tout.

Je l'embrasse sur la joue, m'attarde un instant dans son cou, tout en sachant très bien que son inquiétude va plus loin que cela, qu'il ne me dit pas tout... encore une fois.

– Il faut que j'y aille, finis-je par lui dire. Où est ta cabine ? Je viendrai dès que possible.

Jacob me sourit enfin, me prend par la main et m'entraîne dans l'escalier, dans la coursive et vers sa chambre. Je sens mes traits se crisper en voyant son numéro. Je vérifie celui de Clara : apparemment, leurs cabines ne sont séparées que par un minuscule cabinet de toilette.

– Comment c'est possible, *ça* ?

Jacob sourit un peu plus largement. Il pose son sac pour pouvoir prendre mes mains entre les siennes. Il m'embrasse sur les paumes, me rappelle son inquiétude, m'explique qu'il a payé un supplément pour avoir une chambre à lui tout seul, une qui soit à côté de celle de Clara, ce qui oblige d'ailleurs quatre garçons à se serrer dans un espace minuscule tout au fond du couloir.

– Tu es bien bon, dis-je en lui déposant un gros baiser sur les lèvres.

Jacob se retire dans sa cabine et je frappe à la porte de Clara. Elle ouvre immédiatement.

– Lucy, fait-elle avec énergie. C'est super de te voir. Jacob est là aussi ?

Elle regarde derrière moi dans la coursive.

Je fais oui de la tête.

– Il est juste à côté.

Je fais un signe dans cette direction mais je m'interromps, en me demandant ce que ça peut bien lui faire.

– Je savais qu'il viendrait.

Elle déborde d'enthousiasme.

– Eh bien, apparemment, ça va mieux, dis-je en me rappelant son attitude boudeuse d'hier (suite à l'accrochage avec Chad) et de ce matin, quand je suis allée la voir.

– Tu rigoles ? Ça va hyper-bien. Tu as vu cet endroit ? J'ai l'impression d'être une star de cinéma.

– Il faut quand même qu'on parle.

– Bien sûr. (Elle ouvre la porte en grand et je découvre trois autres filles.) Je te présente Sara, Krista et Melanie.

– Salut !

Je fais un signe de la main.

– On est colocs pour la nuit !

Une petite cascade de rires.

Les trois autres, dont deux arborent des tee-shirts moulants frappés du logo de la même fac, n'ont pas l'air ravies de la nouvelle. Elles se regardent, l'air consterné par l'enthousiasme excessif de Clara.

– On peut aller quelque part ?

– En fait, me répond Clara en se retournant vers ses nouvelles amies, on allait monter sur le pont.

– Ça, j'en doute, dit l'une d'elles.

Ses lèvres scintillantes sont toutes pincées, comme si elle venait de manger quelque chose d'amer. Elle se passe une serviette autour du cou pour couvrir ses marques de maillot, fait signe à ses copines blondes de la suivre – ce qu'elles font – et elles sortent, laissant Clara mordre la poussière.

– À tout à l'heure, alors, leur crie-t-elle.

– C'est pas grave, Clara, dis-je, impatiente qu'elle redescende sur terre cinq minutes.

– De quoi ?

Je secoue la tête et entre dans la pièce en fermant derrière moi.

– Il faut qu'on reste ensemble pour les deux jours à venir.

– Il y a un problème ?

– Tu le sais bien.

Je respire un grand coup, je me sens toute fébrile à la seule idée de devoir lui cracher le morceau ainsi.

– Je connais le jour.

Elle incline la tête et ouvre son sac pour en sortir une brosse à cheveux.

– Quel jour ?

– *Le* jour. J'en ai rêvé. Le jour où tu dois mourir.

Clara réagit en se coiffant et en allant refaire sa raie en zigzag dans la glace.

– Alors ?

– Alors *quoi* ?

– Tu m'écoutes, au moins ?

Son reflet dans le miroir lève les yeux vers moi.

– Bien sûr que je t'écoute, mais que veux-tu que j'y fasse ? Je ne peux rien changer à tes rêves.

– C'est demain, dis-je en déglutissant péniblement, ce qui veut dire qu'on va passer beaucoup de temps ensemble dans les deux jours qui viennent. À partir de 23 h 30 ce soir, considère-toi comme ma sœur siamoise.

– 23 h 30 ? gazouille-t-elle. Ça m'a l'air parfait. Non mais c'est vrai, je *veux* que tu m'aides.

J'inspire encore une fois à fond et expire en trois coups pour tenter de soulager la sensation de verre pilé qui me déchire la poitrine.

– On va retrouver nos amis ? (Elle se détourne du miroir pour me faire face.) Ce sont bien nos amis, non ? J'aimerais vraiment mettre les choses au point avec Drea.

Je serre les dents, furieuse qu'elle ne prenne rien de tout cela au sérieux.

– Chad et elle ont pris une cabine ensemble ? poursuit-elle.

– Clara. Oublie Drea et Chad. Tu risques de *mourir* demain.

Elle détourne les yeux, se regarde à nouveau dans la glace et continue de se brosser les cheveux.

– J'ai confiance en toi. Je veux dire, ça va peut-être te paraître naïf, mais c'est comme l'a dit Drea : tu ne vas rien laisser m'arriver de mal, pas vrai ?

– Je vais essayer, mais quand même...

– Exactement.

Elle sourit, se détourne du miroir et me serre dans ses bras comme une bonne copine. Je fais un effort pour lui rendre son étreinte, mais elle est tellement froide que je n'ai qu'une envie : me dégager.

Trente-cinq

Clara vide sa trousse de maquillage sur son lit et me demande de lui accorder quelques minutes pour se pomponner, après quoi elle me retrouvera sur le pont pour un petit bavardage entre filles avec Amber et Drea. Formidable.

Je compte jusqu'à dix et je remonte lentement. Amber et Drea se sont trouvé deux transats, juste à côté du Jacuzzi.

Je les hèle. Amber me fait une place au pied de sa chaise longue, et je m'assois immédiatement, impatiente de leur parler de Jacob, de leur raconter qu'il est finalement à bord.

– Il y en a au moins une qui a un homme, un vrai.

Drea sirote un cocktail dans sa noix de coco éventrée et ornée d'une ombrelle, et parvient à faire un sourire absolument pas sincère, les lèvres amincies.

– Vous allez vous réconcilier, Chad et toi, la rassure Amber. Vous le faites toujours.

– Pas si la petite miss Ventre-Plat a son mot à dire, crois-moi.

– Quand on parle de morues...

Amber désigne du menton Clara qui arrive.

Elle s'avance vers nous, tout sourire.

– Salut, les filles ! s'écrie-t-elle, rayonnante. Il est pas génial, ce bateau ?

– Je ne me tiens pas de joie, répond Amber, un grand sourire artificiel plaqué sur le visage.

– Au fait, m'informe Drea sans un regard pour Clara, on a mis tes sacs dans la chambre.

– Si on peut appeler ça une chambre, la coupe Amber. Je dirais plutôt un placard. Et pire, elle est juste à côté de celle de Chad et PJ. On ne peut même pas s'en débarrasser pour une toute petite nuit.

– À côté ou pas, commente Drea, je vais me tenir aussi loin de Chad que possible pendant toute cette croisière.

– Je suis désolée, intervient Clara. Je ne voulais pas faire d'histoires entre vous. Honnêtement, je ne savais pas que vous étiez si proches.

– Euh, si, tu le savais, réplique Drea en écarquillant les yeux pour montrer son exaspération.

– Franchement, affirme Clara. Je te jure, il ne parle pratiquement jamais de toi.

– Tu n'as pas un autre couple à aller briser ? lui demande Drea. Je crois que j'ai vu des amoureux par là-bas, à côté du bol à punch.

– Plaisante tant que tu veux. Mais rappelle-toi, même *toi* tu as dit que vous vous étiez disputés. Et en plus, reconnais que Chad n'a pas l'air du genre à s'engager, en tout cas moi ce n'est pas l'impression qu'il me fait.

– C'est peut-être parce qu'il ne s'engagerait jamais avec quelqu'un comme *toi*.

– Pan, dans les dents, murmure Amber.

J'ouvre la bouche pour les arrêter, mais juste à ce moment

la sirène retentit, puis l'un des étudiants annonce que le dîner est servi.

– Sauvées par le gong, conclut Amber.

Je suis bien d'accord.

Apparemment, il y a un barbecue de l'autre côté du bateau. L'odeur du charbon mêlée à celle des marinades sucrées et poisseuses est épaisse dans l'air. Les gens commencent à se déplacer dans cette direction, et le Jacuzzi se vide.

– La chance frappe à notre porte, mesdames, s'exclame Amber. Qui m'aime me suive.

Elle retire son short et son top, révélant un maillot en *tie and dye* rose assorti à ses méduses. Elle les enlève aussi, appuie sur le bouton pour déclencher les bulles, et plonge dans ce qui ressemble à un paradis mousseux.

– Que du bonheur, dit-elle en s'adossant contre l'un des jets de bulles.

Drea suit son exemple.

– Ça m'a l'air trop bon pour qu'on passe notre tour.

Elle retire sa robe-débardeur en coton et jette un œil dans la direction de Clara tout en plongeant dans l'eau son corps uniquement vêtu d'un mini mini tout petit bikini.

– Lucy, il faut absolument que tu viennes.

Je regarde Clara.

– Tu veux te joindre à nous ?

– Bien sûr, fait-elle en hochant la tête.

Mais elle n'en a pas l'air si sûre. Elle se mordille la lèvre, resserre la fente de son sarong, sans cesser d'observer Amber et Drea. Visiblement, elle sent qu'elle n'est pas la bienvenue.

Je me débarrasse de mon tee-shirt et de mon short en jean et m'enfonce à mon tour, en maillot-débardeur prune, dans les bulles.

– C'est encore meilleur que le chocolat, pas vrai ? déclare Drea en souriant pour la première fois de la journée.

– Meilleur que beaucoup de choses, approuve Amber en agitant les sourcils de haut en bas.

– Tu viens ? dis-je à Clara.

Elle s'assoit sur le bord du bassin.

– Peut-être pas. J'ai la phobie de me baigner dans les piscines publiques.

– C'est un *Jacuzzi*, la corrige Drea. Et il doit y avoir assez de chlore là-dedans pour tuer le pire des parasites.

– Qu'est-ce que ça veut dire, ça, au juste ? demande Clara en essuyant une éclaboussure qui a atterri juste sous son œil.

– Rien, minaude Drea en contemplant sa manucure.

Je fais tout ce que je peux pour ne pas les entendre, en me concentrant sur la qualité apaisante des jets de bulles. Mais je suis tendue au maximum. Je suis en partie d'accord avec Drea ; elle a toutes les raisons de bouillir, au sens propre, vu la situation. Mais je sais aussi que je ne peux pas juger. Clara n'a pas tout à fait tort : il y a moins de deux ans, je faisais presque exactement la même chose qu'elle. J'ai embrassé Chad en sachant très bien que Drea l'aimait toujours. Ce fait, ajouté à tous les secrets de Jacob et au stress supplémentaire de devoir sauver Clara, me donne envie de me laisser couler au fond de l'eau soyeuse et de disparaître par le tuyau.

– Je crois que j'ai assez fait trempette, déclare Amber qui doit ressentir un peu de cette tension, elle aussi. Un hot dog, ça vous dit ?

– Pas pour moi, merci, dit Drea. Mais je suis sûre que Clara en veut un.

– Ou deux, ricane Amber.

Je leur décoche un regard sévère, mais il est trop tard. Clara se lève.

– Je m'en vais, annonce-t-elle.

– Ce n'est pas à cause de quelque chose qu'on a dit, au moins ? demande Drea en faisant la moue.

– Ne t'en va pas, dis-je. Elles ne le pensaient pas.

Clara s'éloigne néanmoins sur le pont en s'essuyant les yeux.

– Merci beaucoup, fais-je en sortant de l'eau. C'était vraiment trop vous demander que d'être polies avec elle le temps d'une toute petite soirée ?

– J'ai essayé, s'excuse Drea. Je ne sais pas ce qui s'est passé.

– Tu appelles ça essayer ?

J'empoigne mon tee-shirt et l'enfile.

– Lucy... attends, intervient Amber en sortant elle aussi du bassin. Désolée. Tu veux que j'aille lui parler ?

– On va y aller toutes les deux, soupire Drea.

– Laissez tomber.

Je crois bien que s'il n'y avait pas Jacob, je serais vraiment toute seule.

Trente-six

Résultat des courses : je dois frapper je ne sais combien de fois avant que Clara vienne m'ouvrir.

– Oui ? fait-elle en passant la tête.

– Toutes mes excuses pour Drea et Amber. Elles n'ont pas de mauvaises intentions, mais c'est juste que...

– Oublie.

Elle jette un regard en arrière dans la cabine, referme la porte derrière elle et vient me rejoindre dans la coursive.

– Il ne faut pas faire de bruit, chuchote-t-elle. Melanie s'est disputée avec son copain. Elle essaie de se reposer. Elle est bouleversée.

Je respire à fond en me répétant que je suis en service, que la vie de Clara en dépend – que je la prenne ou non pour une traîtresse écervelée.

– Bon, elles voulaient descendre s'excuser elles-mêmes. (J'exagère légèrement.)

– Ne t'en fais pas. Je ne suis pas fâchée. Elles ont de bonnes raisons de m'en vouloir. J'ai gaffé.

– Tu es sûre ?

– Je vais bien. Mais je vais rester avec Melanie. Il ne faut pas qu'elle soit toute seule en ce moment.

– Je ne sais pas. Tu ferais mieux de rester avec moi.

– Mais tu avais dit 23 h 30 ! Tu l'as dit toi-même : je ne serai pas en danger avant demain, et demain, ça ne commence pas avant minuit.

Je jette un coup d'œil à ma montre. Il est neuf heures à peine passées.

– D'accord, ça nous ferait sans doute du bien à toutes les deux de faire une petite pause, mais je reviens à 23 h 30 tapantes.

– *Perfecto*, approuve-t-elle avec son petit rire.

Je ne partage pas son excitation bizarre et lui rappelle que si elle a besoin de moi je serai juste à côté, dans la cabine de Jacob. Je fais deux pas dans le couloir et frappe à sa porte.

– Te voilà, dit-il. Tu as trouvé Clara ?

Il regarde par-dessus mon épaule pour tenter de l'apercevoir.

– Je suis toute seule. (Je ferme derrière moi.) Mais à partir de 23 h 30, je serai sa siamoise, collée par la hanche.

– Ah oui ? Et moi, quelles sont les chances pour que je me retrouve collé à ton autre hanche ?

J'éclate de rire.

– Jacob...

Mais il est de nouveau d'un sérieux absolu, les commissures des lèvres inclinées vers le bas.

– Qu'est-ce qu'il y a ?

– Rien, me répond-il. Mais je me sentirais mieux si je pouvais être avec toi, si je pouvais t'aider.

– Alors, pourquoi est-ce que j'ai l'impression que tu me caches quelque chose ?

Il secoue la tête et détourne les yeux, évitant de croiser mon regard.

J'insiste.

– Qu'est-ce qui ne va pas, Jacob ?

– Laisse-moi simplement t'aider, dit-il en contemplant le bout de ses doigts.

– Tu sais quelque chose.

– Oui, fait-il en me regardant enfin. Je sais une chose. Je sais que si j'avais des soucis, tu voudrais être là pour m'aider, mentalement *et* physiquement.

– Attends, qui a dit que j'avais des soucis ?

– Personne. (Il soupire.) Mais pourquoi prendre des risques à travailler seule ?

– Et qui a dit que j'étais seule ? Bien sûr que je veux de ton aide. On forme une équipe.

– Tant mieux, soupire-t-il de nouveau.

Je m'appuie contre sa poitrine et me laisse réconforter dans ses bras. C'est si bon d'être tenue comme cela, par lui... parfois j'oublie à quel point c'est bon.

– Est-ce que je t'ai déjà dit que j'avais de la chance ?

– Non, répond-il avec un sourire.

– Eh bien, j'en ai de la chance.

Je me blottis un peu plus fort dans son tee-shirt. Son odeur est somptueuse : sel de mer et citronnelle.

– Et maintenant ? fais-je tout bas.

Au lieu de me répondre, il se contente de m'embrasser : un baiser délicieux et chaud qui m'envoie des frissons dans les bras et me fait tourner la tête. Il me prend par la main et me fait entrer dans la pièce. Une bougie à l'eucalyptus brûle sur sa table de nuit, la flamme vacille, la cire fondue se répand autour de la base. Il retire les couvertures de son lit et les étend par terre, façon pique-nique.

– On a encore deux heures devant nous... profitons-en au maximum.

Je le regarde, jusqu'au fond de ses yeux bleu ardoise, et sens mon cœur battre vite, mon sang se mettre à bouillonner.

– Je crois qu'on n'a pas été le couple idéal ces derniers temps.

– Ce n'est pas ta faute.

– Je suppose que c'est notre faute à tous les deux. Je ne veux plus me disputer.

– Alors ne nous disputons pas. (Il prend ma main et me fait face.) Du moins, pas ce soir. Arrêtons un peu les secrets, la jalousie...

– Les mots durs ? dis-je à mon tour en repensant à certaines choses que je lui ai dites récemment, à ma colère d'hier parce qu'il n'était pas jaloux. Tu pensais à quoi ?

– Je me disais qu'on pourrait faire un sort d'union pour se concentrer sur le fait d'abattre les barrières, de brûler la force que détiennent les secrets.

Je hoche la tête en espérant qu'un tel sort peut fonctionner, en me demandant si c'est une barrière qui m'empêche de lui dire ce que j'éprouve réellement pour lui. Peut-être même que j'utilise les secrets de Jacob comme excuse pour maintenir cette barrière en place. Quelle que soit la cause de toute cette énergie négative, cela ne peut pas être sain. Je suis donc heureuse de la faire brûler.

Jacob me presse les mains, ses joues rosissent légèrement, comme si ce qu'il ressent filtrait à travers sa peau.

– Tu es prête ? me demande-t-il, la gorge serrée.

Moi aussi, j'ai la gorge serrée. Et je détourne les yeux, et je m'en veux de le faire. De ne pas être capable de me lover complètement autour de lui pour lui chuchoter à l'oreille combien je l'aime, combien je l'*aime* à en avoir la tête à l'envers, pour toujours et à jamais.

– Je t'aime, dit-il.

Et il joint le geste à la parole. Il m'enveloppe comme un merveilleux cadeaux et me chuchote ces trois mots gigantesques au creux de l'oreille, et tout ce que je peux faire, c'est les répéter dans ma tête, et embrasser sa joue, et espérer que mon silence ne le gêne pas.

Nous nous asseyons sur les couvertures et Jacob tend le bras pour sortir un flacon de la table de nuit. Il me le montre.

Je lis l'étiquette.

– De l'huile d'ylang-ylang ?

– Tu en as déjà utilisé ?

Je secoue la tête, mais je connais ses qualités sensuelles, sa capacité à ouvrir les sens et à calmer les nerfs.

– Moi non plus. Je l'ai achetée à l'herboristerie, en ville. Je la gardais depuis un certain temps, mais le moment est peut-être bien choisi pour l'essayer.

Je hoche la tête en me demandant ce qu'il veut dire, ce qu'il a l'intention d'en faire. Il sort un autre flacon de la table – de l'huile d'amande douce –, en verse deux cuillerées dans un bol en faïence, suivies de quelques gouttes d'ylang-ylang. La senteur exotique poivrée submerge l'odeur d'amande et me donne un léger vertige.

Jacob plonge le doigt dans la mixture et mélange les deux liquides jusqu'à ce qu'ils n'aient plus qu'une seule couleur, jaune pâle. Il est face à moi, les yeux presque mouillés de larmes.

– Les vapeurs sont trop fortes ?

Il secoue la tête et détourne le regard.

– Alors pourquoi as-tu l'air si triste ?

– Je ne suis pas triste, répond-il en m'observant de nouveau, et les puits de ses yeux débordent presque. Je veux juste que tout aille bien.

– Tout ira bien.

Je lui prends la main, ses doigts huileux sont doux et chauds contre ma peau.

– On travaille ensemble, maintenant. Tout ira bien.

– Je sais.

– Alors quoi ?

– Je crois que je veux juste être proche de toi.

Et sur ces mots, une larme minuscule s'échappe du coin de son œil.

Je me penche pour embrasser cette larme, pour l'embrasser lui, pour passer mes doigts le long de ses bras, en espérant qu'il sait que c'est lui que je veux pour me tenir dans ses bras, toujours.

Jacob réagit en caressant de ses doigts huilés mon cou et mon menton.

– J'avais envie d'essayer un petit massage aromatique, chuchote-t-il.

Ses lèvres sont si proches, ses yeux plongés dans les miens, que je me sens toute déstabilisée, mais d'une bonne manière... une manière qui me semble étrangement stabilisante.

– C'est tentant.

Il retire son tee-shirt, révélant son torse bronzé et sa peau douce, veloutée ; mais il y a des écorchures, aussi : des griffures, comme celles d'un chat, sur toute sa poitrine.

– Qu'est-ce qu'il t'est arrivé ? dis-je en passant les doigts dessus.

– Un mauvais rêve.

– Tu veux m'en parler ?

Il acquiesce.

– Je veux tout te dire. Mais pas maintenant. Demain, je te le promets.

J'opine, confiante en sa réponse, confiante dans le fait qu'il me dira tout... quand il sera prêt. Jacob me regarde le regarder : son torse ferme et les vagues des muscles sur son ventre. J'ai envie de me glisser sous sa peau et de me mêler à lui, de me perdre dans sa senteur épicée.

Je me débarrasse moi aussi de mon tee-shirt, révélant mon haut de maillot-débardeur avec ses bretelles croisées. Je tire sur l'élastique de la taille pour le faire passer par-dessus mon petit bourrelet (trop de grignotage !), mais Jacob arrête mon geste, comme s'il lisait dans mes pensées. Il m'embrasse de nouveau, me chuchote à quel point il me trouve belle, combien je compte pour lui, et qu'il sera avec moi à jamais.

Il plonge la main dans son sac de voyage et en sort une chandelle d'un gris argenté. Elle est longue et fine, et la cire scintille presque sous le bout de ses doigts. Il la fixe dans un bougeoir et la consacre en la frottant à l'huile d'amande douce, sur toute la longueur et toute la circonférence.

– Au-dessus, chuchote-t-il. Comme en dessous.

– C'est beau, dis-je en parlant de la couleur scintillante.

– Le gris, c'est pour les secrets. Pour brûler la force qu'ils ont fait peser sur nous. Pour nous aider à nous rappeler ce qui est vraiment important.

– Ça m'a l'air parfait.

Jacob allume la bougie et nous contemplons son vacillement un long moment, baignés par la chaleur de la pièce, par l'association de senteurs apaisantes. Je me concentre sur la touche d'eucalyptus mêlée à l'ylang-ylang, et remarque combien je me sens à l'aise, envahie par un sentiment de paix inattendu.

– Je commence.

Je plonge les doigts dans le mélange d'huiles et me place derrière lui. Je démarre par les épaules, fais pénétrer l'huile dans sa peau non sans noter comme elle est chaude sous le bout de mes doigts.

– C'est incroyablement bon, murmure-t-il d'une voix tout humide et brumeuse, comme la pièce.

Je pétris ses muscles, trouve l'endroit où ses omoplates rencontrent ses côtes, vois que sa nuque a pris des taches de rousseur sous le soleil. Je me déplace face à lui et fais glisser mes doigts sur sa poitrine et son ventre. J'adore la texture de sa peau… si glissante, si lisse.

– Ça va ? me demande Jacob qui a sans doute remarqué la chaleur qui me cuit les joues.

Je fais oui de la tête, je sens son souffle sur mon front. Je lève les yeux et il m'embrasse : un baiser plein de douceur, tout velours et miel tiède.

Il fait tourner ses doigts dans l'huile et commence par mes épaules, en descendant vers mes mains. Je ferme les paupières et sens qu'il dessine de minuscules spirales dans le creux de mes paumes et sur mes poignets. Il va se placer dans mon dos et contourne des doigts les bretelles de mon haut de maillot… C'est un choc immédiat. Pas seulement pour mon cœur. Pour tout mon corps.

– Ça va toujours ?

Si ça va ? C'est incroyablement *parfait*. Pour la première fois de ma vie, je veux par-dessus tout ne faire qu'un avec quelqu'un – ne faire qu'un avec *lui* –, complètement.

Je fais glisser mes bretelles sur mes bras pour libérer mes épaules et nous nous laissons tomber sur les couvertures, éclairés uniquement par la douce lueur de la bougie gris argent.

– Tu es sûre ? me demande-t-il.

J'acquesce en silence.

– Je t'aime, dis-je, et les mots coulent de ma bouche aussi naturellement que mon souffle.

Alors, Jacob me submerge de baisers et d'amour.

Le soleil brille si fort que j'y vois à peine. Il est seul dans le ciel, cercle doré parfait dont les rayons se reflètent dans la mer. Je sors sur la plage ; le sable fin est chaud et rêche sous mes pieds, et je contemple l'océan. La marée monte, apportant avec elle les vaguelettes dorées du soleil… Je n'ai jamais rien vu d'aussi beau.

La brise marine vole entre mes doigts et peigne mes cheveux en arrière ; elle agite des carillons en bambou, qui résonnent quelque part non loin de moi. Je me sens éveillée, plus que je n'ai jamais su l'être. Et pourtant je dors. Je sais que c'est un rêve. Un filet de sang me coule sur la joue, comme une larme. Mais j'ignore absolument pourquoi je pleure.

Quelques instants plus tard, je le vois. L'homme de mon rêve. Celui qui tient un bouquet de lys de mort. Il s'approche avec le soleil et les vagues, marchant dans l'eau pour rejoindre la plage. Je plisse les paupières pour tenter de distinguer ses traits et, lorsqu'il est assez près, je le reconnais.

C'est Jacob.

Il s'approche de moi, les yeux pleins de larmes, en serrant le bouquet de lys mortels sur sa poitrine... comme s'il était à lui, comme s'il faisait partie de lui.

Je crie.

– Non !

Mais Jacob secoue la tête et baisse les yeux.

– Non, dis-je en essuyant mes larmes de sang pour y voir. Ces lys ne sont pas pour toi. Ce n'est pas ton heure.

Jacob arrive à moins d'un mètre de moi. Je tends la main pour toucher son visage, mais mes doigts le traversent.

Et il disparaît.

– Non ! fais-je dans un hurlement en me laissant tomber au sol, en me balançant d'avant en arrière sur les genoux. Tu ne peux pas me quitter. Pas maintenant. Jamais.

Trente-sept

Je me réveille, seule, et regarde le réveil. Il est 23 h 28.

Où est Jacob ?

J'enfile mon tee-shirt en vitesse et enfonce le pied dans une basket en écrasant le talon, sans cesser de me répéter qu'il est simplement à la salle de bains, ou parti prendre l'air. Je cherche ma seconde chaussure. Les couvertures forment un monticule par terre. Je les secoue, trouve ma grolle et, à côté, un papier plié.

Je le ramasse en priant pour que ce soit un mot de Jacob me disant où il est parti. Je le déplie et lis :

IL FAUT QU'ON PARLE DE LUCY.
RETROUVE-MOI SUR LE PONT À 23H15.
VIENS SEUL ET NE LE DIS À PERSONNE.
LA VIE DE LUCY EN DÉPEND.

Ma tête est une tornade de questions. Qu'est-ce que ça veut dire ? Quand Jacob a-t-il reçu ce mot ? Pourquoi ne m'en a-t-il rien dit ?

J'écrase le grain du papier sous mes doigts dans un effort pour sentir quelque chose. La mort... elle me remonte dans le bras et fait le tour de mon cou, comme un million de fourmis affamées.

Je lâche la lettre et ouvre brutalement la porte. Des carillons en bambou résonnent tout autour de moi. Quelqu'un en a accroché plusieurs le long de la coursive, sans doute pour renforcer l'ambiance hawaïenne.

Je tambourine à la porte de Clara.

– Quoi ? fait une de ses colocs en sortant la tête.

– Clara, parviens-je à dire, le souffle court. Où est-elle ? Où est Jacob ?

– Qui ?

– Clara.

– Attends... C'est toi, Tracy ?

– Non... Lucy.

– C'est ça, fait la fille en hochant vigoureusement la tête. Elle m'a dit de te dire de la retrouver sur le pont.

Elle commence à refermer la porte, mais je glisse mon pied dans l'embrasure.

– Pardon ?

Je me frotte le nez et une goutte de sang mouille mon doigt.

– Tu es sourde ? grogne la fille d'un ton excédé. Le pont. Elle parlait d'aller retrouver son mec.

Je fais volte-face et pars en courant dans la coursive, la tête brouillée de questions encore plus nombreuses. Qu'est-ce qu'elle mijote ? Pourquoi Jacob ne m'a-t-il pas réveillée ? Est-ce qu'il va bien ?

Pourquoi ai-je fait ce rêve sur lui ?

Je grimpe l'escalier quatre à quatre. Il y a des voix partout ; la fête bat son plein : on entend des filles pousser des cris stridents, des garçons rire, et des bouteilles rouler sur les planches du pont.

– Jacob ! fais-je à pleine voix tandis que mes yeux se mouillent et que mon cœur menace d'exploser dans ma poitrine.

Je suis les voix le long du pont, mais je ne l'aperçois nulle part. Il n'y a que des bandes de jeunes, des gens dans le Jacuzzi et sur les transats. Je passe sur l'autre bord ; un pressentiment horrible me tord les entrailles.

J'avale ma salive ; le sang me dégouline dans le fond de la gorge. Mais je continue d'avancer ; je trébuche contre un seau et me rattrape de justesse. C'est qu'il fait très noir : il n'y a que quelques ampoules clairsemées, placées à des points stratégiques autour du pont.

– Tu n'as pas vu Jacob ? dis-je à un type anonyme sur mon chemin, mais sans m'arrêter assez longtemps pour entendre la réponse.

Enfin, enfin, j'atteins l'autre extrémité. C'est alors que je vois Clara. Elle est debout sous l'un des spots, face à moi, mais ne dit pas un mot.

– Clara, fais-je en sursautant presque à sa vue. Où est Jacob ?

Ses yeux se vrillent en moi, presque hantés, si noirs contre sa peau livide.

– Qu'est-ce qui se passe ? Où est Jacob ?

– Il prend une douche, chuchote-t-elle. Tu viens de le rater.

– Mais qu'est-ce que tu racontes ?

– On ne te la fait pas, à toi, dit-elle en montrant du geste la couverture étalée sur le pont.

Il y a aussi un panier à pique-nique dessus, ainsi que des chandelles, une bouteille de champagne, deux verres et une jonchée de pétales de roses.

– Qu'est-ce que ça fait, quand on t'enlève quelqu'un que tu aimes ?

Ma mâchoire se bloque.

– Personne ne m'a enlevé Jacob.

– Il n'en a pas fallu beaucoup pour qu'il sorte du droit chemin, tu sais. Tout ce que j'ai eu à faire, c'est lui raconter que je t'avais surprise à embrasser Chad plusieurs fois sur la plage, et que tu te plaignais en permanence de ses cachotteries, et que tu avais l'intention de le larguer dès la fin des vacances.

– Ce n'est pas vrai, tout ça, dis-je tout en notant que les deux flûtes à champagne sont pleines, comme si on n'y avait pas touché.

– Lui, il m'a crue... et il s'est fait un plaisir d'effacer tout souvenir de toi. C'était pour ça, le pique-nique. Bien sûr, on n'a même pas commencé à manger.

Je secoue la tête, je sais au fond de mon cœur qu'elle ment à propos de Jacob. Je me force à regarder par terre, où je remarque des éclaboussures de sang. Je touche mon nez ; il est sec.

La traînée de sang traverse le pont en direction des toilettes. Je lève la tête pour voir si Clara a remarqué, elle aussi. C'est alors que je vois le coupe-papier en forme de couteau qu'elle serre dans sa main. Son autre main est plaquée sur son ventre. Il y a là une énorme tache de sang, que son tee-shirt a absorbé. Une partie a coulé jusqu'à sa taille, le long de sa cuisse, et forme une flaque à ses pieds.

– Oh, mon Dieu, Clara, que s'est-il passé ?

J'avance vers elle et me prends les pieds dans un long tuyau métallique qui roule à travers le pont.

– Je vais bien, chuchote-t-elle. *Laisse-moi tranquille.*

Sa voix est faible. Son corps chancelle et lutte pour garder l'équilibre.

– Mais que s'est-il passé ?

– Je t'ai dit de me laisser tranquille.

– Non. Il faut te trouver de l'aide, tu saignes.

Au lieu de réagir, elle se penche par-dessus le bastingage et inhale l'air nocturne comme si elle ne pouvait pas s'en rassasier, comme s'il l'aidait à rester éveillée.

Je m'approche d'elle quand même.

– Reste où tu es, s'écrie-t-elle, soudain alerte.

Elle se retourne pour croiser mon regard, les yeux immenses comme ceux d'un chat.

– Qui t'a fait ça ?

Je ne suis plus qu'à un pas d'elle.

– Toi, murmure-t-elle. Tu m'as blessée. Tu m'as poignardée dans le dos.

Elle vacille un peu, se rattrape au bastingage, fait quelques pas de côté pour reprendre l'équilibre.

– Non, dis-je en avançant encore d'un pas vers elle, les yeux fixés sur le coupe-papier dans sa main. Ce n'est pas moi.

– Donovan est le seul garçon que j'aie jamais aimé, déclare-t-elle en détournant ses yeux noyés de larmes. Tu me l'as pris.

– De quoi tu parles ?

– Peut-être qu'il ne m'aimait pas à l'époque, murmure-t-elle, à cause de Drea... parce qu'il se croyait amoureux d'elle à ce moment-là. Mais ça ne veut pas dire qu'il ne serait pas tombé amoureux de moi, au bout du compte.

Je secoue la tête, je m'efforce de donner un sens à ce qu'elle raconte, je m'efforce de digérer le fait qu'elle *connaissait* Donovan.

– Tu ne me reconnais vraiment pas ? me demande-t-elle.

Je l'observe pendant un moment, et je me souviens d'Amber disant qu'elle a déjà vu cette fille quelque part.

– J'étais en seconde l'année dernière à Hillcrest, continue-t-elle. Donovan s'est fait virer l'année d'avant, quand j'étais en troisième. Ça ne te dit toujours rien ?

Je sens ma mâchoire tomber toute seule.

– Je suis presque étonnée que tu ne me reconnaisses pas, continue-t-elle. Il faut croire qu'un petit relooking, ça fait beaucoup... Soit ça, soit toi et tes copains, vous êtes trop occupés à vous regarder le nombril pour remarquer quoi que ce soit en dehors de votre misérable petit cercle.

– Clara, dis-je sans m'arrêter à sa logique tordue, il faut qu'on te trouve du secours. Tu es en danger, là.

Je suis sur le point de regarder par-dessus mon épaule, en me demandant où est passé Jacob, mais je vois ses doigts se crisper plus fort sur le coupe-papier. Face à moi, elle l'élève jusqu'au milieu de son corps. La pointe est rouge de sang. Elle se tient le ventre très serré, presque comme si elle empêchait ses entrailles d'en sortir.

– Tu ne comprends pas ? chuchote-t-elle. Il n'y a *personne* à mes trousses. Personne ne me harcèle. Tout comme personne ne harcelait Drea. Donovan aimait Drea. Peut-être que s'il n'avait pas été incarcéré, si tu n'avais pas tout gâché, il aurait pu m'aimer, moi aussi. Il aurait pu voir combien je l'aimais.

– Clara. Tu ne comprends p...

– Non, c'est toi qui ne comprends pas.

À présent elle élève le coupe-papier jusqu'à son avant-bras et promène la lame sur sa peau, comme pour en raser le duvet.

– Tu aurais dû t'entendre, c'était tellement idiot... toutes ces conneries sur le fait que j'étais en danger. Comme dit Donovan, tu es incapable de te mêler de ce qui te regarde. Je suis venue ici parce que je savais où vous partiez en vacances. Je vous ai tous entendus la ramener là-dessus à la cantine l'an dernier... « On est vraiment géniaux, on prend une maison de vacances au bord de la mer », nous imite-t-elle. Vous aviez vraiment besoin d'une bonne leçon... toi et tes soi-disant prémonitions. Et c'est ce que j'ai fait.

J'entends le tuyau métallique rouler quelque part derrière moi, je me demande à quelle distance il est et si je peux l'attraper.

– Attends. Tu as tout inventé ? Personne ne te harcèle ?

Elle secoue la tête et rit.

– Je ne suis même pas avec mes parents... Ils me croient en colo avec une copine.

Elle baisse les yeux sur les griffures de son bras, celles dont elle prétendait qu'elles venaient de la poupée, et passe la lame dessus. Et là, cela me frappe : comme elle le fait naturellement. C'est évident que c'est elle-même qui s'est coupée.

Je jette un coup d'œil à son sarong, au nœud qui claque dans le vent, et j'imagine les estafilades qu'elle doit cacher en dessous. Je me rappelle avoir entendu dire que les personnes qui se mutilent choisissent souvent des endroits de leur corps que personne ne peut voir.

– C'est toi qui t'es coupée au ventre.

C'est une affirmation plus qu'une question. Je me rapproche d'un pas. Je note son regard distant.

Clara, sans faire attention à moi, s'adosse au bastingage pour se tenir debout. Ses pieds sont mal assurés, à cause du mouvement du bateau et de sa faiblesse évidente.

– J'espère que j'ai bien gâché ta vie et celle de tes copains, comme tu as gâché la mienne et celle de Donovan.

Elle est sur le point d'ajouter autre chose, mais le bateau tangue un peu plus et lui fait perdre l'équilibre. Elle retombe, durement, contre le garde-corps.

– Clara, fais attention !

Elle veut se remettre fermement sur ses pieds, mais le tangage augmente et son corps va de nouveau valser durement contre le bastingage, tandis que ses pieds battent l'air.

Je l'attrape par le bras et la tire vers moi pour l'empêcher de passer par-dessus bord.

– Lâche-moi ! crie-t-elle.

Je fais un mouvement pour la stabiliser et pose la main sur le manche du coupe-papier. Je la regarde et lui demande silencieusement la permission de le prendre.

– Je t'ai dit de ne pas t'approcher ! s'écrie-t-elle en plongeant sur moi avec la lame.

Elle me l'enfonce profondément dans le bras.

Je m'entends pousser une plainte. Je veux retirer la lame. Au même instant, Clara empoigne le tuyau qui roulait sur le pont ; il est long à peu près comme une batte de base-ball. Elle se jette sur moi, comme possédée par sa rage.

J'ai enfin retiré le coupe-papier de mon bras et le pointe sur elle pour me protéger.

– Clara ! Non !

C'est Jacob. Je me retourne pour le voir. Au même moment, Clara me frappe à l'épaule avec le tuyau. Le coupe-papier m'échappe des mains. Je m'entends crier sous la douleur de son coup. Tout mon bras m'élance. Du sang me coule sur les doigts, il vient de la plaie ouverte par la lame.

– Recule contre le bastingage !

Elle brandit le tuyau, comme si elle voulait me l'abattre sur la tête.

Je m'exécute sans cesser un instant de réfléchir à un moyen de me protéger : la pousser pour la déséquilibrer, lui donner un coup de pied dans l'estomac, attendre un mouvement du bateau pour plonger sur elle… Je cherche des yeux le coupe-papier sur le pont. Il n'est qu'à quelques centimètres de mes pieds.

Jacob commence à s'approcher de nous au moment où Clara me frappe à l'autre épaule avec le tuyau.

– N'avance pas ! lui crie-t-elle. Ou je le ferai payer à Lucy.

Jacob s'arrête. Mes bras et mes épaules sont perclus de douleurs. Je plonge sur le coupe-papier et Clara me piétine les mains. J'essaie de les retirer, mais elle appuie plus fort sur mes phalanges et me maintient clouée sur place. Je relève la tête, prête à lui mordre la cheville. Du coin de l'œil, je vois Jacob s'approcher de nouveau.

– Contre le bastingage, lui crie-t-elle. Chaque pas que tu fais aggrave les choses pour ta copine.

Elle m'enfonce le tuyau dans le cou, me coupe la respiration. J'ai la joue plaquée contre le pont.

– Bien sûr, tu ne l'appelais pas vraiment ta *copine* il y a quelques instants. C'est le nom que tu me donnais, à *moi*.

Elle relâche la pression sur mes mains pour prendre une meilleure position, puis envoie valser le coupe-papier d'un coup de pied.

Je veux la pousser en arrière, mais c'est à peine si je peux respirer. Je sens mes bras battre l'air, mes doigts chercher, se tendre. Je vois Clara s'accrocher au tuyau pour m'immobiliser et garder l'équilibre, mais même ainsi, on dirait qu'un incendie flambe en elle, l'abreuve d'adrénaline, la rend forte.

– On va passer un marché, souffle-t-elle, haletante. Chaque fois que ton petit copain infidèle recule d'un pas, je relâche un peu la pression sur ton cou. Marché conclu ?

Je cligne des paupières pour dire oui.

Jacob hésite, mais ensuite je le vois capituler. Il fait un pas en arrière et je peux avaler ma salive. Il continue de reculer vers le bastingage, et à mesure, la pression du tuyau se relâche et j'arrive à respirer. Couchée sur le côté, je cherche l'air, les yeux rivés sur le coupe-papier qui se trouve maintenant à quelques pas. Clara suit mon regard et j'en profite pour m'asseoir et la pousser, fort. J'enfonce brutalement les mains dans son ventre et elle part en arrière. Le tuyau lui échappe des mains. Je plonge sur le coupe-papier.

Au même instant, j'entends un bruit. Le garde-corps a cédé, et Jacob tombe en arrière.

Je cesse de respirer.

Son hurlement ressemble à un long gémissement douloureux qui me transperce le cœur. Je crie son nom, me remets péniblement sur mes pieds et cours voir où il est tombé. Je plonge les yeux dans l'océan, je m'attends à moitié à le voir, mais il n'y a que les ténèbres, l'eau d'un noir d'encre qui se brise contre l'étrave. Et nous avançons si vite, le bateau est si rapide...

Je hurle.

– Non ! Stop !

Je veux agripper une bouée de sauvetage et manque encore trébucher sur le tuyau qui roule toujours sur le pont. C'est alors que je comprends : ce tuyau, c'est en fait l'attache utilisée pour fermer cette partie du bastingage ; nous sommes à la porte par laquelle nous sommes montés à bord, et quelqu'un n'a pas remis en place les deux attaches.

Je jette la bouée à la mer et me penche au-dessus de l'étrave.

– Jacob !

Je crie son nom, encore et encore, vers la mer, en me préparant à plonger. On voit une tache de sang sur la coque, comme s'il s'était cogné la tête.

Je me retourne pour regarder Clara, en me demandant s'il faut encore que je me protège contre ses attaques, mais elle est couchée sur le ventre dans une mare de son propre sang. Je m'approche d'elle et remarque que son sarong s'est entrouvert et qu'elle a des traces de coupures séchées sur toute la hauteur des cuisses. Elle gémit à présent en serrant dans ses mains sa plaie au ventre. Elle a les paupières tombantes, la rage en elle est enfin anéantie. Je touche une de ses mains et remarque combien elle est froide, et combien ses lèvres sont bleues.

Je cours le plus vite possible à la recherche d'un des rares membres de l'équipage. Et quand j'en trouve un, je n'arrive pas à tout expliquer assez vite : Jacob est tombé, il faut faire demi-tour.

Et Clara n'est qu'à quelques minutes de la mort.

Trente-huit

Tout ce qui se passe ensuite est flou. Le bateau s'arrête. Les garde-côtes arrivent. Les chaloupes de secours sont envoyées sur l'eau. Clara est ramenée à terre en hélicoptère.

La police vient. Des étudiants sont arrêtés. Un autre bateau emporte la plupart des passagers.

Et moi je reste assise là, mentalement vissée au pont, à quelques pas de l'endroit où Jacob est tombé, à attendre qu'il refasse surface. J'ai l'impression que si je quitte les lieux, il ne retrouvera pas le chemin pour remonter.

Des silhouettes imprécises s'approchent de moi. Elles veulent que j'aille à l'hôpital, moi aussi, je crois. Elles veulent que je quitte la scène de l'accident. Elles veulent que je parle à quelqu'un, que je leur raconte tout ce qui est arrivé, que j'enfile un manteau chaud, que je boive quelque chose de froid, qu'on me bande le bras.

Mais je ne veux pas. Parce que cela voudrait dire partir d'ici, abandonner Jacob. Et je ne peux pas.

Amber et Drea m'entourent de leurs bras et de leur affection. Elles pleurent, elles aussi, et me chuchotent que tout va s'arranger, que les sauveteurs en mer vont le retrouver.

Et je sais que ce n'est pas vrai.

Il me semble voir les silhouettes floues de PJ et de Chad. Je crois qu'ils restent assis un moment derrière moi. Peut-être que l'un d'eux me donne de petites tapes dans le dos. Peut-être que l'un d'eux me chuchote qu'on les oblige à monter à bord de l'autre bateau. Et peut-être qu'Amber leur dit d'y aller.

Ou peut-être pas.

– Lucy, articule silencieusement une dame.

Ensuite, il y a encore des paroles muettes, mais je n'ai vraiment pas le temps de m'intéresser à tout cela. Il faut que je scrute les eaux.

Il faut que je sois sur le qui-vive pour Jacob.

Le temps s'écoule. Le soleil se lève. Je ne sais comment, mon bras a été bandé. Je ne sais comment, des couvertures ont été posées sur mes épaules. Et il y a une tasse de quelque chose devant moi, ainsi qu'un paquet de biscuits salés. Amber et Drea sont toujours là, je crois. De temps en temps, l'une d'elles m'essuie le front, me tient la main, m'embrasse sur la joue, me murmure quelque chose que je n'entends pas.

Ou peut-être que ce sont des anges.

J'observe attentivement les sauveteurs. J'en vois de nouveaux qui vont et viennent, font des allers et retours rapides dans des vedettes de secours qui éclairent de vastes portions de la mer. Certains se tournent vers moi au retour. Ils secouent la tête et jurent entre leurs dents.

D'autres n'arrivent pas du tout à me regarder.

– Lucy, dit une petite voix dans mon oreille, il est temps de partir.

Je secoue la tête en jurant que je ne partirai jamais, que Jacob et moi ne serons jamais séparés.

Mais on m'emmène quand même : des mains, des bras, des doigts qui me soulèvent, me font bouger, m'emportent, me disent des choses, bien que je supplie de rester pour attendre Jacob.

– Il me trouvera !

Je l'ai crié très fort dans ma tête ; je ne suis pas sûre qu'ils aient entendu.

– Je dois être là pour lui !

Je me bats contre tout cela, je donne des coups de pied, je hurle, je me fais toute molle et lourde sur le pont. Jusqu'à ce que je n'en puisse plus. Jusqu'à ce que je me sente morte.

Jusqu'à ce que mon corps cède et que ma vie tombe en miettes.

Épilogue

Coupure de presse de
La Gazette du cap Cod

Une croisière de charité estudiantine tourne à l'orgie alcoolisée - Bilan : une blessée grave, un disparu.

SANDYHAVEN – Un adolescent est porté disparu et une jeune fille a été admise en urgence à l'hôpital de Morley après ce qui devait être une soirée caritative donnée par la confrérie Delta Pi de l'université de Pinewood.

Le jeune disparu est Jacob Leblanc, 18 ans, originaire de Vail (Colorado). D'après les autorités, il tentait de s'interposer dans une rixe entre deux jeunes filles lorsque le bastingage a cédé et qu'il est tombé à la mer, vendredi matin, quelques minutes après minuit.

Selon l'agent James Riley, de la police de Sandyhaven, l'une des attaches qui fermaient le garde-corps avait été retirée ou s'était détachée, ce qui a permis à la barrière de s'ouvrir.

Les garde-côtes sont arrivés sur les lieux peu après la chute. Aucun corps n'a été retrouvé.

L'adolescente héliportée à l'hôpital de Morley, elle aussi impliquée dans l'incident, serait dans un état stable. Plus tôt dans la soirée, cette jeune fille de 15 ans, dont le nom n'a pas été communiqué, s'était elle-même poignardée au ventre. Elle a dû recevoir une transfusion en urgence.

Toujours d'après M. Riley, les autorités n'ont pas su déterminer si le coup de couteau était accidentel ou dû à une tentative de suicide.

Les causes exactes de l'incident sont inconnues. D'après une source, la jeune fille aurait prétendu être victime de harcèlement afin de se rapprocher de Leblanc et de sa petite amie, Lucy Brown, 18 ans, également impliquée dans l'affaire et légèrement blessée.

Selon la même source, la jeune fille se serait envoyé à elle-même des cadeaux et des messages en prétendant qu'ils venaient d'un mystérieux sadique. Ses parents n'ont fait aucun commentaire, mais un ami de la famille a déclaré qu'ils la croyaient en vacances avec une amie.

Lucy Brown s'est également refusée à tout commentaire.

Une enquête criminelle est en cours, et d'après la police, les recherches du corps de Leblanc se poursuivront encore pendant 72 heures.

« C'est vraiment malheureux, a conclu M. Riley. Lui [Leblanc] et sa petite amie devaient entrer à l'université dans quelques semaines. Au lieu de quoi ses parents organisent ses obsèques. »

Transcription d'une séance de thérapie avec le Dr Atwood

[Début de l'enregistrement.]

Dr Atwood : Comment te sens-tu aujourd'hui ?

LB : Je ne sens rien.

Dr Atwood : C'est compréhensible. Veux-tu en parler ?

LB : Pas vraiment.

Dr Atwood : Je tiens à ce que tu saches que ce que tu ressens est parfaitement normal. Il est bon de se donner du temps pour faire son deuil. C'est sain. Nous en avons tous besoin.

[Long silence.]

Dr Atwood : Veux-tu parler de ce qui s'est passé après l'accident ?

LB : Pas vraiment.

Dr Atwood : De quoi aimerais-tu parler ?

LB : De rien.

Dr Atwood : As-tu essayé d'écrire cette lettre dont nous avons discuté ?

LB : Non.

Dr Atwood : Je crois vraiment que cela pourrait t'aider, Lucy.

LB : *[Haussement d'épaules.]*

Dr Atwood : Je me disais… cela pourrait aussi t'aider d'écrire une lettre à Clara.

LB : Non !

Dr Atwood : Je sais que l'idée peut te paraître écrasante pour l'instant, mais cela pourrait te permettre d'évacuer un peu de ta colère. Même si tu ne l'envoies pas, cela te donnera un espace pour explorer tes sentiments envers elle, envers ses actes.

LB : Je la hais.

Dr Atwood : Dis-moi pourquoi.

LB : Vous savez pourquoi.

Dr Atwood : Il est bon que tu fasses sortir tout cela. Dis-moi, pourquoi Clara te déplaît-elle tant ?

LB : Parce qu'elle est responsable.

Dr Atwood : De quoi ?

LB : De ce qui s'est passé.

Dr Atwood : Quoi, précisément ?

LB : Tout.

Dr Atwood : Quel était son projet, selon toi ?

LB : Créer des problèmes.

Dr Atwood : Des problèmes pour qui ?

LB : Pour tout le monde.

Dr Atwood : Y compris Jacob et toi ?

LB : *[Hochement de tête.]*

Dr Atwood : Et à ton avis, pourquoi Clara voulait-elle créer des problèmes entre Jacob et toi ?

LB : À cause de Donovan.

Dr Atwood : Le garçon qui a été envoyé en centre de détention ?

LB : *[Nouveau hochement de tête.]*

Dr Atwood : Elle te tient pour responsable de cela ?

LB : *[Encore un hochement de tête.]*

Dr Atwood : Elle devait être très en colère.

LB : Je ne veux plus en parler.

Extraits du journal de Jacob

Lundi 23 août

Lune : dernier quartier

J'ai de nouveau fait un cauchemar. Il était encore plus intense que le dernier. J'ai rêvé que j'étouffais. Mes poumons se remplissaient d'eau et je ne pouvais pas respirer. Je me suis réveillé avec des sueurs froides et une horrible sensation de coup de couteau dans la poitrine. J'ai peur de me noyer.

Je voudrais en parler à Lucy, mais apparemment elle fait des cauchemars sur une fille qui loue une maison ici aussi. Elle a l'air très stressée. Je me dis que si je me tiens à distance de la mer, à distance de l'eau, ça devrait aller. Sauf que Lucy me demande tout le temps d'aller me baigner avec elle. Je me sens nul de lui cacher des choses, mais je sais que c'est pour le mieux. Si elle se doutait que je vais me noyer, que ma vie est en danger, elle laisserait tout tomber. Elle est comme ça. Je ne veux pas ajouter à son stress pour l'instant.

Ce soir, quand tout le monde sera parti se coucher, je vais aller sur la plage faire un sort de prophétie avec de l'eau de mer, des graines de tournesol et du thym séché. J'espère qu'il me dira ce que je dois savoir. Vais-je réellement me noyer ? À cause de quoi ? Est-ce purement accidentel, ou y a-t-il quelqu'un derrière tout cela ?

Ensuite, il faudra que je l'empêche.

Mardi 24 août

J'ai de plus en plus de mal à cacher mes cauchemars à Lucy. Je sais qu'elle se doute de quelque chose. Je sais aussi que cela ouvre une brèche entre nous. Je devrais peut-être tout lui dire. Mais chaque fois que je veux le faire, on dirait que ce n'est pas le bon moment. Elle est stres-

sée au-delà de tout, je ne l'ai jamais vue comme ça. Qui sait ? Peut-être qu'une partie de son stress vient de moi. Peut-être qu'elle perçoit des choses sur moi et sur mes rêves. Mais je sais que si elle soupçonnait quelque chose de grave, elle m'en parlerait ouvertement. Non ?

Bien sûr que si. Je crois que les cauchemars me jouent des tours. Ils s'aggravent. La nuit dernière, j'ai cru mourir dans mon sommeil. Je me suis réveillé en agrippant ma peau, pour être sûr d'être encore en vie. J'avais des griffures sur le torse. Je crois que j'ai dû rêver que je luttais pour retrouver la surface de l'eau et que je me suis griffé.

J'ai réveillé Chad aussi. Il m'a demandé ce que j'avais et je lui ai dit que j'avais rêvé d'une chute. Je crois qu'il m'a cru car il ne m'a rien demandé de plus, mais ça n'a pas d'importance. Tout ce qui compte, c'est que je comprenne tout ce qui se passe.

Mercredi 25 août

Lucy veut que je fasse cette croisière d'étudiants. Mais évidemment, je ne peux pas. Je ne peux pas sortir en mer. Je m'étonne presque qu'elle ne l'ait pas encore compris. Elle insiste pour y aller parce que Clara y va. Je ne sais pas trop quoi penser de Clara. Elle a quelque chose que je n'aime pas... mais de toute manière on dirait que personne ne l'aime.

J'ai acheté à Lucy un billet pour la croisière, mais je sais que ça n'arrange rien. Je sais qu'elle veut mon soutien. Je ne sais plus quoi faire. Je déteste tous ces secrets. Mais ce serait encore pire si Lucy renonçait à aider Clara à cause de moi. S'il arrivait malheur à Clara, Lucy se sentirait atrocement coupable. Je le sais.

Ce soir, quand tout le monde dormira, je vais sortir en douce et essayer de faire de la magie avec des cristaux sur la plage. C'est plus facile de sortir de nuit, et en plus je recevrai l'énergie de la lune. J'ai l'impression que c'est trop visible quand je disparais pendant la journée, comme aujourd'hui. Je sais que Lucy a eu de la peine quand je suis parti comme ça de La Coquille Coquine. *Mais parfois j'ai besoin de faire un sort quand le soleil est au zénith. Je sais que ça tracasse Lucy. Je sais qu'elle le remarque. Je déteste lui cacher des choses.*

Jeudi 26 août

J'ai fait un cauchemar cet après-midi qui m'a complètement terrifié. Au lieu de rêver de ma mort, j'ai rêvé de celle de Lucy, rêvé qu'elle allait mourir demain. Dans le rêve, c'était elle qui se noyait à ma place. J'étais là, j'essayais de la sortir de l'eau. Je crois même que je sautais, mais je n'arrivais pas à l'atteindre, comme si elle était toujours à quelques centimètres de mes doigts et qu'elle dérivait de plus en plus loin. Je me suis réveillé paniqué, essoufflé, je haletais presque, je crois.

Quand je me suis réveillé, un mot était accroché à l'extérieur de ma fenêtre. Mon nom était écrit dessus. Je ne sais pas trop ce que ça veut dire.

S'il arrivait quoi que ce soit à Lucy, je crois que j'en mourrais, moi aussi. Il faut que je sois avec elle aujourd'hui, tous les jours, quoi qu'il arrive.

S'il m'arrive quoi que ce soit, je veux que ce journal soit transmis à Lucy.

Note anonyme à Jacob
(collée dans son journal)

JACOB,

SI TU NE VIENS PAS FAIRE LA CROISIÈRE, JE TE LE PROMETS, TA LUCY CHÉRIE VA MOURIR.

Extrait d'une séance avec le Dr Atwood

Dr Atwood : Tu m'as dit une fois que tu avais senti Clara en danger.

LB : *[Hochement de tête.]*

Dr Atwood : Lui as-tu parlé de tes prémonitions ?

LB : *[Nouveau hochement de tête.]*

Dr Atwood : Que je comprenne bien : tu avais des prémonitions au sujet de Clara ; elle n'y croyait pas, mais depuis le début, elle était vraiment en danger.

LB : Oui.

Dr Atwood : Quelle coïncidence ! Tu ne trouves pas ?

LB : Je ne crois pas aux coïncidences.

Dr Atwood : À quoi crois-tu ?

LB : *[Haussement d'épaules.]*

Dr Atwood : Veux-tu savoir ce que je crois ?

LB : *[De nouveau, haussement d'épaules.]*

Dr Atwood : Je crois que peut-être, à ton insu, c'est toi qui as donné à Clara cette idée de harcèlement. Je crois qu'en voyant combien tu t'inquiétais pour elle, elle a pu se dire que ce serait un bon moyen d'arriver à ses fins, en prétendant être la victime d'un sadique. Que ce serait un bon prétexte pour se rapprocher de toi et faire des histoires.

LB : *[Nouveau haussement d'épaules.]*

Dr Atwood : Je crois aussi que tu mélanges peut-être un peu tout : ce que tu dis avoir pressenti, ce que tu penses avoir perçu. Mais c'est compréhensible ; tu as traversé beaucoup d'épreuves.

LB : Je me fiche de ce que vous croyez.

[Long silence.]

Dr Atwood : Je me suis entretenue avec un psychologue de Morley, qui semble croire que Clara était une « scarificatrice ». Sais-tu ce que cela signifie ?

LB : *[Hoche encore la tête.]*

Dr Atwood : Le psychologue est d'avis que la plaie au ventre de Clara était peut-être un accident : qu'elle essayait de se couper et qu'elle a trop appuyé. D'après ce que j'ai compris, la blessure était assez profonde. Si tu n'avais pas été là, elle ne serait sans doute plus parmi nous. Que t'inspire cette idée ?

LB : *[Haussement d'épaules.]*

Dr Atwood : Connaissais-tu un photographe qui louait une maison non loin de la vôtre ?

LB : Où avez-vous entendu parler de lui ?

Dr Atwood : J'ai appris en écoutant les infos qu'il était entendu par la police, pour une histoire de photos de jeunes femmes sur la plage.

LB : *[Hoche la tête.]*

Dr Atwood : Clara a également pris des photos... d'elle-même, n'est-ce pas ?

LB : *[Hoche la tête.]* Oui, avec le retardateur de son Polaroid.

Dr Atwood : Intéressant. Je me demande si elle voulait te faire croire que le sadique était le photographe.

LB : Ça n'a pas d'importance.

Dr Atwood : Pourquoi ?

LB : *[Soupir.]* Tout ce qui compte, c'est de retrouver Jacob.

Dr Atwood : Et tu crois qu'on le retrouvera ?

LB : Je me fiche que vous n'y croyiez pas. Ce que pensent les autres n'a aucune importance.

Dr Atwood : Cela fait quatre semaines, Lucy.

LB : En l'absence de corps, il faut sept ans pour déclarer quelqu'un mort en mer.

Dr Atwood : Alors, tu comptes attendre sept ans ?

Lettre au bureau des admissions de l'université de Beacon

1er septembre 2004

M. Casey Devon

Directeur des admissions

Université de Beacon

223 Tremont Street

Boston, MA 02116

Cher monsieur Devon,

Ma fille, Lucy Brown, est actuellement inscrite en première année dans votre université, où elle doit commencer les cours dans deux semaines. Malheureusement, je me vois obligée de vous demander de reporter son inscription au deuxième semestre, soit au printemps 2005.

Lucy affronte le traumatisme d'avoir perdu son fiancé. Vous avez appris, j'en suis sûre, que Jacob Leblanc était porté disparu depuis plusieurs jours. Je sais qu'il est également inscrit dans votre université.

Comme vous pouvez l'imaginer, je n'en doute pas, Lucy n'est pas dans son état normal en ce moment. Jacob, elle-même et son amie Amber se faisaient une joie d'entrer à Beacon, mais malheureusement son admission devra attendre encore quelques mois.

En vous remerciant par avance de votre patience et de votre compréhension, je vous engage à ne pas hésiter à me faire part de vos éventuelles questions.

Veuillez agréer, Monsieur, l'expression de mes sincères salutations,

Maureen Brown

Extrait d'une séance de thérapie

Dr Atwood : Dis-moi, Lucy, as-tu l'habitude de sentir le danger comme tu l'as fait avec Clara ?

LB : Il m'arrive de rêver d'un danger. Je rêvais de sa mort.

Dr Atwood : Hmm... Intéressant.

LB : Pourquoi ?

Dr Atwood : Parce que la dernière fois, tu m'as dit que Jacob rêvait lui aussi de la mort : ta mort, sa mort... et pourtant, d'après toi, personne n'est mort.

LB : Seulement moi.

Dr Atwood : Tu te sens morte, Lucy ?

LB : À l'intérieur, oui.

[Fin de l'enregistrement.]

Lettre à Jacob

Cher Jacob,

C'est ma psy qui m'a conseillé de t'écrire. Elle prétend que cela me permettrait de te dire adieu. Mais jamais je ne dirai ça. Tu me manques, Jacob. Je ne peux même pas te dire à quel point.

J'ai décidé de rester ici, dans la maison de vacances. Amber est avec moi, elle a repoussé son admission en fac, elle aussi. Je ne peux tout simplement pas te laisser là. Tu imagines, si tu revenais et que je sois déjà partie ? Je ne te quitterai jamais, Jacob.

J'ai reçu ton journal. C'est ta mère qui me l'a donné. Ton père et elle sont venus du Colorado par le premier avion. En rangeant tes affaires dans la maison, elle l'a trouvé sur ton lit. Elle a vu la dédicace – « À Lucy, pour toujours, avec amour » – et me l'a donné. Je n'ai pas encore été capable d'entrer dans ta chambre.

J'ai lu tes notes d'un bout à l'autre. Je regrette que tu ne m'aies pas parlé de tes cauchemars. Je regrette que tu ne m'aies pas demandé mon aide.

Il y a beaucoup de choses que je regrette.

Je passe et repasse dans ma tête tout ce qui est arrivé ce soir-là, tout ce que j'aurais pu faire autrement. Si seulement j'avais identifié cette angoisse que j'avais sans cesse dans le cœur, et qui me coupait presque le souffle. Si seulement j'avais pris une autre coursive pour monter sur le pont en voyant le mot de Clara... Peut-être qu'on ne se serait pas ratés. Si seulement j'avais reconnu plus tôt l'attache du bastingage... peut-être que j'aurais pu t'avertir.

Si seulement...

Je ne l'ai dit à personne, mais parfois je te sens encore. J'ai l'impression que tu es quelque part par ici, que tu essaies de m'atteindre, que tu m'envoies des vibrations pour me dire que tu es encore en vie.

Parfois, quand je suis endormie, je dois me forcer à me réveiller parce que je te sens en moi. Je sens mes nerfs battre sous ma peau, mon sang bouillonner et mon souffle s'accélérer. Je me retourne dans mon lit, je sens tes doigts me pétrir le dos, ton souffle sur mon cou, tes lèvres sur mon épaule.

Comme cette nuit-là.

Je passe beaucoup de temps assise sur la plage, à regarder l'océan qui roule à ma rencontre, à espérer te voir marcher sur la plage, m'accueillir d'un baiser, me dire combien tu m'aimes.

Et moi, te dire en retour combien je t'aime.

Parfois, je vois sortir les équipes des secours en mer. On me dit qu'on va le retrouver – ton corps –, que c'est une question de temps. C'est ainsi qu'ils t'appellent à présent. Mais je ne veux peut-être pas qu'on te trouve. Peut-être que quelque part, au plus profond de moi, je crois que tu n'es pas dans cette mer... que par un miraculeux miracle tu t'en es sorti, que tu ne t'es pas noyé, que tu as été sauvé par des pêcheurs ou que tu as dérivé sur un morceau de bois flotté magique.

J'allume une grosse bougie blanche, comme nous l'avons fait un soir de novembre, l'an dernier, lorsque nous nous sommes silencieusement déclaré notre amour. Je pose la bougie à côté de moi sur le sable. La flamme te représente. Je sais que si ma grand-mère était là, elle me dirait que tant que je ferai vivre le souvenir de toi, ton esprit sera avec moi, à jamais.

Je sais du fond du cœur que c'est vrai.

Pour toujours et à jamais,

Lucy

Remerciements

Comment remercier la personne qui a toujours été là depuis le premier mot de *Bleu* ; qui a lu tous les brouillons jusqu'au dernier ; qui tourne infatigablement les pages, souvent dans les vingt-quatre heures, malgré toutes ses occupations ? La personne qui me soutient et m'encourage, et qui est souvent plus enthousiaste que moi-même, même au bout de la vingtième version ? Lara Zeises, je ne sais vraiment pas comment te remercier. Tu es une amie irremplaçable et une vraie partenaire dans la critique constructive, doublée d'un des écrivains les plus talentueux que je connaisse.

Un remerciement spécial à mes fabuleux éditeurs chez Llewellyn : Megan Atwood, Andrew Karre et Becky Zins. Votre souci du détail, vos encouragements continuels, vos suggestions précieuses et votre sens de l'humour rendent encore plus agréable le processus d'écriture et de correction.

Merci à Lee Ann Faria pour avoir lu l'un des derniers brouillons de *Gris Secret* : j'ai apprécié ton attention minutieuse. Merci à Tea Benduhn et à Steven Goldman, qui sont là depuis *Bleu* et ont relu des fragments de *Gris*. Merci également au lieutenant Fran Hart de la police de Burlington (Massachusetts), d'avoir répondu à mes questions sur la réglementation nautique.

Enfin, un grand grand merci à tous les amis et parents dans mon coin – vous vous reconnaîtrez – et à tous les fans que j'ai rencontrés ou qui m'ont écrit e-mails et lettres de soutien et d'encouragement. Ça, c'est vraiment le meilleur.

Découvrez un extrait du roman

Les vampires de Manhattan

Les Sang-Bleu

de Melissa de la Cruz

UN

La place Saint-Marc était envahie par les pigeons. Des centaines de pigeons : gras, gris, grouillants et silencieux, picorant les miettes de *sfogliatelle* et de *pane uva* laissées par les touristes insouciants. Il était midi, mais le soleil était caché par les nuages et un voile lugubre s'était abattu sur la ville. Les gondoles s'alignaient le long des quais, vides, avec leurs gondoliers en maillot rayé appuyés sur leurs perches, attendant des clients qui n'arrivaient pas. La marée était basse, et la marque sombre des hautes eaux était visible sur les façades.

Theodora Van Alen posa les coudes sur la table de café bancale et mit la tête entre ses mains, le bas du visage caché dans son grand col roulé. C'était une vampire sang-bleu, la dernière des Van Alen, une famille new-yorkaise qui avait jadis connu la splendeur et dont l'influence et les largesses avaient joué un rôle capital dans la fondation de la Manhattan moderne. À une lointaine époque, le nom de Van Alen avait été synonyme de pouvoir, de privilèges et de puissance. Mais c'était il y avait bien longtemps, et depuis des années la fortune familiale se réduisait comme peau de chagrin : Theodora avait plus l'habitude de racler les fonds de tiroir que d'écumer les boutiques. Ses vêtements – col roulé noir remonté au-dessus des lèvres, leggings coupés, gilet pare-balles de l'armée et vieilles bottes de moto – venaient tous de surplus et de friperies.

Sur n'importe quelle autre fille, cette tenue déguenillée aurait eu l'air d'appartenir à une clocharde en maraude, mais sur Theodora elle devenait parure de reine et faisait ressortir son visage en forme de cœur et ses traits délicats. Avec son teint ivoire, ses yeux bleu profond et son opulente chevelure aile-de-corbeau, c'était une créature remarquable, indiciblement jolie. Sa beauté avait une aura encore plus bienfaisante lorsqu'elle souriait, mais cela avait peu de chances de se produire ce matin-là.

– Souris, dit Oliver Hazard-Perry en portant une petite tasse d'espresso à ses lèvres. Quoi qu'il arrive, ou non, ça nous aura au moins fait des petites vacances. Et puis la ville est sublime, non ? Allez, reconnais quand même que Venise, c'est carrément mieux que le labo de physique-chimie.

Oliver était le meilleur ami de Theodora depuis l'enfance. C'était un grand jeune homme élégant, dégingandé, aux cheveux flottants, au sourire facile, doté d'un doux regard noisette. Il était son confident, son complice et, comme elle l'avait récemment appris, son Intermédiaire humain. Traditionnellement, les Intermédiaires étaient les assistants des vampires, des sortes de serviteurs de luxe. Oliver s'était révélé précieux pour les amener de New York à Venise en si peu de temps. Il était parvenu à convaincre son père de les laisser l'accompagner en voyage d'affaires en Europe.

Malgré les paroles encourageantes d'Oliver, Theodora était

d'humeur maussade. C'était leur dernier jour à Venise et ils n'avaient rien trouvé. Le lendemain, ils s'envoleraient pour New York bredouilles, et leur voyage aurait été un échec complet.

Elle se mit à arracher l'étiquette de sa bouteille de San Pellegrino, en prenant soin de la déchirer en une longue et fine bande de papier vert. Elle n'était pas prête à renoncer si vite, tout simplement.

Presque deux mois plus tôt, la grand-mère de Theodora, Cordelia Van Alen, avait été attaquée par un sang-d'argent : les sang-d'argent étaient les ennemis mortels des vampires sang-bleu. Theodora avait appris de sa bouche que, comme les sang-bleu, les sang-d'argent étaient des anges déchus, condamnés à vivre leur vie éternelle sur Terre. Toutefois, à la différence des sang-bleu, les vampires sang-d'argent avaient juré fidélité au prince des cieux en exil, Lucifer en personne, et avaient refusé de se plier au Code des vampires, un règlement éthique draconien dont les sang-bleu espéraient qu'il leur permettrait un jour de regagner le paradis.

Cordelia était la tutrice légale de Theodora. Cette dernière n'avait jamais connu ses parents : son père était mort avant sa naissance, et sa mère était tombée dans le coma peu après lui avoir donné le jour. Pendant la plus grande partie de son enfance, Cordelia s'était montrée froide et distante avec elle, mais c'était la seule famille qu'elle eût au monde et, pour le meilleur et pour le pire, elle avait aimé sa grand-mère.

– Elle était sûre qu'il serait ici, dit Theodora d'un air abattu en jetant des miettes de pain aux pigeons qui s'étaient rassemblés sous leur table.

C'était une phrase qu'elle répétait depuis leur arrivée à

Venise. L'attaque du sang-d'argent avait affaibli Cordelia, mais avant de retourner à l'état passif (les vampires sang-bleu sont des êtres immortels qui se réincarnent continuellement), elle avait pressé Theodora de retrouver son grand-père disparu, Lawrence Van Alen, qui, croyait-elle, détenait la clé de la victoire contre les sang-d'argent. Dans son dernier souffle, la grand-mère de Theodora l'avait chargée de se rendre à Venise et de passer au peigne fin les rues tortueuses et les canaux sinueux de la ville à la recherche d'un signe de lui.

– Mais on a cherché partout. Personne n'a jamais entendu parler d'un Lawrence Van Alen, ni d'un Dr John Carver, soupira Oliver, lui rappelant qu'ils avaient posé des dizaines de questions à l'université, au *Harry's Bar*, et dans tous les hôtels, villas et *pensione* situés entre les deux. John Carver était le nom porté par Lawrence à l'époque de la colonisation de Plymouth.

– Je sais. Je commence à me dire qu'il n'a même jamais existé, répliqua Theodora.

– Elle s'est peut-être trompée : trop faible, désorientée, elle a pu t'envoyer au mauvais endroit, suggéra Oliver. Au final, on a peut-être couru après le vent.

Theodora retourna cette possibilité dans sa tête. Cordelia pouvait s'être trompée, et Charles Force, le chef des sang-bleu, avait peut-être raison, après tout. Mais la perte de sa grand-mère l'avait terriblement affectée, et elle était farouchement résolue à exaucer le dernier vœu de la vieille femme.

– Je ne peux pas penser ça, Ollie. Si je le fais, ce sera que j'aurai baissé les bras. Il faut que je le trouve. Il faut que je retrouve mon grand-père. C'est trop douloureux de penser à ce qu'a dit Charles Force...

– Qu'est-ce qu'il a dit ?

Theodora avait fait allusion à une conversation qu'elle avait eue avec Charles avant leur départ, mais était restée évasive sur les détails.

– Il a dit...

Theodora ferma les yeux et se remémora cette rencontre tendue.

Elle était allée voir sa mère à l'hôpital. Allegra Van Alen était aussi belle et lointaine que d'habitude, une femme qui s'attardait entre la vie et la mort. Elle était tombée dans un état catatonique peu après la naissance de Theodora. Cette dernière n'avait pas été surprise de trouver un autre visiteur au chevet de sa mère.

Charles Force était agenouillé à côté du lit, mais il se leva prestement et s'essuya les yeux en la voyant.

Elle éprouva une bouffée de pitié pour cet homme. À peine un mois plus tôt, elle le prenait pour l'incarnation du Mal et l'avait même accusé d'être un sang-d'argent. Quelle erreur !

Charles Force était Michel, le Cœur pur, l'un des archanges qui avaient volontairement choisi de s'exiler du paradis pour aider leurs frères, bannis après la révolte de Lucifer et condamnés à vivre leur vie sur Terre en tant que sang-bleu. Il était vampire par choix, et non parce qu'il y avait été condamné. La mère de Theodora, Allegra Van Alen, était le seul autre vampire à partager cette distinction. Allegra était Gabrielle, l'Incorrompue, la Vertueuse. Michel et Gabrielle avaient une longue histoire entremêlée. C'étaient des vampires jumeaux, liés par le sang, et ils étaient nés frère et sœur dans ce cycle.

Le lien était un vœu immortel entre sang-bleu, mais

Gabrielle l'avait brisé en prenant pour époux le père de Theodora, un sang-rouge, son familier humain.

– Sais-tu pourquoi ta mère est dans le coma ? Ou choisit d'être dans le coma ? lui demanda Charles.

Elle acquiesça.

– Elle a juré de ne plus reprendre de familier humain après la mort de mon père. Cordelia disait que c'était parce qu'elle-même voulait mourir.

– Mais elle ne peut pas. C'est un vampire. Elle vit donc, reprit Charles avec amertume. Si on peut appeler cela vivre.

– C'est son choix, dit Theodora d'une voix égale.

Elle n'aimait pas la nuance de jugement qui pointait dans les paroles de Charles.

– Le choix, fit Charles avec humeur. Une idée romantique, rien de plus. (Il pivota vers Theodora.) J'ai entendu dire que vous alliez à Venise.

Theodora opina.

– Nous partons demain. À la recherche de mon grand-père, déclara-t-elle.

« Il est dit que la fille de Gabrielle nous apportera le salut que nous cherchons, lui avait dit sa grand-mère. Seul ton grand-père sait comment vaincre les sang-d'argent. Il t'apportera son aide. »

Cordelia lui avait expliqué que de tout temps, les sang-d'argent avaient traqué les sang-bleu pour se repaître de leur sang et de leurs souvenirs. Les dernières attaques connues s'étaient produites à Plymouth, où les vampires s'étaient implantés après avoir fait la traversée jusqu'au Nouveau Monde. Quatre cents ans plus tard, à New York, alors que Theodora entrait en seconde au très chic lycée Duchesne, les attaques avaient recommencé. La première victime était une camarade de classe : Aggie Carondolet. Peu après son décès, le décompte des morts avait augmenté. Le plus troublant, pour Theodora, était que tous ces sang-bleu soient emportés à leur âge le plus vulnérable : entre quinze et vingt et un ans, avant d'être pleinement maîtres de leurs pouvoirs.

– Lawrence Van Alen est un exclu, un exilé, dit Charles Force. Vous ne trouverez que peine et confusion si vous vous rendez à Venise, poursuivit le magnat de la presse au regard d'acier.

– Ça m'est égal, marmonna Theodora, les yeux baissés. (Elle agrippa l'ourlet de son pull et se mit à le tortiller.) Vous refusez toujours d'admettre que les sang-d'argent sont de retour. Et déjà trop d'entre nous se sont fait prendre.

Le dernier meurtre avait eu lieu peu après l'enterrement de sa grand-mère. Summer Amory, la reine du bal des débutantes de l'année précédente, avait été retrouvée saignée à blanc dans son appartement panoramique de la Trump Tower. Le pire, avec les sang-d'argent, c'est qu'ils n'apportaient pas la mort, non : ils apportaient un sort pire que la mort. Le Code des vampires leur interdisait expressément de se livrer à la *Caerimonia osculor* – le « baiser sacré », l'extraction de sang – sur leurs semblables. La *Caerimonia* était un rituel bien encadré, doté d'un règlement draconien. Nul être humain ne devait jamais être maltraité ni intégralement saigné.

Mais Lucifer et ses légions avaient découvert que s'ils pratiquaient le baiser sacré sur d'autres vampires au lieu de l'infliger à des humains, leur force augmentait. Si le sang rouge recelait la force vitale d'un individu isolé, le sang bleu, bien plus puissant, était un véritable bastion de savoir immortel.

En consommant le sang et les souvenirs d'un vampire, en les aspirant jusqu'à dissipation complète, les sang-d'argent faisaient du sang-bleu l'esclave d'une conscience devenue folle. Les sang-d'argent étaient une multitude d'individus piégés dans une seule enveloppe, à jamais. L'Abomination.

Le front de Charles Force se plissa de plus belle.

– Les sang-d'argent ont été bannis. C'est impossible. Il y a d'autres explications à ce qui est arrivé. Le Comité mène une enquête...

– Le Comité n'a rien fait ! Le Comité continuera de ne rien faire ! s'exclama Theodora.

Elle connaissait l'histoire à laquelle se cramponnait Charles Force : les sang-bleu avaient gagné la dernière bataille dans la Rome antique, lorsqu'il avait triomphé de Lucifer en personne, connu alors sous les traits de l'empereur fou et sang-d'argent Caligula, et l'avait envoyé aux tréfonds des feux de l'enfer à la pointe de son épée d'or.

– Comme vous voudrez, soupira Charles. Je ne peux pas vous empêcher d'aller à Venise, mais je dois vous prévenir que Lawrence n'arrive pas à la cheville de ce qu'aurait voulu Cordelia.

Il souleva le menton de Theodora et elle soutint son regard d'un air de défi.

– Vous devriez faire attention à vous, fille d'Allegra, lui dit-il d'un ton plus aimable.

Theodora frissonna au souvenir de son contact. Les deux semaines qui venaient de s'écouler leur avaient confirmé que Charles Force savait sans doute de quoi il parlait. Peut-être Theodora ferait-elle mieux de cesser de poser des questions, rentrer à New York et être une bonne fille, une bonne sang-bleu. Qui ne contestait pas les motivations ni les actions du Comité. Dont le seul souci serait de savoir comment s'habiller pour le bal des Quatre-Cents au *St. Regis*.

Elle souffla sur sa frange et jeta un regard suppliant à son meilleur ami de l'autre côté de la table. Oliver la soutenait sans faillir. Il était resté à ses côtés pendant toute cette épreuve, comme durant les journées chaotiques qui avaient suivi l'enterrement de sa grand-mère.

– Je sais qu'il est ici, je le *sens*, dit Theodora. Dommage qu'il faille déjà partir.

Elle reposa la bouteille, complètement dépouillée de son étiquette, sur la table.

Le garçon apparut avec l'addition et Oliver glissa rapidement sa carte de crédit dans le porte-carte en cuir avant que Theodora n'ait eu le temps de protester.

Ils décidèrent de prendre une gondole pour visiter une dernière fois la vénérable cité. Oliver aida Theodora à monter à bord et tous deux s'adossèrent en même temps à un coussin moelleux, si bien que leurs bras se retrouvèrent collés l'un contre l'autre. Theodora s'écarta juste un tout petit peu, légèrement gênée par leur proximité physique. Voilà qui était nouveau. Elle s'était toujours sentie à l'aise avec lui. Ils avaient grandi ensemble, s'étaient baignés tout nus dans l'étang derrière la maison de sa grand-mère à lui, à Nantucket, avaient dormi l'un chez l'autre blottis dans le même sac de couchage à deux places. Ils étaient comme frère et sœur, mais depuis peu elle avait remarqué qu'elle réagissait à sa présence avec une gêne nouvelle qu'elle ne s'expliquait pas. C'était comme si elle s'était réveillée un beau matin pour découvrir que son meilleur ami était aussi un garçon... Et un garçon très mignon, pour tout dire.

Le gondolier s'éloigna du quai et leur lente promenade commença. Oliver fit des photos, et Theodora s'efforça de jouir de la vue. Mais aussi belle que fût la ville, elle ne pouvait s'empêcher d'être submergée par une vague de détresse et d'impuissance. Si elle ne trouvait pas son grand-père, que ferait-elle ? À part Oliver, elle était seule au monde. Sans défense. Que lui arriverait-il ? Le sang-d'argent – si c'était bien un sang-d'argent – avait failli la prendre deux fois déjà. Elle appuya sur son cou avec sa main, comme pour se protéger de la dernière attaque. Comment savoir si et quand il reviendrait ? Et le massacre allait-il cesser, comme l'espérait le Comité ? Ou allait-il se poursuivre, comme elle le pensait, jusqu'à ce qu'ils soient tous emportés ?

Theodora frissonna bien qu'il ne fît pas froid, regarda de l'autre côté du canal, et vit une femme sortir d'un bâtiment.

Une femme qui lui semblait étrangement familière.

Ce n'est pas vrai, se dit-elle. *C'est impossible.* Sa mère était dans le coma, dans une chambre d'hôpital, à New York. Il n'y avait aucune chance pour qu'elle soit en Italie. À moins que... Y avait-il quelque chose que Theodora ignorait sur Allegra ?

Presque comme si elle l'avait entendue, la femme la regarda droit dans les yeux.

C'était sa mère. Elle en était sûre. La femme avait les cheveux blonds et légers d'Allegra, son nez fin et distingué, les mêmes pommettes finement découpées, la même silhouette souple, les mêmes yeux verts brillants.

– Oliver... C'est... Oh, mon Dieu ! s'exclama Theodora en tirant sur la veste de son ami.

Elle pointa frénétiquement le doigt vers l'autre rive du canal.

Oliver se retourna.

– Hein, quoi ?

– Cette femme... Je crois que c'est ma... ma mère ! Là ! dit Theodora en désignant une silhouette qui courait à vive allure et disparut dans un groupe de gens rassemblés à la sortie du palais des Doges.

– Mais, bon Dieu, de quoi tu parles ? demanda Oliver en scrutant le trottoir que lui montrait Theodora. Cette femme ? Tu plaisantes ? Theo, ça va pas la tête ? Ta mère est à l'hôpital, à New York. Et elle est catatonique, s'emporta-t-il.

– Je sais, je sais, mais... Regarde, la revoilà... C'est elle, je te jure, c'est elle !

– Hé, ho, où tu vas ? Qu'est-ce qui te prend ? Attends ! Theo, rassieds-toi ! s'écria Oliver tandis que Theodora se mettait péniblement sur pied. C'est une vaste perte de temps, ajouta-t-il dans sa barbe.

Elle se retourna pour lui lancer un regard noir.

– Tu n'étais pas obligé de m'accompagner, tu sais.

Oliver soupira.

– Mais bien sûr. Tu serais venue jusqu'à Venise toute seule, peut-être ? Tu n'as même jamais mis les pieds à Brooklyn !

Elle soupira bruyamment, les yeux toujours fixés sur la femme blonde, impatiente de descendre de leur lente embarcation. Il avait raison : elle lui devait une fière chandelle de l'avoir escortée jusqu'à Venise, et elle était ennuyée de dépendre tellement de lui. Elle le lui dit.

– C'est *normal* que tu dépendes de moi, lui expliqua patiemment Oliver. Je suis ton Intermédiaire. Je suis là pour t'aider à évoluer dans le monde des humains. Je n'avais jamais imaginé que ça m'amènerait un jour à jouer les voyagistes, mais que veux-tu...

– Alors aide-moi, le coupa Theodora. Il faut que j'y aille... poursuivit-elle frénétiquement.

Elle se décida et sauta de la gondole sur le quai d'un bond gracieux... Un bond qu'aucun être humain n'aurait pu exécuter, vu qu'ils se trouvaient à une bonne dizaine de mètres du *marciapiede* le plus proche.

– Attends ! Theodora ! lui cria Oliver en s'efforçant de ne pas la perdre de vue. *Andiamo ! Segua quella ragazza !* dit-il au gondolier, le pressant de suivre Theodora mais sans être persuadé que l'embarcation à propulsion manuelle soit le meilleur moyen de poursuivre un vampire pressé.

Theodora sentit sa vision se concentrer et ses sens s'aiguiser. Elle savait qu'elle se déplaçait vite, tellement vite que tout le monde autour d'elle paraissait immobile. Et pourtant, la femme avançait à la même vitesse qu'elle, voire plus rapidement, s'élançant à travers les canaux étroits qui se tortillaient à travers la ville, évitant les bateaux à moteur et volant littéralement vers l'autre bout du fleuve. Mais Theodora était sur ses talons, et toutes deux n'étaient qu'une brume de mouvement traversant le paysage urbain. Theodora constata que la poursuite la rendait curieusement euphorique, comme si elle exerçait des muscles dont elle avait toujours ignoré l'existence.

– Maman !

Elle était tellement prête à tout qu'elle appela la femme, tout en la regardant bondir gracieusement d'un balcon à une porte d'entrée dérobée.

Mais celle-ci ne se retourna pas et disparut rapidement par la porte d'un *palazzo* tout proche.

Theodora sauta sur le même perron qu'elle, reprit son souffle et la suivit à l'intérieur, plus décidée que jamais à découvrir l'identité de cette mystérieuse inconnue.

DEUX

Mimi Force parcourut des yeux la scène animée qui se déroulait dans le salon Jefferson du lycée Duchesne et sourit avec satisfaction. On était lundi en fin d'après-midi, les cours étaient terminés, et la réunion hebdomadaire du Comité avançait bien. Des sang-bleu affairés, rassemblés en petits groupes à la table ronde, s'occupaient des derniers détails de la réception de l'année : le bal annuel des Quatre-Cents.

Mimi la blonde aux yeux verts et son frère jumeau Jack faisaient partie des jeunes vampires qui seraient officiellement présentés au bal de cette année. C'était une tradition séculaire. L'intronisation au sein du Comité – une société secrète de vampires immensément puissante, qui régnait sur New York – n'avait constitué que la première étape. La présentation publique des jeunes membres du Comité à l'ensemble de la société sang-bleu en était une plus importante. C'était la reconnaissance de leur histoire passée et de leurs responsabilités à venir. Parce que les sang-bleu revenaient dans différentes enveloppes physiques, sous un nouveau nom, à chaque cycle – c'est ainsi que les vampires appelaient la durée d'une vie humaine –, leur présentation revêtait une importance capitale dans le processus de reconnaissance.

Mimi Force n'avait certes pas besoin d'un héraut à trompette pour lui dire qui elle était ou qui elle avait été. Elle était Mimi Force : la plus belle fille de l'histoire de New York et la fille unique de Charles Force, le *Rex*, autrement dit le chef de l'assemblée, la classe absolue, connu aux yeux du monde comme un impitoyable magnat des médias dont le réseau, Force News Network, couvrait la planète de Singapour à Addis-Abeba. Mimi Force : la fille aux cheveux de lin, à la peau de lait frais, dont la moue rivalisait avec celle d'Angelina Jolie. C'était une bombe sexuelle juvénile, réputée pour ses ravages sans merci dans les rangs des meilleurs partis de la ville : des amants au sang rouge et chaud, autrement dit ses familiers humains.

Mais son cœur allait depuis toujours, et irait à jamais, à quelqu'un de bien plus intime, pensa Mimi en regardant, de l'autre côté de la pièce, son frère Jack.

Jusqu'à présent, elle était satisfaite. Tout prenait forme et promettait d'être parfait pour la soirée à l'hôtel *St. Regis.* C'était la réception la plus fastueuse de l'année. À la différence de ce petit cirque kitsch qu'on appelait les Oscars, avec ses actrices larmoyantes et toute sa publicité déguisée, le bal des Quatre-Cents était une affaire strictement à l'ancienne : il n'était question que de classe, de statut, de beauté, de pouvoir, d'argent et de sang. De lignage, pour tout dire, et plus précisément, de lignage au sang bleu. C'était un bal uniquement réservé aux vampires, l'événement mondain le plus exclusif de New York, voire du monde.

Absolument aucun sang-rouge n'y était admis.

Toutes les fleurs étaient commandées. Des roses blanches American Beauty. Vingt mille, spécialement importées par avion d'Afrique du Sud pour l'occasion. Il y aurait dix mille roses rien que pour les guirlandes de l'entrée, et le reste serait réparti en centres de table. L'organisateur d'événements le plus cher de la ville, celui qui avait transformé le Metropolitan Museum en féerie russe tout droit sortie du *Docteur Jivago* pour l'exposition de l'Institut du costume de Russie, avait aussi prévu de faire fabriquer à la main dix mille roses de soie pour les ronds de serviette. En outre, la salle de bal entière serait parfumée grâce à des litres d'eau de rose diffusée par les bouches d'aération.

Autour de Mimi, le Comité soulevait des problèmes de dernière minute. Les plus jeunes membres, des lycéens comme elle, s'acquittaient de tâches subalternes : remplir les cartons-réponse, vérifier les listes d'invités, confirmer la logistique pour la régie et l'éclairage de la scène, qui devait accueillir un orchestre de deux cent cinquante musiciens. Pendant ce temps, l'assemblée des anciens, présidée par Priscilla Dupont, une figure de Manhattan dont le visage souverain ornait chaque semaine la colonne des potins mondains, se penchait sur des questions plus délicates. Mme Dupont était entourée d'un groupe de femmes tout aussi minces, élégantes et tirées à quatre épingles qu'elle-même, dont l'infatigable activité au service du Comité avait permis la préservation de certains des monuments les plus importants de New York et fondé l'existence des institutions culturelles les plus prestigieuses de la ville.

Grâce à son ouïe hypersensible, Mimi pouvait suivre la conversation.

– Venons-en à présent à la question de Sloane et Cushing Carondolet, dit Priscilla d'un ton grave en s'emparant de l'un des marque-places en papier toilé ivoire étalés devant elle.

Chaque carte portait en relief le nom d'un invité, qui la retirerait à l'accueil et se verrait alors attribuer un numéro de table.

Un murmure désapprobateur courut dans le petit groupe huppé. Il était difficile d'ignorer l'insubordination croissante des Carondolet. Après avoir perdu sa fille Aggie quelques mois plus tôt, la famille avait manifesté des dispositions clairement anti-Comité. Selon la rumeur, elle allait jusqu'à menacer d'exiger la destitution du père de Mimi.

– Sloane ne peut pas se joindre à nous aujourd'hui, poursuivit Priscilla, mais il nous a fait parvenir sa donation annuelle. Elle n'est pas aussi importante que par le passé, mais substantielle tout de même... contrairement à celle de certaines familles que je ne nommerai pas.

Les donations pour le bal des Quatre-Cents étaient reversées au Comité de la banque du sang de New York, la façade publique du Comité, organisé en apparence pour lever des fonds afin d'aider la recherche sur le sang. L'argent récolté était également utilisé en partie pour lutter contre le sida et l'hémophilie.

Chaque famille était censée offrir une généreuse contribution à ses caisses. Les offrandes additionnées alimentaient le budget multimillionnaire du Comité pour toute l'année. Certains, comme les Force, surpassaient très largement l'appel du devoir, tandis que d'autres, comme les Van Alen, une branche pitoyable d'un clan autrefois puissant, se battaient depuis des années pour rassembler la dîme requise. Depuis la disparition de Cordelia, Mimi n'était même pas sûre que Theodora ait conscience de ce que l'on attendait d'elle.

– La question, dit Trinity Burden Force, la mère de Mimi, de sa voix mélodieuse, est de savoir s'il est *approprié* qu'ils soient à la table d'honneur comme d'habitude, sachant ce qu'ils ont dit de Charles Force.

Trinity posait la question de manière à faire comprendre au reste du Comité que Charles et elle auraient préféré dîner de cendres plutôt que s'asseoir à côté des Carondolet.

– Moi, je dis collons-les à la table du fond avec toutes les autres familles limite ! claironna BobiAnne Llewellyn avec son fort accent du Texas.

Par plaisanterie, elle fit mine de se trancher la gorge, ne fût-ce que pour exhiber le diamant de trente carats qu'elle avait au doigt. BobiAnne Llewellyn était la seconde et jeune épouse de Forsyth Llewellyn, actuellement sénateur à New York.

Plusieurs dames de l'entourage de Priscilla Dupont haussèrent imperceptiblement les épaules à cette idée, même si en leur for intérieur elles étaient d'accord. La façon qu'avait BobiAnne de dire les choses sans prendre de gants n'était décidément pas dans les manières des sang-bleu.

Mimi remarqua que son amie Bliss Llewellyn levait les yeux au ciel en entendant la voix nasillarde de sa belle-mère. Bliss, l'un des membres les plus récents du Comité, était devenue aussi rouge que ses boucles en entendant le rire de gorge de BobiAnne résonner dans toute la pièce.

– Nous pourrions peut-être trouver un compromis, nota Priscilla avec sa grâce habituelle. Nous expliquerions à Sloane qu'ils ne seront pas à la table d'honneur cette année puisqu'ils portent encore le deuil et que nous respectons leur peine.

« Pour l'éditeur, le principe est d'utiliser des papiers composés de fibres naturelles, renouvelables, recyclables et fabriquées à partir de bois issus de forêts qui adoptent un système d'aménagement durable. En outre, l'éditeur attend de ses fournisseurs de papier qu'ils s'inscrivent dans une démarche de certification environnementale reconnue. »

Composition Nord Compo
Achevé d'imprimer en Italie par BLACK PRINT CPI IBERICA S.L.
32.03.3024.0/01 - ISBN : 978-2-01-323-024-7
Loi n° 49-956 du 16 juillet 1949 sur les publications destinées à la jeunesse
Dépôt légal : janvier 2012